SEDEF ECER

Trésor national

ROMAN

JC LATTÈS

ISBN : 978-2-253-10662-3 – 1re publication LGF

À Henry.

« Whose house is this ? It's not mine. I dreamed another, sweeter, brighter. (...) This house is strange. Its shadows lie. Say, tell me, why does its lock fit my key ? »

À qui est cette maison ? Elle n'est pas à moi. Moi, j'avais rêvé d'une autre, plus douce, plus lumineuse. Cette maison est étrange. Son ombre ment. Mais dites-moi, pourquoi sa serrure correspond-elle à ma clef ?

Toni MORRISON, *Home*.

Prologue

Quand Esra Zaman m'a demandé de rédiger un éloge pour sa propre cérémonie funéraire – qu'elle s'apprêtait à mettre en scène au Théâtre de la Ville d'Istanbul – je me suis d'abord mise en colère et j'ai immédiatement refusé. Mais petit à petit, sans crier gare, l'idée a fait son chemin. Au bout de quelques jours, elle a même commencé à me plaire, tout en me faisant peur, pour une raison très simple : Esra Zaman est ma mère et elle est la plus grande icône du cinéma turc.

Puis, un matin de 2016, quelques semaines après le coup d'État qui avait secoué la Turquie, j'ai commencé à écrire. Et à partir de là, je ne pouvais plus m'arrêter. Pas parce que j'avais vaincu la terreur d'écrire sur la culpabilité filiale, non, le vertige était bien là, encore plus qu'au début, mais tout simplement parce que c'était trop tard, je ne pensais plus qu'à ça.

Je savais pourtant bien que je ne pourrais jamais égaler Baudelaire, Woolf, Colette, Gary, Cohen, Cocteau, Sartre, Duras, Gide, Camus, Morrison et tant d'autres qui s'étaient aventurés sur leur « mal de mère » mais plus j'écrivais, plus je découvrais à quel point sa vie était romanesque, et notre destin, exceptionnel.

Je n'avais plus qu'à raconter. Aller à l'essentiel dès les premiers mots. Au récit. Aux faits.

Je me suis dit : il faut tout de suite annoncer la couleur. Faire comme le coryphée qui, dans une tragédie antique, proclamerait dès le prologue l'inéluctable malédiction.

J'ai donc décidé de commencer par les trois coups d'État qui ont inventé notre vie.

Les trois coups, comme au théâtre

PREMIER COUP D'ÉTAT : 27 MAI 1960

Tu as vingt-six ans.

Tu n'es pas encore « la Sultane du grand écran » mais on susurre déjà que tu es « la Claudia Cardinale du cinéma turc ». C'est un journaliste qui a trouvé la formule, ça t'a énervée mais c'est resté. C'est vrai que tu as quelque chose d'elle : la bouche, peut-être les yeux aussi, cette démarche avec les formes épanouies surtout, ce côté *maggiorata* des actrices italiennes des années cinquante.

Depuis le début du printemps, tu sillonnes l'Anatolie. Avec le réalisateur et quelques acteurs, vous accompagnez la sortie du *Fruit de l'oubli*, un beau noir et blanc à la Antonioni dont tu tiens le rôle principal. Vous changez de ville tous les jours pour participer à des galas, les salles sont pleines, les maires se battent pour t'avoir à leur table après la projection.

Vous terminez cette série d'avant-premières à Ankara, la capitale de la jeune république. La dernière a lieu le 26 mai. Devant le *Sinema Majestik,* tu descends d'une grosse Cadillac comme une reine de Hollywood : robe fourreau, collier de perles sur décolleté plongeant, coiffure *allabardo* (chignon défait à la Brigitte Bardot), tu vois ton visage sur une affiche, immense, tu souris. Dans l'entrée, on a mis tes photos et des coupures de presse qui parlent du film et de toi. Journalistes et spectateurs se bousculent pour te voir, te toucher, pour que tu leur signes des autographes.

Tu ne sais pas que quelques heures auparavant, le quartier était la scène d'affrontements violents entre étudiants et police.

Le producteur te présente quelques personnes avant la projection dont un jeune journaliste, Ishak, venu pour prendre des photos. Hautain, il précise tout de suite qu'il était en reportage à la capitale pour les manifestations étudiantes et que le journal lui a demandé de passer rapidement au Majestik, comme pour dire que normalement il ne fait pas ce genre de photos. Il te demande de poser avec l'équipe, puis seule devant l'affiche du film. *Un peu moins à gauche, voilà, comme ça, non pas trop s'il vous plaît, stop, je n'ai pas le bon appareil pour les portraits, un peu plus en avant, c'est possible ?* Il ne sait pas vraiment qui tu es et ça t'énerve. *Désolé pour mon ignorance, les stars, tout ça, ce n'est pas mon monde.* Tu lui demandes ce qu'il fait d'habitude comme photos. Il sourit enfin et murmure *La vedette qui pose des questions au journaliste, c'est le monde à l'envers.* Vous riez. Il te raconte qu'il passe sa vie à voyager pour couvrir les conflits internationaux. Il a parcouru tout l'est de la Turquie, mais aussi l'Indochine et l'Algérie avec ses deux Leica accrochés au cou. Il ne ressemble pas à ceux qui t'entourent d'habitude. Tu ne l'impressionnes pas. Ishak est comme ça, pas un mot en trop, pas d'esbroufe, il ne te dit rien de ses photos californiennes qui ont cartonné en France. Finalement il te plaît, ce jeune homme de bonne famille.

C'est l'heure, le public est installé dans la salle, le producteur t'appelle pour que tu lances la projection. *On se voit après, au cocktail ?* Il te répond que non, il doit quitter la ville dans la nuit. Il a eu les photos qu'il voulait, il apportera les négatifs au journal puisqu'il part demain. — *Où ça ? — Loin. — Loin comment ? — À La Havane. J'ai vendu un reportage sur Cuba à une agence française, je ne sais pas quand je rentrerai en Turquie, ça peut durer plusieurs semaines. — Cuba ? — Oui, il s'y passe des choses très bizarres en ce moment. — Ah bon ? — Oui. — J'aurais préféré qu'on vous confie un reportage sur la vie d'une actrice turque.* Vous riez à nouveau et à cet instant précis, tu sens que tu le reverras, tu devines ces choses-là, dès la première rencontre tu sais. Tu le retrouveras, tu demanderas son adresse aux amis, tu passeras au journal où il travaille, tu trouveras une solution, tu ne peux pas laisser passer cet homme. Vous vous serrez la main, il s'en va.

La salle est pleine. Huit cents personnes, *vulgum pecus* au balcon, spectateurs chics à l'orchestre, les deux rangs du milieu réservés aux membres du protocole. Tu montes sur scène, fleurs, applaudissements, cris, sifflements. La nouvelle bourgeoisie, sur son trente-et-un, s'énerve. *Ces montagnards ne sauront jamais comment se comporter en ville.* On entend des *Chut* et des *Ça suffit*, le public se tait enfin, tu présentes le film, tu descends de scène, les lumières s'éteignent et dès le générique tu électrises l'écran.

Tu repenses à Ishak pendant la projection. Au cocktail, tu t'ennuies à mourir. Tu signes des autographes, tu discutes avec des hommes d'affaires et leurs épouses habillées comme des actrices américaines. Tu bois un peu trop, tu souris un peu trop, tu parles un peu trop.

Puis, il se passe quelque chose de miraculeux.

Ishak réapparaît. Il reste près de la porte. Te voyant entourée, il n'ose pas s'approcher. Tu quittes une conversation en plein milieu d'une phrase pour aller vers lui. Le journal vient de l'appeler, ça bouge du côté de l'armée. Il veut être dans le quartier pour faire des photos puisqu'il se passera certainement beaucoup de choses dans la nuit. Tu allumes une cigarette. Il chuchote *Peut-être même un putsch. — Un putsch ? — Oui. — Qu'est-ce que ça voudra dire ? — Je ne sais pas trop mais ça n'augure rien de bon.*

Plus question pour lui de partir à l'étranger donc.

Vous ne vous quitterez plus. Je naîtrai cinq ans plus tard. Je vous appellerai rarement maman et papa. Pour moi, vous êtes Esra et Ishak, héroïne et héros d'un film en Technicolor.

DEUXIÈME COUP D'ÉTAT : 12 MARS 1971

J'ai six ans, tu en as trente-sept. Une voiture officielle vient de vous raccompagner à la maison après une cérémonie au Théâtre de la Ville d'Istanbul. Je vous entends parler à Melek, notre concierge qui me garde le soir et rire aux éclats avec elle dans l'entrée.

Tu entres dans ma chambre, suivie par Ishak. Avec ta longue robe fuchsia aux motifs psychédéliques, tes faux cils peints en bleu et ton rouge à lèvres orange, tu es soleil. Vous êtes beaux, jeunes, éméchés. Tu me dis *Le ministre m'a élevée au rang de Trésor national.* Je ne comprends pas, tu répètes *Tu te rends compte il a dit je vous élève au rang de Trésor national*, tu répètes encore *Trésor national* et vous riez. Je ne sais pas ce que ça veut dire. Tu me montres une statuette sur laquelle ton nom est inscrit en lettres dorées. Je demande le nom de la fleur qui l'orne. Papa me répond que c'est un lotus et que son fruit est magique. Vous riez encore. Puis tu t'assois et tu me racontes cette histoire – je vais l'apprendre plus tard – extraite de l'Odyssée : *Après une tempête, un bateau échoue sur une île où les habitants se nourrissent du lotus, fruit de l'oubli. Le capitaine envoie trois de ses hommes explorer le village mais ne les voyant pas revenir, il part à leur recherche. Lorsqu'il les retrouve, ses compagnons ne le reconnaissent plus : les naufragés avaient goûté au fruit et dès cet instant, comme les habitants de cette île, ils avaient oublié d'où ils venaient. Ils voulaient juste rester là et se rassasier éternellement de ce lotus. Le capitaine y goûte et à son tour désapprend qui il est.*

(Quelques années plus tard, je vérifierai si ta version du lotus ressemblait au récit homérique : Ulysse n'en dit pas plus sur les habitants de cette île. On y apprend juste qu'ils s'appellent des Lotophages, qu'ils ont bâti une société où chacun accepte de n'être rien d'autre qu'un mangeur de fruit et qu'ils n'ont pas d'autre but que de constituer un peuple d'oublieux.)

Cette idée d'oubli absolu de soi me semble effrayante du haut de mes six ans. Je te demande si les habitants de cette île sont malheureux. Tu réfléchis, puis réponds qu'ils ne sont ni heureux ni malheureux puisqu'ils n'ont plus de mémoire. C'est la première fois que je suis confrontée à l'idée du néant. Vous riez à nouveau en voyant mon regard épouvanté, tu m'embrasses et murmures *Bonne nuit ma şeker* (tu m'appelais *mon sucre* en turc) avant de repartir avec la statuette. Je vous entends rire dans le couloir, tu continues d'imiter le discours officiel pompeux, *Je vous élève, Madame, au rang de Trésor national*, vous riez, papa dit *Tu te rends compte mon cœur, tu as maintenant un lotus national*, et vous claquez la porte. Vous allez fêter l'événement avec vos amis, à la taverne arménienne de M. Sironyan.

Tétanisée par l'histoire de ces gens sans mémoire et sans identité, je mets beaucoup de temps avant de trouver le sommeil, en ce soir de mars 1971.

Le lendemain matin, je vous retrouve dans le salon avec votre bande d'amis. Nilüfer, Aziz, Firat, Bahar et d'autres. Il y a par terre des verres, des bouteilles et des cendriers pleins. Vous avez dû rentrer brusquement et passer la nuit à discuter. Tu allumes une cigarette et tu me dis :

— Les Pachas ont pris le pouvoir, ma şeker. Ça n'augure rien de bon.

Papa me prend dans ses bras et me serre fort. Quelques semaines plus tard, on l'arrêtera et il disparaîtra. Comme des milliers de prisonniers politiques.

Je ne le reverrai plus.

TROISIÈME COUP D'ÉTAT : 12 SEPTEMBRE 1980

J'ai quinze ans. C'est la première de *Clytemnestre* au Théâtre de la Ville. Nous sommes assis au premier rang avec Ismaïl qui est ton amant depuis la disparition d'Ishak. Il dort de temps en temps à la maison mais vous vous montrez rarement ensemble en public. Il est marié et père de famille.

J'ai mal au ventre pendant le spectacle. Je n'ai pas envie d'être assise à côté d'Ismaïl et je déteste te voir dans le rôle de cette reine d'Argos, femme adultère et traîtresse antique. Je connais l'histoire puisque j'ai assisté aux répétitions, je sais que ton fils jettera la première pierre et tu mourras à la fin, lapidée pour avoir tué ton époux Agamemnon à son retour de la guerre de Troie, avec l'aide de ton amant.

Monologue final, musique de Wagner, rideau et *standing ovation.*

Je dois me lever pour me joindre aux applaudissements. Je suis comme beaucoup d'ados : c'est physique, je ne te supporte pas. Se construire contre sa mère n'est en rien original, ce qui l'est plus, c'est d'être obligée de montrer publiquement son admiration pour la sienne. Tu disparais dans les coulisses et reviens sur scène huit fois, deux jeunes filles montent sur le plateau pour t'offrir des fleurs, c'est interminable et, comme tout le monde, je dois t'applaudir pendant tout ce temps.

Après le spectacle, nous descendons te voir dans tes loges, pleines à craquer comme d'habitude. Des costumes, des produits de maquillage, des fleurs, des cadeaux de première, des gens qui t'attendent. Tu nous dis *Allez-y, je vous retrouve au restaurant.* Comme moi, Ismaïl a appris à vivre avec ta célébrité, nous sortons du théâtre et marchons vers la taverne de M. Sironyan. En route, il me demande ce que je pense de ton interprétation.

— Je hais la voir jouer, devenir toutes ces femmes. J'ai l'impression qu'elle est fausse, qu'elle détourne la réalité, qu'elle manque d'intégrité. Être comédienne, c'est être menteuse, de toute façon !

Effaré par ma violence, Ismaïl me répond que c'est justement ça le talent, d'arriver à défendre tous les personnages que l'on incarne, même les plus vils comme celle-ci, une reine qui tue son mari. Je n'ai pas envie de discuter avec cet homme que j'ai toujours trouvé sombre. Je sens que sous sa douceur apparente, il cache quelque chose de noir, peut-être même de très noir.

Tu nous rejoins au restaurant. Nous dînons avec l'équipe du spectacle, tes amis et quelques journalistes. Au bout d'une heure, quelqu'un vient chercher Ismaïl. C'est un homme avec une moustache et une casquette, il lui parle à l'oreille. À son tour, Ismaïl te chuchote quelque chose et s'en va.

J'en profite pour rentrer aussi. Trop de compliments, trop de joie, trop de tintements de verres, trop d'esclaffements, trop de vapeurs d'alcool, trop de fumée de cigarettes. Je dis au revoir à tout le monde, la maison est à deux rues, je pars.

Le lendemain matin, je te retrouve assise exactement à la même place qu'au matin du coup d'État précédent, dans ton fauteuil vert, face à la mer.

— C'est le couvre-feu ma şeker, tu ne pourras pas sortir.

La télé est allumée, on entend des chants nationalistes célébrant le courage de l'armée, puis un présentateur annonce que les Généraux ont instauré le régime militaire.

Au loin, tout en bas, on voit les chars qui avancent lentement vers l'entrée du Bosphore. Tu allumes une cigarette et tu dis d'une voix à peine audible *Ça n'augure rien de bon, ces panzers.*

L'hiver qui suit, mes doutes deviendront des certitudes. Je saurai tout à propos d'Ismaïl, de la disparition de papa, je quitterai la maison l'été suivant et je ne reviendrai plus.

Maintenant

Je vais d'abord essayer, maman – ça me fait bizarre de t'appeler à nouveau maman –, de te résumer ma vie, ou disons, te parler rapidement de toutes ces années où nous ne nous sommes pas vues.

Je vis toujours à Paris. Toujours avec le même homme. Il est botaniste, comme tu le sais. Il étudie les forêts tropicales, connaît des centaines d'espèces de plantes. Il est gentil, intelligent et drôle, contrairement à ce que tu penses. Cultivé. Parfois un peu caractériel mais fiable. Oui, c'est ça, c'est quelqu'un de confiance. Quelqu'un sur qui on peut compter. Quelqu'un de droit, responsable, mesuré. Un peu comme papa en version française. Pudique, il ne se plaint pas, il ne se répand pas, il ne s'étale pas, il avance droit dans la vie et je marche dans son sillage. Sa détermination est contagieuse, elle me protège de mes folies ataviques et de mes malédictions familiales. Il connaît tout de moi, je connais tout de lui, enfin presque, et j'en aime tout. Ses hauts, ses bas, ses milieux. J'aime aussi qui je suis lorsqu'on est ensemble. Je ne me ressemble pas quand je suis avec lui et comme je suis avec lui depuis longtemps, je me suis remplacée par cette autre moi qui a fini par devenir la vraie moi, tout en ne me ressemblant toujours pas. Je me sens un peu comme un mauvais violon dont les mauvaises cordes auraient été fabriquées avec des mauvais boyaux par un mauvais luthier mais qui aurait eu la chance de rencontrer le seul musicien au monde capable de l'accorder pour produire un son juste. Mon mari est probablement le seul homme sur cette terre dont la névrose s'ajuste parfaitement à la mienne. Nos casseroles respectives, additionnées, s'annihilent. Comme en algèbre, la double négation de nos identités équivaut à une affirmation ; celle que nous formons en tant que couple. Me fondre en lui est mon activité préférée depuis maintenant trois décennies et il n'y a rien à en dire de plus. Tolstoï avait raison, les familles heureuses se ressemblent toutes, nous nous aimons, notre fille est maintenant grande et il n'y a vraiment rien à en dire de plus.

Les chiens ne font pas des chats – tu disais en turc *les poiriers ne font pas des pommes*, c'est quand même beaucoup plus joli –, mon métier est d'écrire des films. Ça, tu le sais. Mais qu'il n'y ait pas de malentendu, je ne fais pas partie de ces dramaturges que tu as toujours vénérés, ceux qui écrivaient des films d'auteurs dans lesquels tu promenais ta gracieuse mélancolie. Je travaille juste pour une maison de production qui emploie des scénaristes interchangeables auxquels on donne tous les ingrédients et une date limite afin qu'ils pondent un script formaté pour le *prime time*. À plusieurs mains, nous écrivons un sitcom qui cartonne le jeudi soir à la télé et se vend bien à l'étranger. Ce sont des épisodes qui ne contiennent aucune menace à l'ordre établi ; je n'appartiens pas à la race de ceux qui veulent changer le monde avec des histoires, de ceux pour qui « écrire est un acte vital » ou de ceux qui poussent le vice jusqu'à « vivre les événements pour mieux les écrire ensuite ». Non, je ne fais pas partie des vrais créateurs habités car j'ai toujours eu très peur de cela. D'ailleurs, je ne dis jamais que je suis écrivaine quand on me demande mon métier, je dis que je travaille pour la télévision. Je me considère comme une technicienne au service d'une productrice qui ressemble d'ailleurs plus à une hyène qu'à un être humain. Plus précisément, à l'une de ces hyènes tachetées qui guettent les gnous sur *National Geographic*. Experte en pourcentage d'audience, la productrice-hyène a des rides pleines d'acide hyaluronique, un bureau de quatre cents mètres carrés dans le sixième arrondissement et le zéro-six de toutes les stars. Elle « me met sur » deux séries par an, avec ça et le salaire de mon mari, nous vivons confortablement. Au début, je n'avais pas choisi de faire ce métier, je voulais faire des études pour avoir une vraie profession avec un titre comme directrice de marketing ou chargée de mission mais j'ai vite compris que je n'avais pas les bonnes mitochondries. Comme un enfant de cuisinier qui allie naturellement les bonnes saveurs ou de menuisier qui sait manier le burin pour avoir observé les bons gestes depuis tout petit, raconter des bobards a été pour moi une évidence. J'ai vite compris que je ne savais rien faire de mes dix doigts à part écrire et je m'y suis finalement résolue tout en ne m'impliquant jamais à fond, étant donné que c'est un métier qui demande beaucoup d'instabilité affective et cette frontière poreuse entre la vie privée et la fiction ne me convient pas du tout. Je préfère largement la vie, la vraie, celle où on rit et on pleure pour des vraies raisons et non pas à cause des situations qu'on a inventées soi-même. La solitude de l'auteur est ce que je crains le plus au monde et j'ai toujours préféré mettre mon tout petit talent au service de la vie quotidienne. Encore aujourd'hui, je fais très attention à ne jamais me perdre dans mes dédales émotionnels pour dénicher une bonne idée de personnage, à ne jamais décrire des vies qui ressemblent à la mienne, à ne jamais toucher mes cordes sensibles pour en sortir une bonne scène. D'ailleurs, la productrice-hyène me connaît bien, elle me confie plutôt la construction et les canevas des séries et pour trouver la profondeur psychologique, elle fait appel à mes collègues qui, eux, adorent se laisser aller dans la folie que demande l'acte d'écrire.

Voilà comment se déroule ma vie professionnelle, mère, depuis que nous nous sommes quittées.

Au début, lorsque je venais de m'installer en France je t'appelais toutes les semaines d'une cabine téléphonique à pièces. Ensuite, tu es venue quelques fois à Paris, je passais à ton hôtel, je récupérais les cadeaux que tu sortais de ta valise, on allait déjeuner dans tes restaurants préférés, on marchait un peu sur les quais de la Seine et on se quittait sans jamais parler de l'essentiel. Petit à petit nos appels se sont raréfiés, tes visites aussi. Plus tard, quand j'allais en Turquie, je préférais y séjourner comme une touriste française avec mon mari et ensuite ma fille. On a dû passer te voir deux ou trois fois chez toi tout au début de notre mariage et depuis plus de vingt ans, nous ne nous contactons pratiquement jamais à part pour se souhaiter bonne année. Je sais que tu vis toujours à Istanbul, qu'à quatre-vingt-cinq ans tu continues de tourner, de jouer au théâtre, de donner des interviews car je tombe sur tes reportages de temps en temps. Je sais aussi que tu parles parfois de moi aux journalistes qui te posent une question, que tu balbuties *Oui, j'ai une fille qui vit à Paris depuis longtemps / elle écrit des petites choses, des comédies, tout ça / ah, Paris ! / j'ai failli y travailler plusieurs fois, ça ne s'est jamais fait mais bon, je me console en me disant que c'est ma fille qui y vit / oui, j'aurais pu devenir une vedette parisienne dans les années soixante / si si je vous assure, c'est moi qui ai failli jouer le rôle d'Anouk Aimée dans* Un homme et une femme, *chabadabada, vous savez, la caméra qui tourne autour des amoureux, la plage tout ça / le personnage de Jeanne Moreau dans* Jules et Jim *aussi, Truffaut l'avait écrit pour moi, c'est mon plus grand regret*, bref tu inventes comme d'habitude des histoires à dormir debout pour ne pas parler de moi et tu fais comme si nous avions des rapports normaux.

Quand un journaliste te parle du père de ton unique enfant, tu noies le poisson, tu dis quelque chose du genre *Pfff, parlons plutôt de mon nouveau projet* ou encore *Mais à quoi ça rime de parler de tout ça, de réveiller le passé, de ressusciter les fantômes ?*

C'est vrai, maman, après tout, à quoi ça rime ?

C'est justement parce que ça ne rime pas à grand-chose de ressusciter les fantômes que j'ai décidé de devenir partiellement amnésique. D'effacer des pans entiers du passé, et de les remplacer par une nouvelle existence digne de ce nom, inventer une vie ordinaire, un destin normal. Normal et français. Il me reste bien sûr des attaches (souvenirs, amis, lieux, films, odeurs ou objets) qui me relient à ma terre natale mais j'essaie de les occulter le plus possible et je peux dire que dans l'ensemble je réussis. Après une pratique intensive de plus de trois décennies, j'arrive pratiquement sans peine à rendre mon cortex cérébral hermétique à toutes sortes d'émotions émanant du passé – et de toi – exactement comme les personnes sensibles au moindre courant d'air et qui bouchent chez elles tous les trous, tu vois maman ?

Selon Mme Klajmann (oui, j'ai une psychanalyste avec un nom ashkénaze comme tous les scénaristes parisiens et new-yorkais) ce serait une question de survie :

— C'est clair, vous avez clivé vos espaces sensoriels pour oublier volontairement tout ce qui appartiendrait à votre mère et à vos origines, pour devenir un être « rompu » (elle agite l'index et le majeur pour faire les guillemets), et par conséquent un être « normal » (elle les agite à nouveau).

Je crois que Mme Klajmann a raison : la normalité est devenue pour moi un besoin pathologique dans cette deuxième partie de ma vie, pour la simple raison que j'avais épuisé mon capital de bizarreries lors de la première, mon enfance et mon adolescence. Je me suis donc « réinventée en tant que Française », comme dit Mme Klajmann.

Le premier acte de cette transformation fut de renoncer à mon prénom il y a de cela vingt ans. Il y eut ce moment où j'ai soudain décidé qu'il s'atrophierait lorsque j'étais sur le point de demander un rendez-vous à une agence pour auteurs dramatiques. Je voulais leur vendre un vaudeville potache franco-français pour les bonbonnières des Grands Boulevards et j'avais peur que mon interlocuteur, en entendant mon nom « oriental », s'imagine qu'il s'agisse d'un texte d'exil de quatre heures sans entracte et sans ponctuation pour le théâtre subventionné. Je me suis soudain entendue au téléphone transformer mon prénom « Hülya » (prononcé avec un « â » long et lascif comme de la soie onctueuse) en « Julya » (avec un « a » aussi sec qu'une vieille laine qui gratte). Ce son est sorti de ma bouche sans que je le commande, et ensuite je l'ai officialisé après une longue procédure, lors de l'acquisition de ma nationalité française, sur mes nouveaux papiers d'identité. Quand mon mari a constaté que Hülya était devenu Julya, je n'ai pas osé lui avouer que je l'avais demandé. J'avais peur qu'il y voie un acte lacanien et je me suis contentée de lui raconter que c'était une erreur de l'administration française mais que ce n'était pas plus mal d'avoir un prénom moins exotique. Changer l'orthographe de mon prénom s'est avéré comme un acte plus fort qu'en changer la prononciation. En tant que jeune scénariste, je croyais à la puissance de l'écrit et mon nouveau nom était désormais gravé dans le marbre – puisque je considérais que le passeport français était aussi solide que le marbre – et il m'ancrait dans ce pays de manière irrévocable. Le patronyme bien français de mon époux, précédé de ce prénom hybride, qui n'était plus vraiment mon prénom d'origine mais ni vraiment un prénom français, m'a transformée petit à petit et je suis réellement devenue Julya, un être à moitié francisé, exactement comme ce prénom. Maintenant, lorsque je me présente, je n'ai plus à inventer des stratagèmes pour ne pas m'étaler sur mon enfance, vu que très souvent, la question qui succède aux présentations pour celui ou celle qui porte un prénom exotique concerne l'origine de celui-ci. Les personnes que j'ai rencontrées depuis ne savent pas grand-chose de mes origines familiales et bien évidemment, strictement rien sur toi. Personne ne se doute que je puisse être la fille d'une Sultane. Et surtout, personne ne se doute qu'elle a un jour été capable de faire ce que tu as fait.

Depuis cette histoire de prénom, je fais un cauchemar récurrent. Mon nombril s'efface comme si je voulais enlever toute trace de toi, mon trou se rétracte au point de rentrer dans mon ventre et ma peau se relisse par-dessus en anéantissant totalement l'empreinte du cordon qui nous a un jour liées. Mme Klajmann dit que « ce rêve placentaire » (en agitant bien sûr les doigts pour faire les guillemets) en est la confirmation : en remplaçant ce prénom dont tu m'as affublée (*hülya* veut dire songe en turc) et ton patronyme si célèbre, j'ai dû disloquer mon ancien moi pour devenir ce second moi. J'ai maintenant tous les codes d'une appartenance culturelle tout à fait ordinaire comme si j'étais née d'une mère française. Je m'y connais un peu en vin, je peux murmurer du France Gall ou du Jacques Dutronc des grandes années, je connais toutes les chorégraphies des Claudettes et j'adore les fromages y compris le munster qui est normalement non comestible pour tout individu ne descendant pas d'une famille pure souche depuis au moins Saint Louis. Les seuls éléments qui pourraient éventuellement trahir cette banalité existentielle que je me suis appliquée à acquérir sont 1 – mon accent qui peut encore se deviner sur quelques voyelles les jours de grande fatigue ou d'excès de vin blanc, 2 – mes traits qui laissent entrevoir d'éventuels ancêtres qui viendraient d'un ailleurs pouvant se situer entre l'Amérique latine et la Méditerranée orientale, ce qui est de toute façon le cas de la moitié de la population française. Bref, je crois que « je fais » vraiment française et « normale », ce qui fait que tu n'existes plus. Déjà que nous sommes très différentes physiquement, maintenant que j'ai refusé tout héritage émotionnel, je ne te ressemble plus du tout. En rien. Je ne me comporte jamais comme une *drama queen,* ni comme une passionnée, je refuse de me montrer émotive, de pleurer pour un oui ou pour un non, de faire des colères publiques, de bouger le bassin dès que j'entends des percussions et les épaules au bout de trois notes *funky*.

La réussite absolue serait d'effacer totalement mon existence d'avant mais ce n'est pas facile vu que je pratique un métier qui nécessite d'avoir quelques émotions. Pour y faire face, je fréquente rarement les artistes qui croient plus aux fictions qu'à la vraie vie : mon mari et mes amis ont tous des vies « normales ». Avec notre bande de copains nous nous recevons en cuisinant des rôtis, nous parlons de nos impôts, des études de nos enfants et aux anniversaires nous dansons des rocks sans y injecter aucun *groove*. Mes amis aux métiers normaux m'apprécient tous et trouvent que j'introduis une touche d'exotisme à leur existence et à leur tour, ils m'imprègnent de cette normalité dont j'ai tant besoin. Notre adorable conformisme me fait beaucoup de bien, je les aime, ils m'aiment mais on ne se dit jamais je t'aime. D'ailleurs en parfaite francophone, tu sais que cette langue n'a qu'un seul mot pour dire aimer son enfant, son amoureux ou sa choucroute, et bizarrement, on ne le dit que très rarement à ses amis. C'est peut-être aussi pour cela que nous respectons toujours nos distances de sécurité comme sur une autoroute et nous ne nous disputons jamais violemment pour mieux nous réconcilier comme je t'ai vue le faire mille fois avec tes amis proches. S'il y a une chose qui me manque toujours cruellement dans ces dîners parisiens, c'est qu'on ne chante jamais à la fin des repas.

Après, il y a bien sûr le fait d'être mère, les émotions, les colères, les joies, les peurs que toute maman normalement constituée ressent au sujet de son enfant.

Mais là aussi, j'ai acquis une ligne de conduite qui consiste à ne jamais reproduire le schéma familial. Pour que ma fille puisse avoir une identité lisse, nous lui avons donné un prénom on-ne-peut-plus courant (choisi dans les listes des magazines) et essayé de l'orienter dès son plus jeune âge vers une carrière sans aucun risque. Après quelques tribulations d'adolescence, elle a choisi une vie « normale », ce qui me rassure et tranquillise.

Elle sait bien sûr qui tu es, elle sait aussi que je ne veux plus te revoir, elle sait pourquoi (car contrairement à toi, je déteste les secrets de famille donc je lui ai tout expliqué de manière clinique sans y mettre de l'émotion, tout, la disparition de papa, ce qu'a fait Ismaïl et comment tu t'es comportée) et elle n'a, de fait, plus jamais posé de question. Tu l'as vue trois fois quand elle était bébé et l'unique fois où tu as demandé à la revoir, elle avait déjà quatre ans, je te l'ai refusé (je venais de regarder le fameux documentaire avec les noms d'Ismaïl et de papa) et ensuite tu ne m'as plus jamais demandé des nouvelles de ta petite-fille. Aujourd'hui je ne sais même pas si tu te rappelles son prénom.

En tout cas, cette sédimentation lente et sûre que je me suis imposée – *piano ma sano* comme tu aimais le dire avec un parfait accent italien – a donné ses fruits, ma vie est donc réglée comme une horloge suisse dont la seule pièce défectueuse serait toi, Esra Zaman. Je suis devenue une parfaite Lotophage et le passé commence vraiment à passer.

Enfin, c'est ce que je croyais.

Jusqu'à ce nouveau putsch, advenu trente-six ans après celui qui nous avait séparées.

Retour au pays des Lotophages

Le 15 juillet 2016, je reçois des messages disant qu'il se passe quelque chose d'étrange en Turquie. Je vais sur Twitter et découvre les images : des F16 survolant Istanbul avec un bruit assourdissant, des bagarres de rue, le pont du Bosphore pris d'assaut. Je prends la décision, pharaonique, de t'envoyer un message. Je ne sais même pas si tu as changé de numéro de portable, si tu dors, si tu regardes encore tes messages à ton âge mais je tente : « *Tu vas bien ?* » J'appuie sur la flèche, mon sang monte dans mes tempes. Quelques minutes plus tard, mon écran s'allume. « *Oui. Un putsch de plus, ma şeker. Qu'est-ce que tu veux, c'est un pays de Lotophages.* »

Ce mot, Lotophage, réveille aussitôt des sensations. Comme une ancienne alcoolique qui vient de replonger, j'ai un besoin compulsif de t'envoyer un deuxième message, tout en sachant que ce que je t'écris là est parfaitement absurde : « *As-tu besoin de quelque chose ?* » Le smartphone vibre à nouveau : « *Ne t'inquiète pas ma şeker, la tribu est là ☺.* » (Je ne t'imaginais pas écrire des textos avec des *smileys,* que même ma fille trouve trop *teenager.*)

Tu dis « la tribu », comme avant. Tu en as toujours eu une, suivant les spectacles ou les films qui se préparaient, en plus de tes quatre grands amis. Des tribus que tu choisissais, des clans que tu composais, des familles qui remplaçaient celle que nous formions dans la vraie vie. Tu vivais souvent des courtes romances plus ou moins platoniques avec tes partenaires, tu appelais chaque comédien par le prénom de son personnage et les jeunes acteurs qui jouaient tes enfants te disaient souvent *anne* (maman) le temps d'une fiction.

Mon écran se rallume à nouveau. Cette fois-ci c'est ma fille.

« Maman, qu'est-ce qui se passe en Turquie ? »

« Je ne sais pas. Ça ressemble à un coup d'État raté. Et ça n'augure rien de bon. »

J'allume une cigarette, ma première depuis quinze ans.

*

En cet été 2016, les jours qui suivent le putsch, l'air devient irrespirable en Turquie. Les milices armées lynchent de jeunes soldats et les foules en colère réclament le retour de la peine capitale. Universitaires, journalistes, artistes sont arrêtés sans raison. Sur les réseaux sociaux, une armée de *trolls* menacent tous ceux qui osent émettre la moindre critique, on accuse tout opposant de faire partie du complot international.

Des dizaines de journaux, d'agences de presse, de maisons d'édition ferment. À la fin de l'été, il ne reste plus que quelques sites pour obtenir des bribes d'informations.

J'apprends que des connaissances sont licenciées ou écrouées, que des gens se retrouvent sans travail et sans passeport du jour au lendemain à cause d'un article, d'une déclaration, d'une pétition signée il y a plusieurs années ou même d'une phrase anodine postée sur les réseaux sociaux. J'échange avec certains d'entre eux. Nous nous envoyons des messages tout en ayant peur des mots puisqu'ils se savent sur écoute. Il nous arrive aussi d'en rire, en imaginant des agents secrets lire nos messages. Parfois nous nous adressons directement à eux, nous racontons que nous sommes en préparation avec la CIA d'un putsch intersidéral ou balançons des photos pornos estampillées *halal.* Nous rions beaucoup sur les groupes de discussion pendant cet été 2016 alors qu'un nouveau régime s'instaure aux portes de l'Europe, au vu et au su du monde entier.

Je t'écris à nouveau. Tu me réponds « *Ça va. Je prépare mon prochain spectacle.* » Tu ne me parles pas de la situation politique, de ce que tu ressens, de ton état de santé. J'avais oublié cette cécité qui te caractérisait, oublié à quel point tu étais monomaniaque et habitée par tes projets. Oublié que tu avais traversé les périodes les plus sombres de l'histoire de ton pays sans même t'en apercevoir, que tu t'étais mise en danger pour des victimes sans te rendre compte que tu fréquentais leurs bourreaux. Je revois à nouveau ta capacité à ignorer la vraie vie et la remplacer par le rêve.

Quelques jours plus tard, tu m'appelles. J'entends ta voix pour la première fois depuis le vingtième siècle.

L'appel

Je n'avais pas imaginé que tout ce que j'avais mis en place pour devenir une authentique Lotophage serait bouleversé par ce coup de fil. Que ce travail d'orfèvre que j'avais accompli serait annihilé, que ma vie serait chamboulée à nouveau, exactement comme cette nuit où je suis partie.

Mon téléphone diffuse sa sonnerie syncopée, je vois *numéro masqué* et au premier souffle, à la toute première respiration je sais que c'est toi.

— Hülya ?

— Oui.

— C'est moi.

Comme si je pouvais penser que cette voix puisse appartenir à quelqu'un d'autre. Cette voix si célèbre, si particulière, si « cuivrée » comme les journalistes l'ont écrit des milliers de fois, que les producteurs n'aimaient pas à tes débuts, qu'ils faisaient doubler systématiquement par une cantatrice au timbre clair, *exactement comme Claudia Cardinale*, tu disais.

— Je sais maman.

Est-ce que ce « maman » te fait quelque chose ? Tu prends un tout petit temps et tu ris. Je reconnais ce rire sans raison ; tu as toujours ri comme ça, des petites choses insignifiantes et pas forcément drôles ; un rire comme du verre qui se casse au fond de la gorge que je trouvais enjoué autrefois mais aujourd'hui dans ce fracas j'entends une grande fatigue. Tu t'arrêtes net après ce petit éclat de rire, et tu chuchotes comme si tu disais un secret :

— Tu lis toujours l'avenir dans le marc de café ?

— Non. On ne trouve pas de bon café turc à Paris.

— Dommage. Si tu lisais, tu le saurais.

— Je saurais quoi ?

— Que c'est pour bientôt.

Tu te tais. Est-ce parce que tu réfléchis à ce que tu vas dire ? À la façon dont tu vas le dire ? Avons-nous perdu la ligne téléphonique ? Tu es prise par une quinte de toux que tu essaies d'étouffer, tu n'y parviens pas, tu luttes, ça ne marche pas et tu raccroches. J'attends un peu, tu ne rappelles pas.

Nos séances de marc de café où je m'amusais à inventer l'avenir de chacun me reviennent et je m'endors en me rappelant la tendresse de ces moments pour ne pas penser à ce que tu viens de dire.

La nuit, je rêve de toi. Dans une robe longue aux couleurs psychédéliques, tu me tends ton trophée de Trésor national en forme de lotus.

*

Tu me rappelles le lendemain matin, avec cette fois-ci une voix radieuse. De nouveau du côté sémillant de la vie, tu reprends comme si de rien n'était, tu enchaînes, sans que je ne puisse à aucun moment intervenir ou poser une question. Et avec une légèreté invraisemblable tu m'annonces que le pays entier pleurera bientôt son Trésor national, que des milliers de personnes se bousculeront pour se rendre aux cérémonies funéraires qui doivent se dérouler de manière impeccable, tu me lances comme si c'était du *small talk* qu'il faudra rendre hommage à tes rôles inoubliables et que tu as une idée de mise en scène. Tu dis, sur le ton d'un bavardage quotidien :

— Pour les obsèques, j'ai pensé au Théâtre de la Ville ma şeker, le plateau est beau, seize mètres d'ouverture, ça sera parfait avec le cercueil au milieu. En ébène avec du velours rouge à l'intérieur, c'est le décorateur de mon dernier spectacle qui le fabrique. Nilüfer va tapisser le fond avec mes affiches. Tu sais quoi, je rêve d'avoir tous mes anciens amants au premier rang. Enfin, ceux qui ne sont pas encore morts sinon il faudra louer le stade de foot d'Istanbul.

Tu ris. Comme ça, sans en faire un cas, comme s'il s'agissait d'une petite note d'humour phatique.

Tu ne me parles pas du tout de ta maladie, de ton traitement, de cette toux, de tes éventuelles douleurs. De la mort elle-même.

— Tu es malade, maman ? Je ne comprends pas.

— Laisse tomber, la carcasse c'est la barbe.

C'est tout ce que tu me dis de ton corps. Il n'y a que ce départ qui t'intéresse, cet hommage qui doit émouvoir ton public, ce dernier spectacle. Il n'y a que ça qui compte, que ça qui urge.

— Tu ne réalises pas ma şeker, il faut réfléchir aux lumières, à la musique, aux répétitions. Si je laisse faire ces islamistes incultes au ministère de la Culture, ça sera nul, tu comprends ? Bon… Voilà pourquoi je t'appelle : tu pourrais écrire quelque chose pour l'occasion ? Je te rassure, c'est une très bonne actrice qui le lira. Pas forcément une hagiographie mais disons, un discours funèbre d'une fille à sa mère, quelque chose qui restera. Ça va manquer, sinon. Les gens vont se demander pourquoi, tu comprends ? Même un tout petit texte, ça leur ferait plaisir. Un truc sympa.

Tu dis ça, « Un truc sympa. »

Tu débites encore quelques inepties sur cette « mise en scène » à venir et tu raccroches sans que je puisse dire un mot.

Je suis soudain saisie par cette excentricité que j'avais oubliée, cette inconscience que tu portais en permanence. Cette absence au monde, cette manière de divaguer que tu avais par exemple, quand tu m'habillais en bouffon shakespearien, en princesse ottomane, en magicienne africaine avec des bouts de costumes que tu rapportais des répétitions. Cette distraction, quand tu m'oubliais sur les plateaux de tournage la journée ou dans les restaurants la nuit. Cette insouciance qui faisait que j'étais toujours en retard à l'école ou que tu loupais des rendez-vous importants. Cette inadvertance qui faisait que nous achetions des choses hors de prix (et totalement inutiles) alors que nous pouvions manquer de l'essentiel. Je me rappelle ce voilier, un Arpège de 21 pieds qui a été notre paradis pendant des années, acheté un mercredi à la sortie d'école comme ça, juste parce que tu venais de toucher un beau cachet. Ton étourderie qui faisait de notre appartement un endroit féerique aux cent cinquante bougies quand on nous coupait l'électricité parce que tu avais oublié de payer, ou quand nous passions des festins à un réfrigérateur désespérément vide parce que tu n'avais pas eu envie de faire les courses. Mais cet égarement faisait du même frigo un passage secret pour le pays des merveilles : *« Regardez mademoiselle Hülya, ce Brandt vert pomme – double porte – groupe rotatif – capacité 120 litres – pourvu d'un tunnel magique. »* Tu étais capable de me faire partir loin par la porte de ce frigo miraculeux et j'oubliais instantanément de dîner.

Comme une illusionniste, tu attirais mon attention sur une chose pour m'en faire oublier une autre. Tu me prenais toujours par surprise, Esra Zaman.

Comme aujourd'hui, lorsque tu me parles de ce show mortuaire que tu prépares, au lieu de me parler du deuil à venir.

Le montage

Quelques heures plus tard, je reçois un mail en turc.

« Bonjour, je suis l'assistante d'Esra Zaman qui m'a demandé de vous envoyer un petit montage composé avec les extraits de ses films. Elle souhaite qu'on le montre lors de la soirée d'hommage et elle pensait que ça pourrait vous donner une idée pour le texte que vous préparez. Je vous envoie le lien YouTube et les codes. Bien à vous. »

Je suis d'abord en colère (je ne t'ai jamais dit que j'acceptais d'écrire ce « truc sympa ») mais bien sûr vite curieuse. Je ne peux pas m'empêcher d'aller sur le lien. Le montage commence par un film des années cinquante. Extérieur/Jour. Un beau noir et blanc, une ambiance à la Visconti. Le plan s'ouvre sur des enfants qui jouent devant une vieille maison en bois, puis la caméra panneaute pour t'attraper en train de marcher, de dos.

Tu avances dans un quartier populaire. Même de dos, tu crèves l'écran. Tu croises une multitude de personnages. Tu envoies nonchalamment sur les roses un garçon qui te siffle, tu salues le poissonnier (un éternel second couteau qu'on voit dans tous les films), tu fais un geste moqueur à une vieille méchante qui te scrute depuis sa fenêtre, tu écartes le linge accroché entre deux immeubles pour passer et tu te baisses pour caresser un chaton. C'est un plan séquence qui dure pendant tout le générique sans que le spectateur voie ton visage. Fin de générique. Cut. Gros plan enfin sur ton visage. Fraîche, la pupille bien au milieu de l'iris, sourire de travers, chignon vaporeux. Avec un haut qui laisse tes épaules nues, une jupe serrée à la taille et des chevilles toutes fines dans tes ballerines, tu as quelque chose des actrices du néoréalisme italien. L'allegro du début laisse place à des notes menaçantes, on devine que tu passeras du marivaudage à la tragédie d'ici quelques scènes mais que tu resteras digne quels que soient les malheurs que le scénariste te fera subir. Cut.

Un autre extrait. Cette fois-ci, c'est une scène très colorée avec tous les codes des *musicals* américains. Tu conduis une immense Buick décapotable rose bonbon cabossée. Tu as une casquette d'homme, une clope au bec et des manières faussement masculines. Sur la large banquette de devant, trois hommes sont alignés à côté de toi et derrière, ils sont une dizaine. Un magma d'hommes dont les plus cinégéniques sont assis sur les épaules des autres. Ils portent des blousons ou des chemises à carreaux à la *West Side Story*, plaisantent, chahutent et chantent un air, parfaite illustration du film : une mélodie turque à la sauce rock avec des réverbes. On distingue la seule voix féminine dans ce chœur des hommes, la tienne : « *Je suis la Reine des taxis / Selma la chauffeure / Tant que c'est moi qui conduis / les mecs ont tous peur !* » Et on te voit doubler des vieilles américaines conduites par des hommes. Istanbul de ces années a des faux airs de La Havane. Cut.

Autre film, autre séquence. Un rabatteur hurle, mégaphone à la main, devant un petit théâtre minable : « Venez découvrir Suzi sur scène, la chanteuse qui a quitté son foyer et ses enfants pour son art ! » Les spectateurs (que des hommes) courent au guichet pour acheter les dernières places. La caméra monte et on te découvre à la fenêtre, mélancolique, en train de fumer. Cut. Le plan d'après, tu es sur scène, en robe longue sans aucune trace de ta tristesse d'avant. Tu chantes, tu danses, tu bois dans les verres des clients. Cut. J'imagine qu'à la fin, tu finiras dans la misère et seule, tu regretteras d'avoir préféré « ton art » à une jolie petite vie de famille bien rangée. Pour annoncer la fin moralisatrice de l'histoire, ton rimmel coule déjà un peu.

Soudain, arrive une scène d'amour torride qui dure quelques secondes. On te voit embrasser un jeune premier qui retire lentement ton chemisier. On aperçoit tes seins et ton ventre, blancs comme des desserts ottomans au lait. Je trouve d'abord étrange que cette brève scène apparaisse là, mais très vite, je comprends. Tu as dû dire au monteur qu'il fallait absolument caser une scène érotique, pour que vienne une dernière provocation à ton enterrement. Pour mettre mal à l'aise les officiels qui seront là lors de cet hommage. « Les abrutis d'islamistes » ne pourront bien sûr pas quitter la salle et seront obligés de regarder leurs chaussures pendant que les autres regarderont tes seins. Une dernière petite blague. Tu es quand même la première actrice turque qui a embrassé un homme à l'écran avec la langue, tu as bien droit à un dernier mini scandale, zut !

Un autre film aux couleurs archi-saturées. Quartier rom. Tu es une chanteuse de rue, accompagnée par un joyeux orchestre composé d'un clarinettiste, d'un violoniste et d'une vieille accordéoniste avec des dents en or. Maquillée comme une voiture volée, tu as des fleurs dans les cheveux, tes seins pointent comme des obus, miracle des soutiens-gorge des années soixante. Vous arrivez tous les quatre pour passer une audition à la maison de disque où d'autres musiciens font la queue avec leurs instruments. Le portier refuse de vous laisser entrer à cause de vos habits, vos mauvaises manières et vos airs de « tsiganes ». Tu l'insultes et lui dis qu'un jour il verra. On n'en doute pas une seconde. Tu deviendras certainement une vedette de music-hall avant la fin du film et tu te vengeras. On est déjà avec toi. Cut.

On te retrouve « sténo-dactylo » avec de grosses lunettes à la Nana Mouskouri. C'est le grand projet féministe de la République de ces années, les jeunes filles présentables apprennent à écrire à la machine. Vous êtes une trentaine, assises à équidistance, vous tapez sur les claviers des Remington en rythme. Avec tes grandes lunettes, ta queue de cheval haute et ton air studieux, tu frappes les touches *tempo prestissimo*, avec un grand sens du comique.

Fermeture à l'iris au son des cuivres.

*

Ces images me reconnectent à toi, font revenir une myriade de visages, de lieux, de moments, elles me bouleversent.

Il me faut du courage pour t'appeler. Je me sers un verre de bourgogne puis je décide que non, j'ai plutôt besoin de l'ivresse anisée des *meyhanés*, les échoppes istanbuliotes miteuses. Je descends acheter une bouteille de raki chez l'épicier turc (un type obscur que j'avais décidé de ne jamais enrichir mais bon), je me verse un verre (*fifty-fifty* pour le dosage alcool-eau comme tu me l'avais appris), j'y ajoute des glaçons. Le liquide devient blanc et sent délicieusement bon. Comme je n'en avais pas bu depuis des années, les relents proustiens du nectar me donnent un peu le vertige.

Je compose ton numéro. Le répondeur me dit « Laissez un message et je vous rappelle si je veux. Vive la République laïque ! »

— Bonjour maman. Il est rigolo ton message. Bon. Je t'appelle pour dire que… j'écrirai ce texte. Et aussi… je viendrai. Dis-moi quand. Je vais réserver une chambre d'hôtel, je ne dormirai pas chez toi.

J'attends que tu me rappelles… je veux dire… pour acheter mon billet, pour m'organiser, quoi. Je t'embrasse.

La communication est mauvaise. J'entends ma voix à distance et en décalé, c'est troublant. Je la trouve fausse, je ris pour la couvrir mais j'entends mon rire deux secondes plus tard, il sonne faux aussi, le raki me brûle délicieusement la gorge, je conclus *je t'embrasse*, je raccroche.

Quelques minutes plus tard, je reçois ton texto :

« Surtout ne viens pas. Nilüfer t'expliquera. »

Retrouvailles avec Nilüfer

Nilüfer. Ta meilleure amie depuis toujours. Celle qui m'a vue naître, grandir, partir. Elle m'a appelée plusieurs fois après mon départ en France, elle a souvent voulu me rencontrer à Paris lors de ses voyages mais je ne l'ai jamais rappelée. Malgré le prix fort qu'elle a payé après le coup d'État de 1980, malgré les deux années qu'elle a passées en prison, je n'ai jamais pu lui pardonner sa complicité avec toi et l'éventuel rôle qu'elle a pu jouer dans la disparition de papa.

Dans mon souvenir, c'est une femme autoritaire. Droite, efficace, solide. Plasticienne, habile de ses mains carrées et fortes, je me souviens d'elle toujours en train de bricoler, transformer, peindre, scier. Tu disais qu'elle était capable de détruire et reconstruire un immeuble en une nuit. Décoratrice de cinéma et de théâtre, elle en imposait sur les tournages, elle dirigeait des équipes de machos, piquait des colères, se faisait écouter à tout prix car elle était capable d'arrêter une prise de vue pour un mur mal patiné ou un poteau légèrement de travers. Elle était souvent à la maison, elle me demandait des nouvelles de mes cours mais ne s'attardait pas sur mes gamineries, ne bêtifiait jamais, me parlait toujours comme à une adulte. Un jour que je lui avais posé un peu trop de questions, elle m'avait dit *Ça suffit maintenant Commissaire Columbo* et c'est resté. Depuis, elle m'a toujours appelée comme ça mais sans jamais rire de ça, très sérieusement, elle gardait toujours une distance, peut-être parce qu'elle ne savait pas comment faire avec les enfants.

— Bonjour Commissaire Columbo.

Toujours ce timbre sec, cette voix déterminée.

— J'ai quelque chose pour toi, je peux le laisser à la réception de mon hôtel si tu le préfères mais je serais heureuse de te revoir.

Nous nous retrouvons dans le salon feutré de l'Hôtel du Louvre que je connais bien puisque c'est là que tu séjournais souvent. Je la reconnais vite parmi la clientèle internationale habituelle des hôtels chics. Trente ans plus tard, elle a toujours cette grande classe qu'ont seules certaines Istanbuliotes ou Beyrouthines. Kaftan ottoman, bijoux ethniques aux finitions raffinées, mariés au savoir-faire italien pour les chaussures et à la sobriété parisienne pour la coiffure. L'élégance *seventies* de l'Orient, l'assurance déterminée des femmes du monde, ce français désuet de vieux diplomate pour s'adresser aux serveurs.

— Je descends ici depuis 1965, j'y ai mes habitudes comme ta mère, tu sais.

En l'observant parler des jazz-clubs de sa jeunesse et des galeries où elle a exposé, une vieille porte de ma mémoire s'ouvre. J'attends qu'elle me dise pourquoi nous sommes là, mais rien, elle maîtrise parfaitement l'art oriental de parler de choses et d'autres tout en contournant l'essentiel. C'est seulement lorsque je m'apprête à partir qu'elle aborde le sujet. Elle me dit que vous vous téléphonez tous les matins et qu'elle passe souvent te voir à l'hôpital. *À l'hôpital ?* Elle explique : Une ambulance est venue la nuit du putsch, tu es à l'hôpital américain depuis. Tu l'as appelée la semaine dernière en pleine nuit parce que tu avais entendu dire que mon nom figurait sur une longue liste d'un site nationaliste « de traîtres qui avaient pactisé avec l'Occident ». Nilüfer s'est renseignée auprès d'une connaissance qui a des contacts au ministère de l'Intérieur, la personne a gentiment vérifié et confirmé : *Hülya est persona non grata comme des milliers de Turcs de la diaspora, du moins pour l'instant. Je pense qu'elle ne devrait pas y retourner avant la levée de l'état d'urgence.*

Je lui demande si son ami en connaît les éventuelles raisons.

— Tu aurais écrit une scène qui… je crois… n'aurait pas plu à quelqu'un. Je n'en sais pas plus. Mais tu sais, il suffit que quelqu'un ait inventé une raison. Quelqu'un qui a une dent contre ta mère, peut-être. Tu sais, tout était simple avant, même les coups d'État. Nous savions ce que nous avions fait et ce que nous risquions. Là, chacun peut être accusé et personne ne sait de quoi. La délation est partout. Tout le monde est inquiet, il n'y a rien de rationnel dans tout ça.

À part un personnage d'immigrée turque que la productrice-hyène m'avait suggéré d'introduire dans un épisode, je ne vois vraiment pas ce qui a pu attirer la colère : L'actrice, en retirant ses vêtements islamiques, laissait apparaître des dessous de dominatrice et disait à son mari pieux qu'il ne fallait pas attendre l'autre monde pour s'éclater avec des *houris*, qu'elle savait mieux sucer que les *call-girls* slovènes de l'au-delà. Ce n'est pas fin fin, j'en conviens. La séquence avait d'ailleurs été l'objet de discussions interminables à la production, on avait décidé de la garder (en retirant bien sûr les dialogues sur les sourates) à l'issue d'une réunion avec les responsables de la chaîne et pour finir, elle était passée inaperçue à la diffusion. Mais quelqu'un(e), choqué(e), a dû prévenir l'un des procureurs islamistes qui n'attendent que ça en Turquie. Ces « juristes » démarrent au quart de tour, c'est leur gagne-pain puisque l'article 301 du code pénal turc peut s'appliquer à n'importe quel cas : *Le dénigrement public des valeurs de l'identité turque ou des valeurs religieuses sera puni de six mois à deux ans. Si commis dans un pays étranger, la peine sera alourdie d'un tiers.*

Nilüfer, probablement pour ne pas parler du passé, continue de sa voix rauque à donner des explications décousues, passe de digression en digression, multiplie des exemples d'arrestations absurdes, d'accusations arbitraires et finit quand même par me dire :

— Esra m'a donné un sac pour toi. Elle est très inquiète. Ce gouvernement l'a toujours détestée mais ils ne peuvent rien faire contre une telle star. D'autant plus qu'on la sait malade. Elle a peur qu'ils se vengent en t'arrêtant dès ton arrivée à l'aéroport. Ils font maintenant souvent ça avec les gens qui ont de la notoriété. Ils ne peuvent pas les embêter, alors ils font payer les proches. Je suis allée la voir à l'hôpital lundi dernier. Avant on se donnait toujours rendez-vous le lundi au bar du Péra Palace, jour du repos des théâtres. On descendait une bouteille de Bordeaux si elle jouait du Marivaux et des verres de Moskovskaya si elle jouait du Tchekhov. Ah, tu l'aurais vue dans Arkadina, son meilleur rôle de loin… Mais ce lundi-là, évidemment, je suis allée la voir à l'hôpital américain. Elle est d'ailleurs entre de bonnes mains, je tenais à te le dire. Bref, elle m'a donné une liste de choses à aller chercher chez elle, et m'a dit de te les apporter à Paris. Elle a été assez précise sur ce qu'il fallait prendre, elle a demandé que je fouille dans les armoires, que je trouve des objets, des affiches, des lettres et j'ai fait un sac pour toi. Maintenant que tu ne peux pas y retourner et elle ne peut plus venir, elle a pensé que… tu sais, c'est important, les objets. Enfin… c'est concret, tu comprends ?

— Oui. Non. Je ne sais pas.

— Il faut savoir pardonner, Commissaire Columbo.

J'ai du mal à soutenir son regard, nous restons quelques secondes sans rien dire et écoutons le piano, une soupe jazzy de lobby d'hôtel.

— C'est quoi sa maladie ?

— Elle ne t'a rien raconté ?

— Non.

— Rien ?

— Rien.

— C'est tout Esra, ça. Le soir du coup d'État, elle a perdu connaissance. Ça a dû lui rappeler… les précédents. C'était un mini AVC et depuis, son état ne s'améliore pas et… Mais bon, ce n'est pas à moi de te l'annoncer… Bref, elle ne marche plus du tout, elle ne s'alimente plus correctement. Elle a beaucoup d'amis qui lui rendent visite, mais aussi des fans, des journalistes… Quand elle nous a parlé de cette histoire de cérémonie funéraire, au début, je me suis dit que c'était une de ses loufoqueries mais finalement, ça la rend vivante, ça lui donne un objectif. Tu sais, elle a pensé à tout, jusqu'à l'itinéraire du cortège funèbre, aux places de parking des invités, au menu du cocktail. Elle m'a dit « tu t'es occupée du décor de mon mariage, il faut que tu penses maintenant à celui de ma mort »… Elle a fait des dizaines de listes, elle a écrit la conduite pour les techniciens, choisi les musiques, les textes, les fleurs, elle a même enregistré un texte qui sera diffusé au cimetière avec des effets spéciaux.

— Au cimetière ?

— Oui ! Ça sera très drôle, ça commence par des coups, boum boum boum, tu vois, comme si elle tapait pour sortir du cercueil, et après on l'entend crier : « Sortez-moi de là ! » d'une voix déformée, l'ingénieur du son a bidouillé un truc pour faire une voix d'outre-tombe… On rigolera bien je crois…

— Les médecins ont dit quelque chose pour… vous pensez qu'elle en a pour… ?

— Je ne sais pas. Elle est très forte, tu sais ?

— Ah ça, je sais, oui.

— Et je voulais te dire aussi que… quand elle a ouvert ses yeux à l'hôpital, après son malaise, le premier mot qu'elle a prononcé a été ton prénom.

Elle se tait, probablement par peur de tomber dans un sentimentalisme de mauvais aloi et me montre le sac posé par terre, un vieux cuir marron qui me rappelle vaguement quelque chose. *C'est celui qu'Ishak avait le fameux soir où il a disparu, qu'on a renvoyé ensuite à ta mère.*

Je me mets à trembler. À côté, des clients se lèvent, d'autres les remplacent.

Nilüfer tend le bras comme si elle voulait me toucher, et puis non, elle n'ose pas. Elle ouvre son sac, en sort une grande carte de visite à l'ancienne avec des lettres dorées.

— Je rentre demain soir à Istanbul. Il y a là mon portable turc. Appelle-moi quand tu veux, Columbo.

Je sors de l'Hôtel du Louvre sous une pluie fine. Les lumières de la Comédie-Française s'allument. Je marche vers la cour du Palais Royal avec le sac qui pèse une tonne, en vous imaginant, deux vieilles dames indignes, crier *Nazdorovya* à chaque verre de vodka en compagnie des spectres mythiques du bar du Péra Palace ; Sarah Bernhardt, Zsa Zsa Gabor, Agatha Christie, Ernest Hemingway…

Je m'assois sur une colonne de Buren (tu les as toujours détestées), je regarde les gouttes qui ruissellent sur le sac de papa et savoure ce moment de désespoir absolu. Il y a dans ce somptueux décor quelque chose de ridiculement cinématographique à sentir mes larmes se mêler à la pluie. Je constate que je n'ai pas perdu mon super pouvoir héréditaire, celui d'imaginer des moments tristes comme des images d'un film en train de se tourner, avec moi dans le rôle principal. Tu m'avais appris toute petite à convier le cinéma à la vie, à me représenter les instants douloureux comme des séquences filmées. Comme toi, dès que je suis malheureuse, je suis capable de me décrire l'image qui est en train de s'imprimer sur ma rétine comme un plan de cinéma, d'en être à la fois l'actrice et la spectatrice, en pensant aux mouvements de caméra, aux objectifs, aux couleurs des filtres et même à la bande originale.

Avec mon imperméable, ma longue écharpe et mes larmes, assise sous la pluie, filmée en longue focale sur un morceau de fusion-jazz, je m'imagine l'actrice principale d'une tragi-comédie qui pourrait s'appeler *Exil immobile d'une future orpheline*, par exemple. *Exil*, un mot dont pour la première fois je vais connaître le vrai sens, *immobile,* puisque je serai probablement la plus sédentaire des exilés du monde et bien sûr *une future orpheline*, puisque dans une bonne comédie, un malheur n'arrive jamais seul.

Je suis donc devenue une exilée sans du tout bouger de ma vie. « Exilée. » Je crois que je me suis à chaque fois appliquée à corriger ceux qui employaient ce mot, trouvant cet orientalisme grotesque qui consisterait à penser que mon parcours devrait être héroïque uniquement parce que je suis originaire d'un pays de culture musulmane. J'ai toujours tenu à préciser que non, une voix féminine n'était pas obligatoirement opprimée parce qu'elle était née au-delà de la frontière bulgare. Je m'évertuais à faire comprendre à mes interlocuteurs occidentaux que je venais d'un milieu laïque et privilégié, que j'avais choisi de vivre ici et que j'avais toujours refusé ce mot pour la simple raison qu'il ne s'appliquait pas à mon cas. C'est peut-être en partie pour cela que je m'étais francisée à ce point, pour dire que j'étais ici à ma place et non pas dans un entre-deux en attendant de rentrer chez moi, que je préférais les armoires normandes aux valises qui restaient éternellement ouvertes.

Mais dorénavant ces quatre lettres « e-x-i-l » sépareront ma vie d'avant et celle qui commence là, face à la forêt de parapluies qui se déploient dans la cour du Palais Royal, pile au moment où enfin, après mes années de tricherie, d'absence à moi-même, d'esquive, je retrouve enfin l'envie de redevenir moi. Un peu comme un Lotophage qui se réveille, une fois l'effet du fruit passé. Je réalise que je veux enfin te revoir, parler avec toi de tout ce que nous ne nous sommes jamais dit, comprendre comment les choses ont pu avoir lieu, et simultanément, que tout ceci est désormais impossible.

Et comme tout scénariste, je rêve déjà à l'hypothétique film que je pourrais écrire grâce à cette expérience, non pas à l'une des téléséries *cheap* de la hyène mais enfin un vrai « film indé » dont les critiques diront « une autofiction courageuse » ou « une écriture de soi pétillante » tout en ayant honte de déjà chercher la gloriole. C'est l'inconvénient d'être née avec le virus des histoires, on vit les choses deux fois. Une fois parce qu'elles vous arrivent dans la vraie vie, et une fois pour les retranscrire. Comme d'habitude, j'essaie d'enjoliver ce qui me reste au lieu de pleurer ce que j'ai perdu, comme tu me l'as très tôt enseigné.

Travestir le moment, déguiser l'existence, faire comme s'il ne s'était rien passé de grave, c'est une grande tradition familiale.

Le sac

Le sac de papa reste dans l'entrée pendant deux nuits sans que je puisse le toucher.

Tu ne m'as jamais rien envoyé depuis le temps où j'étais étudiante, et tes colis des années quatre-vingt contenaient au mieux quelques journaux (qui avaient déjà quinze jours quand je les recevais), un ou deux vêtements, des pâtes d'amande ou des olives égéennes. Aucun objet, aucune lettre qui vaillent le coup d'être gardés. Et aujourd'hui, dans ce sac, il y a tellement de visages à affronter que je me prépare à la rencontre comme une athlète de haut niveau.

Le troisième soir, je ressors la bouteille de raki entamée achetée chez l'épicier islamiste (oui, il vend quand même de l'alcool, *business as usual*), je me sers un verre, je pose le sac sur la table, et comme une magicienne face à l'objet incantatoire, avec des gestes lents, je l'ouvre.

Je ne sais pas si c'est ma mémoire olfactive qui me taquine mais je trouve que le parfum qui s'en dégage est exactement celui des plateaux de cinéma de mon enfance où je t'attendais pendant des heures. Un mélange de poussière, de câbles électriques, de colle et les notes fleuries de ton parfum, L'Amérique de Yves Rocher dont je vois encore l'étiquette désuète.

Au-dessus de la pile, un short rouge (je m'en souviens très bien, je l'avais porté durant tout l'été de mes seize ans, rouge comme le sang de mes premières règles et comme ma colère après que j'ai découvert ce qu'avait fait Ismaïl), des pâtes d'amande, un pot d'olives égéennes. Et un mot :

Ma şeker,

1. je ne sais pas si tu aimes toujours ces pâtes d'amande, autrefois tu en raffolais.

2. les olives viennent de la colline qui domine la plaine troyenne. Je suis persuadée que le grand Homère s'installait là, au pied d'un olivier pour écrire l'épisode des Lotophages.

3. les photos de ta grand-mère.

4. planches contacts, boîtiers Leica et le dernier carnet de voyage de ton père.

5. des bricoles de ma vie d'actrice.

Pour l'instant c'est tout ce que Nilüfer a trouvé dans la précipitation, tout ce qu'elle pouvait transporter. Plus tard, tu recevras une lettre concernant l'ensemble de l'héritage et tu feras ton choix. Je t'enverrai aussi une boîte avec mes bijoux. Te connaissant un peu, tu ne les mettras certainement pas mais ils plairont peut-être à ta fille.

Je t'embrasse.

PS : Prends soin du sac, c'est celui de ton père.

Je touche tout, un par un. Chacun des objets. Des fantômes s'en échappent et rôdent comme les djinns qui sortaient des bouteilles dans tes contes persans. Le short me ramène le soleil de nos étés ; avec son tissu hi-tech de l'époque cent pour cent synthétique et la pâte d'amande du meilleur pâtissier du Bosphore fond dans la bouche, comme l'enfance dans la mémoire. Quant à ce que tu appelles « les bricoles », c'est tout un patrimoine digne d'une Cinémathèque. Accessoires de scène et bouts de costume de tes personnages, coupures de presse, photos, lettres, affiches, programmes.

Mais la vraie surprise m'attend au fond du sac. Ton trophée de Trésor national qui a fait 3 000 kilomètres, enveloppé dans du papier de soie. Dans mon souvenir, il était plus grand et surtout, beaucoup plus beau. Je suis surprise de découvrir qu'en vérité le métal cuivré est vraiment *cheap*, la couleur rose du lotus informe s'est par endroits transformée en un marron boueux et certaines lettres en cuivre qui composaient ton nom sont tombées. L'atelier du ministère, de toute évidence, ne s'est pas cassé la tête pour la commande de l'édition 1971.

Cet étrange lotus de l'oubli était posé sur une étagère chez nous avec toutes tes autres statuettes. Tu avais obtenu beaucoup de récompenses dans ta carrière auxquelles tu n'avais jamais eu l'air d'accorder de l'importance et aucun état d'âme à t'en séparer. Tu en avais même revendu quelques-unes en période de vaches maigres et ce pauvre objet hideux aurait peut-être disparu aussi s'il n'avait pas été invendable.

Préférant l'oublier, je le pose tout en bas de ma bibliothèque, entre deux encyclopédies (que je n'utilise plus depuis que tous les mots de la terre sont devenus consultables en ligne) car – probablement à cause de l'effet du raki – je ne vois pas pourquoi tu l'as mis dans le sac. C'est seulement le lendemain matin que j'y vois un signe. Ce lotus de « l'oubli absolu » a marqué la nuit qui nous a séparées de papa.

En même temps que la nouvelle de mon exil forcé et de ton départ imminent, tu m'envoies le fruit pour l'affronter. En même temps que le poison, tu m'offres son antidote. Tu me rappelles l'histoire homérique que tu m'avais racontée ce soir-là et tu me convies à quitter l'île des Lotophages. Tu m'invites à retrouver la mémoire. J'ouvre le dictionnaire (celui en papier, pas en ligne) et je vérifie la définition du lotus :

1. (Botanique) Plante aquatique dont les racines sont fixées dans la vase et dont les fleurs aux nombreux pétales s'épanouissent au-dessus de l'eau.

2. (Mythologie) Plante dont le fruit fait oublier leur patrie à ceux qui y goûtent.

Tu veux que je saute à pieds joints dans le passé, tu veux que ce temps revienne envahir ma vie, dévaster cette nouvelle existence que j'ai créée de toutes pièces, Esra Zaman.

Chacune à sa façon, nous avons tu le passé. Et maintenant, tu me demandes d'écrire un discours funéraire, de fabriquer un kaléidoscope avec la mère et la fille. Pour que ça fasse joli. Tu rêves d'une entreprise égotique, un hommage à la grande actrice, une confirmation de ton auto-gommage narratif. Tu as eu la gloire, tu désires maintenant ta part de maternité, tu veux les mots tendres d'une fille qui se met en scène en train d'écrire sur sa mère, sinon ça va manquer aux festivités. Tu veux que je regarde ce montage de tes films, que je touche quelques-uns des objets de ta vie et que j'invente des phrases émouvantes.

Je parie que tu ne t'es jamais posé la question de ce que ça me ferait, Esra, comment ce matériau que tu m'envoies, là, si incandescent, me brûlerait, comment ces souvenirs cent pour cent mensongers, cent pour cent synthétiques comme mon short rouge, pourraient prendre feu instantanément.

Non maman. Je laisse ton hagiographie aux journalistes, aux fans et aux biographes. Moi, je veux comprendre. Je veux au contraire une sorte d'anti-mémoires échappant à toute chronologie qui me dira peut-être enfin comment tu as pu. Comment tout ça a été possible, ce qu'en savait papa. Quelque chose qui me dira peut-être ce qui s'est passé précisément. Qui me dira si Ismaïl a payé avant de mourir ou si ses crimes sont restés impunis. Quelque chose qui nous sortira peut-être de ton mutisme, trois décennies plus tard, qui dira à tout un pays la vérité et ce que ça te fait maintenant. Moi, je veux ma version du Trésor. Pas celui qui est National.

Une fois, je t'avais entendue dire sur scène ces mots d'Anouilh :

— C'est reposant la tragédie parce qu'on sait qu'il n'y a plus d'espoir. Dans le drame on se débat parce qu'on espère s'en sortir.

Je te le dis donc dès maintenant, Esra Zaman, pour que tu n'aies aucun doute. On ne s'en sortira pas car il n'y a aucun espoir. Je te l'avais déjà dit à mes seize ans et je te le répète : Papa est mort et je ne te le pardonnerai jamais.

Les objets
(d'avant la disparition de papa)

MA GRAND-MÈRE

La première photo que je retrouve dans le sac est celle de ma grand-mère. Une image de Hadjère, prise au studio Sébah alors qu'elle a dix ans. Je connais ce portrait qui a trôné toute mon enfance dans le salon, au-dessus de ton fauteuil vert. Tu m'avais expliqué que c'était la grande mode du début du vingtième siècle, on se bousculait chez les photographes pour se faire tirer le portrait. Mais celui-ci était célèbre pour avoir été utilisé plusieurs fois par la presse turque. Tenir l'original entre les mains, ici, à Paris, est un électrochoc.

Je regarde le beau visage de Hadjère et j'aperçois des détails auxquels je n'avais jamais prêté attention. Ses lobes bien dessinés, son front minuscule et son regard me rappellent ton visage mais aussi des restes d'enfance que je retrouve parfois dans les yeux de ma fille. Je fais attention, pour la première fois, à la signature du photographe. Une date toute fine y figure : 24 avril 1915. Le jour où un Pacha ottoman a ordonné l'arrestation des intellectuels arméniens. Pendant que la jeune Hadjère posait au studio Sébah sur l'avenue Istiklal, des rafles commençaient donc dans les rues avoisinantes. Plusieurs artistes, journalistes, avocats partaient déjà vers le désert syrien. La loi de déportation venait d'être promulguée par le gouvernement des Jeunes-Turcs dont faisait partie le père de Hadjère mais elle était bien sûr trop jeune pour savoir tout cela. Est-ce qu'un jour, elle y a pensé ou est-ce qu'elle a préféré la cécité en s'adonnant entièrement à son art, exactement comme toi, sa fille ? Est-ce qu'elle s'est un jour demandé : *Qu'est-ce que ça me fait d'appartenir à la fois à une lignée de bourreaux et de victimes ?*

Pour l'instant, sur cette photo, elle a tout d'une enfant insouciante avec son joli ruban posé sur ses cheveux en cascade. Hadjère deviendra une actrice connue, sera photographiée plusieurs fois contrairement aux femmes de l'époque mais cette photo porte une date fatidique, et c'est peut-être pour cette raison que tu as voulu me l'envoyer.

LA PREMIÈRE ACTRICE MUSULMANE

Hadjère est née à Constantinople en 1905. L'Empire ottoman se décompose, incendies et maladies ravagent la ville. Mais, comme toujours, il y a des gens assez fous pour faire du théâtre dans cette atmosphère chaotique. Depuis peu, les chrétiennes peuvent faire leur apparition dans les rôles féminins, jusque-là tenus par des hommes, mais évidemment, il est encore impensable pour une femme musulmane d'y songer.

Mais Hadjère est têtue. Dès qu'elle a eu dix-huit ans, elle a pris des cours, assisté à toutes les répétitions d'une troupe istanbuliote dans l'espoir de monter sur scène, puis, comme dans un conte de fées, un soir, lorsqu'une actrice arménienne s'est absentée, elle a réussi à convaincre tout le monde qu'elle pourrait prendre sa place le temps d'une représentation. Bien sûr, la nouvelle est vite arrivée aux oreilles de la police qui a fait une descente à la fin du spectacle, mais elle a recommencé. La course folle pour fuir les agents de police a continué pendant des mois, on l'a harcelée. Le lendemain, le ministère de l'Intérieur a pris un décret pour la décourager. Hadjère a fugué par les coulisses de nombreuses fois, elle a été emprisonnée, insultée, traitée de prostituée, sa famille l'a mise à la porte, elle a changé de nom, de troupe, de ville, elle a connu la misère mais elle n'a jamais renoncé à son amour du théâtre.

Elle a réussi à correspondre avec Sarah Bernhardt grâce à un officier de la marine française, à se faire inviter par elle, à partir à Paris, à y rencontrer André Antoine, alors directeur du Théâtre de l'Odéon. Elle l'a convaincu de venir en Turquie. Après un travail acharné auprès des institutions, ensemble, ils ont créé le Conservatoire d'Istanbul. Tes grands-parents ont fini par accepter « la lubie » de leur fille. Hadjère a mobilisé des amis, femmes et hommes progressistes de la jeune république, d'autres femmes turques ont intégré le conservatoire et la bataille était gagnée. La femme musulmane avait enfin sa place au théâtre et dans les opérettes.

L'histoire de ta mère, Esra, est olympienne. Elle est depuis plusieurs décennies reconnue comme la précurseure, comme celle qui a montré la voie aux actrices des pays musulmans non seulement turques mais aussi irakiennes, égyptiennes, tunisiennes et libanaises. Quand les gens en parlaient avec admiration et te demandaient tes souvenirs, Esra, tu ne te faisais pas prier. Tu racontais volontiers son combat car tu étais extrêmement fière de ta mère.

LES DÉSENCHANTÉES

La seconde photo d'elle que je retrouve dans le sac orne la couverture d'une revue française datant de 1933, sur laquelle elle est entourée par une dizaine de femmes. Au-dessus du titre, on peut lire « *Après dix ans de République turque, ces actrices du théâtre municipal de Stamboul ne donnent guère l'impression de "Désenchantées"* ». Confiantes et belles, elles sourient à l'objectif. Toutes portent des tailleurs et des mises en plis à la mode sauf l'une d'entre elles qui a un manteau avec un col en fourrure et une coupe à la garçonne. Elle est particulièrement belle. Un large sourire illumine son visage. Cette femme est ma grand-mère, ta mère, Hadjère. Elle tient son ventre, elle est déjà enceinte de toi quand cette photo est prise.

TES PÈRES

Au moment où je pose le magazine sur mon bureau, j'aperçois la carte de visite de Nilüfer. « Scénographe / Plasticienne » en lettres dorées, suivies de son numéro de portable et son adresse mail.

L'appeler. Poser des questions. Bien préparer les mots avant de composer son numéro. Choisir mon intonation, mon souffle, faire attention à ma voix. Pas de ton chaleureux, elle ne doit pas y voir une envie de renouer avec le passé, ce n'est pas parce que ma mère est sur son lit de mort qu'on va tout oublier, il faut qu'elle comprenne d'emblée qu'on ne va pas non plus s'appeler maintenant tous les quatre matins. Surtout, rester distante.

Sonnerie. *Bonjour Columbo.* Cette blague à deux balles qui, au lieu de m'énerver, me remplit de tendresse. Mais il ne faut pas que je mollisse. Je dois rester sèche.

— Je regardais ces photos de Hadjère et je me disais que… je ne sais rien de mon grand-père. Maman t'a raconté ?

Brève hésitation, long soupir sonore. *Je te rappelle ce soir à vingt heures, Columbo. Par Skype, ça te va ?* Moderne, la vieille dame.

Elle est là à vingt heures pétantes. Elle me raconte tout ce qu'elle sait de ma grand-mère. Tout ce que tu lui as dit d'elle depuis que vous étiez jeunes. Je complète ce récit avec des images et des articles glanés sur Internet.

*

Tu nais un soir d'hiver 1934. Hadjère doit accoucher à la maison. Elle ne peut pas rejoindre l'hôpital. Toutes les rues sont fermées à cause d'une manifestation car les femmes turques viennent de remporter une victoire inimaginable. Depuis deux jours, elles ont le droit de vote, dix ans avant les Françaises. Et Hadjère y est pour quelque chose comme ses amies proches. Grandes activistes de l'époque, elles sont actrices, journalistes, romancières, politiciennes, peintres, éditrices. Elles lisent Virginia Woolf, publient des revues et des romans, partent couvrir l'actualité internationale, organisent des manifestations, montent des syndicats, chantent, dansent, sculptent, peignent, jouent au théâtre et inventent un nouvel art qui s'appelle le cinéma. Elles sont aussi très critiquées, on se moque de ces femmes qui s'amusent dans les dancings et qui jouent au théâtre, on dit qu'elles sont incapables de représenter le peuple anatolien.

On est déjà loin du Levant de Théophile Gautier, d'Edmondo De Amicis, des descriptions de Gérard de Nerval et de Lamartine, des tableaux d'Ingres et de Chassériau. Les touristes occidentaux qui viennent pour retrouver l'imagerie orientaliste sont déçus. Le président de la jeune république fondée sur les cendres de l'empire veut transformer Istanbul. La modernité, c'est l'automobile et un jeune urbaniste français, Henri Prost, Prix de Rome, est en train de transformer Péra, le quartier où Hadjère et ses amis se réunissent. Pour ouvrir des nouvelles voies, on détruit tout. Les vieilles maisons en bois, les trottoirs sales, les chevaux décharnés, les vendeurs ambulants, les arracheurs de dents, les fumeurs de narguilés, les mendiants, les maisons closes, tout doit disparaître. Même les appels à la prière n'ont plus leur place, on veut maintenant une ville moderne et hygiénique. Les entreprises remplacent les mosquées, les turbans laissent place aux chapeaux melon, les femmes enlèvent leur voile. Il y en a qui disent que les cheminées des usines modernes sont les minarets d'Atatürk, « le père de la Nation turque ». La Grande rue de Péra est baptisée *Istiklal,* l'avenue de l'Indépendance.

Hemingway avait dit que « Constan » deviendrait une ville ennuyeuse si les musulmans la reprenaient aux alliés mais finalement pour ceux qui savent trouver les bonnes adresses, la cité vit toujours à l'européenne. C'est toujours au cœur de ce quartier que l'on retrouve les magasins, les clubs, les cinémas, les théâtres, les dancings et les « te-dansan ». Les restaurants italiens, français, russes et grecs sont pleins à toute heure. Les meubles art-déco sont à la mode, les femmes portent des corsets parisiens, les hommes des chaussures italiennes. Une affiche recommande une opérette « aux décors cubistes ». Des orchestres de jazz, des troupes d'acrobates, de nains et de travestis, des spectacles d'effeuillage, des animations burlesques viennent en tournée de Vienne ou de Bucarest. Dans la rue, ça parle russe, arménien, grec, turc, français, italien, anglais, ladino. Au *Mulen Ruj*, une revue miteuse, les réfugiées « Russes blanches » divertissent les hommes sur des tangos turcs, des lamentos russes et des rébétikos grecs.

Ce n'est pas pour rien qu'Agatha Christie publie *Le Crime de l'Orient-Express* cette année-là car dans ce Péra de novembre 1934, les espions sont partout. Les ambassades étrangères commencent à déménager à Ankara, nouvelle capitale administrative mais les renseignements continuent de se collecter du côté de Péra. Il y a partout des femmes et des hommes des services de renseignements russe, arabe, européen, américain, grec (et même cubain ou chilien) et Walter est l'un de ceux-là. Il est de toutes les fêtes comme Hadjère. Ta mère aime boire, danser, collectionner les amants et les deux jeunes se rencontrent. Walter se présente comme étant le producteur d'une opérette française en tournée mais en vérité il est là pour récolter des informations qui se vendent à prix d'or. Et exactement comme toi, Esra, ta mère adore les grands salauds. Elle tombe amoureuse de Walter, la romance dure six mois jusqu'à ce qu'il s'évapore du jour au lendemain.

Celui qui refait battre à nouveau le cœur n'est ni chanteur ni acteur. Il s'appelle Gio, c'est encore un *bad boy*, un magouilleur international qui rôde, spécule, joue à la bourse, organise des transactions louches et suit les nouvelles de Wall Street. Ils vivent une histoire de quelques jours mais un soir, en plein milieu du spectacle de Hadjère, il quitte sa place au premier rang, sort de la salle, court à une banque, apprend la chute de la livre turque à la bourse de Berlin. Il se dit que c'est le moment de vendre la nouvelle, il repart en Allemagne sans même la prévenir. Ils ne se reverront plus.

Quelques jours après sa séparation d'avec Gio, Hadjère s'éprend de Fouad, un pacha égyptien. Il lui propose de l'accompagner à Alexandrie mais ma grand-mère n'a aucune envie de faire partie d'un harem. Adieux déchirants, départ de Fouad, chagrin d'amour bref. La jeune actrice oublie vite son Égyptien galant et se remet à fréquenter les soirées istanbuliotes.

Un soir, elle se rend à une réception donnée par un mécène américain qui finance des projets de fouilles archéologiques pour, au passage, se servir sur les collections byzantines. Il invite le tout Istanbul pour fêter la transformation de la Sainte-Sophie en musée, c'est un symbole fort. Mehmed le Conquérant y avait fait son entrée sur le dos de son cheval blanc après la prise de Constantinople (ou sa Chute, ça dépend de quel côté on regarde l'histoire) et la basilique était devenue une mosquée. Des personnalités du monde entier comme Matisse ou Rockefeller viennent pour assister à cette fête et c'est là que Hadjère rencontre celui dont elle dira qu'il était ton père, Naïl, un homme politique influent, qui, étant jeune, avait participé aux batailles contre les tribus kurdes qui voulaient renverser le gouvernement laïc et restaurer la charia. Jeune officier, il aurait donc certainement fait partie de ceux qui ont tué les quelque trois cent mille civils lors de cette rébellion kurde.

Est-ce parce que Hadjère trouvait que c'était plus romanesque de raconter que ton géniteur faisait partie des grands de ce monde plutôt que de dire qu'elle avait porté la fille de Walter ou de Gio ou encore de Fouad ? Ou était-ce la vérité ? Est-ce qu'elle-même ne savait pas qui était ton père ?

Tu ne sauras jamais rien de ce Naïl Zaman.

Tu es une bâtarde, maman.

ZAMAN

1934 est aussi l'année où les patronymes sont rendus obligatoires par une loi votée par la Grande Assemblée. Les hommes choisissent des noms de famille en fonction du métier de leur père ou de leur village d'origine. « Fils de ferronnier », « fils de laitier », « né en Crète » deviennent des patronymes. Certains juifs, grecs ou arméniens décident de cacher leur identité en prenant des nouveaux noms et en s'ajoutant au passage un deuxième prénom qui sonne bien turc.

Quant aux femmes, on considère qu'elles prendront de toute façon le nom du père ou du mari mais certaines sont têtues. Elles insistent et obtiennent le droit de s'appeler comme elles l'entendent. Une des amies de Hadjère, poétesse, choisit « Yenilmez » voulant dire « invincible ». Une autre fille de sa bande, compositrice, choisit « Saz » qui signifie instrument de musique. Hadjère choisit Zaman, mot d'origine persane qui veut dire « le temps ». Elle dira que c'est le nom de famille de cet homme rencontré à cette soirée élégante, qu'elle a dû un temps aimer passionnément. Est-ce encore une affabulation, tu l'ignores : tu as toujours dit à Nilüfer que tu ne savais pas pourquoi Hadjère avait choisi ce nom.

CELLES QUE TU FUS

Ces objets que tu m'as envoyés, ce qui reste des rôles qui ont compté, de toutes ces femmes qui se sont déposées en toi. Toutes ces héroïnes que tu es devenue le temps d'un spectacle ou d'un film. Tous ces prénoms, costumes, bijoux, perruques que tu as portés. Ces femmes qui t'ont légué leurs souffrances et leurs joies. Leurs névroses, leurs beautés et leurs laideurs compilées. Toutes ces manières que tu as adoptées pour t'asseoir ou te lever, ces façons dont tu as pleuré, ri, marché ou embrassé des hommes. Toutes ces maladies que tu as inventées à tes personnages, boitant pour l'une, bégayant pour l'autre et toussant pour beaucoup d'entre elles, puisque la tuberculose était la maladie de l'amour dans ces mélodrames.

Toutes ces choses, au fur et à mesure, jour après jour, ont laissé des traces, t'ont pénétrée, t'ont transformée. Ces vies sont entrées en toi, elles sont devenues tiennes, elles se sont nichées dans ta voix et ton corps. J'ai touché la plupart d'entre elles. Je leur ai parlé. J'ai vécu chez nous avec Lioubov, Cordélia, Hedda, Clytemnestre, Aïcha, Macbeth, Masha, Djahidé, Roxelane, Nora, Sonia, Ophélie, Bérénice, Iphigénie, Blanche, Afifé et tant d'autres. Je t'ai vue interpréter les grands rôles du répertoire et raconter des histoires à l'eau de rose. Je t'ai vue adulée et méprisée.

Ces femmes, lorsqu'elles poussaient en toi, me léguaient à chaque fois un amas de sentiments impossibles à démêler pour la petite fille que j'étais. Je voyais bien que tu te transformais, je t'observais devenir cette autre et je ne savais pas comment t'aimer.

Dans ta vraie existence aussi, un jour, tu es devenue une autre, cette Esra qui a sacrifié des êtres chers, causé la perte des siens. Celle qui a été capable d'aimer un jour follement un homme comme Ismaïl. Un Monstre National.

*

En touchant tous ces objets que tu as expédiés, je veux situer tes rôles dans le temps, retrouver les périodes précises de ta vie, comme un biographe de célébrité. Je vais sur IMDB, un site spécialisé pour retrouver ta filmographie qui est hallucinante. Aucune star américaine ne peut rivaliser avec une liste pareille : 250 longs-métrages tournés depuis l'année de tes quatre ans. Ta mère avait un jour décidé que tu deviendrais actrice le temps d'une séquence car ils avaient besoin d'une petite fille pour le rôle d'une orpheline boiteuse. Ils t'ont donné une paire de béquilles, tu as appris à marcher avec et ils t'ont filmée. L'essai était concluant ; tu es devenue une enfant-star. Ce premier film date de 1938. Huit décennies sur les plateaux puisque le mois dernier, tu tournais encore dans une série qui cartonne aux quatre coins du monde. Tu as des fan-clubs en Amérique latine, dans les pays arabes, dans les Balkans car ces *telenovelas* turques sont exportées partout, tu es doublée en arabe, en espagnol, en serbe, en croate, en portugais. Tu as enfin accédé à plus de quatre-vingts ans à cette carrière internationale, à cet ailleurs dont tu avais toujours rêvé.

Cet ailleurs était différent à l'époque. C'était d'abord Paris, bien sûr. Tu as vécu ta jeunesse dans une jeune république qui adorait – exagérément – la France. Tu parlais le français comme ta mère, avec des imparfaits du subjonctif à la de Gaulle, tu connaissais par cœur des vers de Racine et adolescente, tu t'imaginais en Arletty dans les cinémas de quartier, sans savoir que tu partagerais son destin en tombant amoureuse de l'ennemi…

Plus tard, c'est la Nouvelle Vague qui t'a fait rêver. Tu t'es vue marcher dans les rues parisiennes, le long de la Seine devant la caméra amoureuse de Godard ou de Truffaut. Tu y as rencontré des *impresarios* (on n'avait pas encore inventé le mot « agent » que tu as toujours trouvé horrible, ça te rappelait les agents du gouvernement), passé des castings, détesté partager les salles d'attente avec des débutantes alors que tu étais déjà une star chez toi. Tu n'as jamais réussi à décrocher un vrai rôle mais pour minimiser l'échec, tu disais *Avec mon accent, tu parles…* Bredouille, tu es rentrée à Istanbul et tu as décidé de bouder les réalisateurs français « qui ne faisaient que filmer leurs humeurs ». Tu disais que la modernité venait désormais des studios de Hollywood. Tu ne jurais plus que par le *Method Acting*, grande mode du moment. À la fin des années soixante-dix, tu t'es payé un stage chez *Actor's Studio.* Ton aventure à Manhattan n'a duré que trois mois mais tu adorais relater avec l'accent new-yorkais les scènes que tu y avais travaillées, parler de De Niro, Al Pacino, Dustin Hoffman que tu aurais croisés. Tu disais qu'Elia Kazan t'avait promis (lors d'une romance ?) d'écrire un rôle pour toi. Enfant d'Anatolie, le réalisateur américain a pu te le promettre, ça ne s'est jamais fait mais tu as toujours adoré ressasser ces rendez-vous manqués, fabuler sur une carrière qui aurait fait de toi une star internationale. Peu importe s'il y avait autant de faux que de vrai dans ces récits car ils servaient après tout à ajouter du rêve aux rêves.

Je crois que même si tu avais eu une opportunité de travailler en France ou aux États-Unis, tu n'aurais jamais pu quitter Istanbul. Contrairement à moi qui suis partie sans états d'âme – comme dit ma psy, pour sauver ma peau, il ne fallait rien regretter – cette ville était ton terrain de jeu, ta patrie, tu étais l'enfant de cette cité grouillante, tu n'étais à ta place que là, dans ce détroit millénaire où l'Histoire se mettait en scène comme nulle part ailleurs.

TA VILLE

Dans le sac, tu as mis une photo. On nous voit toutes les deux dans la rue Istiklal. Tu me tiens par la main. Tu as la petite quarantaine, j'ai sept ou huit ans, c'est juste après la disparition de papa, devant un restaurant tenu par des « Russes blancs ». Nous y allions le mercredi pour y déguster « le meilleur canard d'Istanbul » et nous marchions ensuite vers la pâtisserie Indji pour terminer par « la meilleure profiterole d'Istanbul », deux endroits encore mythiques pour les vieux Istanbuliotes.

Aujourd'hui quand je pense à ces moments, je te vois marcher dans Istanbul et je confonds le cinéma et la vie. Quels sont les vrais souvenirs et ceux des séquences de film où la ville est juste un décor derrière, où tu arpentes le pavé pour les besoins d'un scénario ?

Je te vois au bord de la Corne d'Or, dans les rues bondées, dans les souks, les parcs, sur les collines et les plages qui n'existent plus. Parfois tu es ma mère mais le plus souvent tu es une autre. Une sublime blonde en Vespa, une musicienne de rue, une étudiante à lunettes, une prostituée, une femme du monde, une chanteuse en robe fourreau, une danseuse de chacha-cha devant un orchestre cubain, une paysanne voilée fraîchement débarquée en ville, une entremetteuse lasse d'un cabaret minable, une mendiante ou une jeune ingénue. Tu es toutes ces femmes et tu marches devant des caméras – des Arriflex de mon enfance, la modernité absolue – qui te suivent dans des rues aujourd'hui détruites pour la plupart qui ont laissé place à des avenues sans âme et à des *shopping malls* hideux avec mosquées intégrées pour abrutir les gens en les poussant à acheter et à prier en permanence.

Je me souviens aussi de cette lumière unique qui te sied à merveille, ces reflets que le scintillement du Bosphore dessine sur ton visage. Ce soleil istanbuliote que tu ne supportais plus à partir de tes quarante ans, dont tu disais avec l'âge qu'il t'écrasait les traits. Tu demandais aux chefs opérateurs d'atténuer cet éclairage rectiligne, cette même lumière crue qui, jeune, avait éclairé, flatté, mis en relief ta peau, ces rayons que ta carnation captait comme aucune autre. Dans « la vraie vie » aussi comme au cinéma – laquelle des deux me paraissait la plus vraie ? – nous marchions beaucoup sous cette lumière. Les trottoirs étaient en permanence boueux mais rien ne t'empêchait de mettre des robes somptueuses, des jupes-cigarette, des escarpins à talons aiguilles, et plus tard, des chemises aux couleurs psychédéliques avec des *platform shoes* pour aller aux répétitions, aux maisons de production, sur les plateaux de télévision, dans les studios de doublage, aux essayages de costumes, aux galas et dans les restaurants à la mode. Tu promenais ta folle élégance d'une rive à l'autre, tu prenais des taxis, des tramways ou des belles américaines avec chauffeur. Tu passais des vaporettos aux bateaux de pêche, des modestes barques aux yachts des amis riches pour traverser le détroit, suivant les saisons et les finances pour circuler dans cette ville grouillante qui te ressemblait. Vous étiez des jumelles, Istanbul et toi dans ces années de mon enfance : toutes deux belles et laides, gaies et tristes, sombres et lumineuses, ternes et éclatantes, folles et sages, amnésiques et hypermnésiques, toutes deux trop maquillées, encore jeunes et déjà vieilles, sans âge, toutes deux marquées par de vieilles grandeurs et des fastes déchus, pleines de chantiers, de cicatrices mal refermées, de blessures de guerre, toutes deux gracieuses, flamboyantes mais abîmées par les histoires que vous aviez portées. Tu ressemblais réellement à cette cité bipolaire, ancrée sur deux continents, à *cette vieille main couverte de bagues* comme disait Cocteau ou à *cette vieille folle de Byzance, veuve et toujours vierge après mille ex-maris* comme disait Fikret.

Tu avais créé une sorte d'auto-orientalisme, je crois, Esra. Tu vivais cette ville-monde à la fois de l'intérieur et avec le regard d'une touriste. Tu portais en toi cet Orient de pacotille, cette topographie aux formes généreuses, oui, disons-le, le Harem tout entier avec ses odalisques, ses favorites, ses sultanes et ses eunuques.

Tu disais détester les Mille et Une Nuits, *ces vieux contes réchauffés au dix-neuvième siècle par et pour les Occidentaux* et en même temps, tu réclamais ta part de Shéhérazade. Le pont du Bosphore n'existait pas encore, pour passer sur la côte asiatique, nous prenions souvent un vaporetto et nous nous mettions dehors car tu adorais regarder les coupoles du Sérail doucement s'éloigner et tu imaginais un film sur le Harem, qui serait sélectionné au Festival de Cannes car justement ça devait plaire aux Occidentaux. Et puis, au fur et à mesure que nous nous approchions du continent asiatique, les dauphins nous escortaient et pendant que je jetais des miettes de pain aux mouettes, les gens qui te reconnaissaient venaient te parler. Tu ne refusais jamais de signer un autographe, faire une bise à un admirateur, poser pour une photo ou prendre dans les bras un enfant. Tu étais comme Istanbul, comme cette « ville-fille de joie » qui avait toujours adoré être entourée de courtisans.

Comme elle, tu t'es offerte aux « conquérants », tu as trahi les tiens comme elle, Esra.

Tous tes corps, compilés

Le sac marron de papa avec sa vieille doublure déchirée, ses anses élimées et dedans, les objets qui ont appartenu à certains de tes personnages. Quelques pages de vieux textes surlignés avec des notes, des photos, des affiches, des accessoires. Le linceul d'Antigone, un article sur Lady Macbeth, le poignard ensanglanté de Médée, l'offrande d'Iphigénie, l'étole de Lioubov, le chapeau de Blanche, le bouquet d'Emma Bovary...

Je ne sais rien de la plupart de ces rôles, pour certains parce que tu les as interprétés avant ma naissance et pour d'autres parce que j'étais trop petite pour m'en souvenir. Pour la petite fille que j'étais, ils représentaient d'abord un changement de voix, de coiffure, de façon de parler, marcher. Petit à petit, ton corps ne t'appartenait plus, j'avais l'impression que même ton odeur se transformait, qu'une étrangère dévorait ma mère.

Tout ce que je reçois de toi, tout ce que je retrouve là, dans ce sac en cuir usé me rappelle aujourd'hui ces corps qui, le temps d'une fiction, prenaient d'assaut le tien.

ANTIGONE, 1956

Tu es toute jeune, tu sors du Conservatoire d'Istanbul. Antigone est ton premier grand personnage au théâtre.

Une coupure de presse. Ta photo mal imprimée et un article dans un magazine de gauche confirment ce que tu as toujours raconté partout de ce premier spectacle. Le public lambda y voit juste une jeune actrice talentueuse qui dit un texte classique mais en vérité, il s'agit d'une histoire familière. Quelques mois auparavant, une foule enragée avait attaqué les quartiers des minorités chrétiennes, pillé, violé, tué. Ces pogroms rappellent à une partie du public ce qui était arrivé aux Arméniens quarante ans plus tôt. Ton Antigone qui cherche une sépulture pour son frère est la transposition d'une malédiction. À chaque génération son lot de « sans sépultures fixes », à chaque génération ses fleuves qui coulent rouge. Encore aujourd'hui, des milliers de sœurs, comme Antigone, réclament en Turquie les ossements de leurs frères. Ce que tu n'as jamais fait pour papa.

Le public est ému et dès les premières représentations, la critique t'encense. Quelques semaines plus tard, tu es invitée à joindre le Théâtre National. Tu acceptes. Tu fais désormais partie d'une institution qui n'a rien à envier au Théâtre d'Art de Moscou, au Berliner Ensemble ou à la Comédie-Française. Tu y seras heureuse pendant de longues années, tu y interpréteras les grands rôles du répertoire. Jusqu'au printemps 1971 où tu en seras évincée, juste après la disparition de papa. Tu repartiras avec quelques cartons, tu les déposeras dans la chambre d'amis, et ils y resteront pendant des années, mais vraiment des années, sans que tu trouves la force de les ouvrir.

IPHIGÉNIE, 1958

L'histoire de cette première Iphigénie, tu me l'as racontée un soir, vingt ans plus tard, en 1978. On t'avait proposé de l'interpréter à nouveau, cette fois-ci au théâtre, lorsque j'avais douze ans, j'y reviendrai. Mais cette Iphigénie-là que tu as incarnée bien avant ma naissance marquera le début d'une grande amitié et celui de ta carrière au cinéma.

Un soir, tu as rendez-vous avec Firat à la taverne de M. Sironyan où tu donnes tous tes rendez-vous professionnels. Firat est un jeune réalisateur d'origine kurde qui vient de rentrer après un séjour à Moscou. Il te chuchote à l'oreille qu'il y est devenu « communiste et anarchiste ». La Turquie est alors la grande alliée des États-Unis, on est en pleine guerre froide et ce genre d'aveu peut envoyer quelqu'un séance tenante en prison. La censure est stricte, le Conseil des ministres surveille tous les projets, les artistes cherchent des moyens pour raconter des histoires actuelles avec des classiques ; c'est plus facile de se défendre s'il y a un procès, de dire que « les répliques coupables » étaient écrites quinze siècles plus tôt.

À une époque où on n'a même pas le droit de prononcer le mot kurde, où l'on parle encore « des montagnards », Firat veut parler de la souffrance de son peuple en transposant *Iphigénie* au cinéma. Il fabrique des décors en carton-pâte et des costumes d'époque avec quelques copains, il invente des effets spéciaux *home made.* Dans le rôle-titre, *C'est toi et personne d'autre, Esra'djan*, dit-il avec un enthousiasme contagieux entre deux verres de raki :

— *Iphigénie porte la malédiction de sa famille comme les Atrides…* (Il s'emporte.) *Les Dieux ont décidé qu'elle serait sacrifiée. Une biche descend du ciel, Aïd El Kebir version laïque.* (Il te montre des esquisses.) *Toute une machinerie pour que tu puisses remonter au ciel !* (Il parle de plus en plus fort.) *Je raconterai le sort de tout un peuple opprimé, les crétins du comité de censure n'y verront que du feu, tu vois ?* (Il crie.) *Nous parlerons ensemble de la discrimination mais aussi de la libération de la femme ! De la transversalité des luttes ! Et NOUS AURONS LA PALME D'OR !*

Il termine son discours debout, hurlant, la chemise pleine de sueur et le poing gauche en l'air, ce qui est déjà une bonne raison de finir sa vie en prison. Tout le bar le regarde. Avec soudain une grande envie de théâtralité, il boit sa dernière gorgée, les yeux humides et les veines du cou prêtes à éclater, il pousse un cri de guerre et lance, comme le veut la tradition des tavernes, son verre qui se fracasse contre le mur. Suspension de l'instant. Les clients qui n'avaient d'autre choix que d'écouter ce discours ardent depuis déjà quelques minutes regardent les morceaux de verre se répandre, vérifient autour d'eux qu'il n'y ait pas quelqu'un qui pourrait ressembler à un informateur, constatent que finalement tous ont l'air d'être des artistes fauchés, ou des habitants du quartier plus ou moins ivres, exactement comme eux-mêmes. Chacun se scrute, puis soulagé, applaudit, lève son verre et les plus enthousiastes les cassent contre le mur. Transportée par la frénésie de cette petite foule en délire, tu cries *Vive la fraternité des peuples, vive Iphigénie !* tu bois une gorgée de raki et à ton tour, tu jettes ton verre. La salle sent le nectar anisé à plein nez, M. Sironyan est content, il adore ces soirées qui tournent à l'hystérie, il se fait une bonne marge sur les verres.

Quelques mois plus tard, tu deviendras une Iphigénie anatolienne, errant pieds nus dans le givre des montagnes kurdes qui n'avaient jusque-là jamais servi de décor, ce qui fera de toi une artiste « engagée » dès tes débuts au cinéma, ce qui ne t'empêchera pas de répéter toute ta vie lors des interviews que tu ne connais rien à la politique, qu'une comédienne ne peut pas être une intellectuelle, que tu en es même l'exact contraire, une émotive. Mais ta réputation sera faite, tu inspireras désormais les réalisateurs les plus politisés pour incarner des luttes nobles.

Vous n'irez ni à Cannes ni à Berlin mais le public se souviendra longtemps de l'héroïne du faux mythe grec, montée au faux ciel avec une fausse biche dans les bras, pleine de faux sang sur une fausse neige.

LADY MACBETH, 1960

Pour une raison que je ne connaîtrai qu'adulte, il te faut à tout prix esquiver le réel, faire diversion, inventer des récits pour te protéger du tien. Ton histoire familiale est pleine de figures masculines de monstres, tu dois donc en créer une autre, exclusivement féminine. Tu aimes bien sûr évoquer les aventures de ta mère Hadjère mais son histoire ne suffit pas à elle seule à créer une légende familiale. Il te faut quelque chose de plus ample, il te faut une lignée *bigger than life*. Tu réinventes donc notre souche, un soir d'été. Dans le sac marron, je trouve une coupure de presse qui témoigne de ce moment, datant de 1960. Cinq ans avant ma naissance. C'est une interview de toi avec des photos d'Ishak, signée par Ertou, un journaliste que vous avez bien connu, qui a fait partie de votre bande d'amis. J'interroge

Nilüfer qui me dit qu'il est mort depuis longtemps mais se souvient qu'il avait écrit ses mémoires il y a une vingtaine d'années. Elle me rappelle ensuite dans la soirée. Son assistante a acheté le livre et scanné les pages dans lesquelles Ertou a détaillé l'histoire de ce reportage. J'en profite pour lui poser des questions sur le début de votre histoire avec papa, ce qui la met en joie : *Ah tu veux connaître leur « flirt » !*

*

Quelques semaines après votre première rencontre, papa te téléphone et te parle d'un projet de reportage. Vous vous « fréquentez » depuis le soir du putsch, il est déjà venu chez toi plusieurs fois, il t'a invitée à dîner et à danser mais rien n'est encore vraiment dit entre vous. Vous savourez tous les deux cet avant délicieux où le désir prend toute la place. Tu ne penses qu'à lui, qu'à vos rendez-vous à venir, tu ne fais que guetter ses appels, ses gestes, ses mots. Tu arrives même à ignorer ce qui se passe dans la rue, les événements pourtant fondateurs d'un nouvel ordre national. L'effervescence populaire des premiers jours qui ont suivi le coup d'État – qu'on appelle encore la Révolte – est en train de laisser place à une immense inquiétude. Des centaines de jeunes sont arrêtés, on parle de tortures dans les sous-sols de commissariats glauques et d'assassinats dans les prisons. Vous soutenez la résistance qui s'organise mais l'amour naissant vous protège du fracas du monde, du basculement qui se met en place.

Avec le climat qui règne, on ne peut plus couvrir les sujets politiques et Ertou, le rédacteur en chef du plus grand quotidien du pays pour lequel Ishak travaille régulièrement, a une idée : en attendant que ça se calme, ils vont faire une galerie de portraits des personnalités du monde des arts : il parlera culture sans parler de politique. Ertou est à tu et à toi avec tout le monde, il dit à Ishak qu'il va interviewer une dizaine de célébrités et il a déjà des artistes en tête. Écrivains, acteurs, danseurs, réalisateurs, peintres. Papa propose qu'Esra Zaman fasse partie de la liste. Le journaliste dit qu'il ne la connaît pas personnellement, Ishak répond *Laisse-moi faire,* et une heure plus tard, lui annonce que tu as accepté d'être interviewée. Ertou est ravi à l'idée de se retrouver chez la jeune vedette, le rendez-vous est fixé un soir après les répétitions de *Lady Macbeth*.

Ils sonnent, tu ouvres, tu les fais entrer, Ertou est tout excité, son regard balaie ton salon, scrute tes objets, te flatte et il sort le cliché le plus usé que l'on puisse prononcer à une actrice : *Vous êtes encore plus belle que dans vos films.* Tu es contente d'entendre cette phrase bateau devant papa qui ne sait pas dire ce genre de choses. Ishak sait montrer son amour avec des actes concrets – plus tard, il t'en donnera des preuves immenses – mais il n'est pas à l'aise avec les mots. Les déclarations, ce n'est pas son truc, il pense qu'il faut les laisser aux poètes et aux *play-boys*. Tu n'as jamais compris ça, pour toi il faut tout verbaliser, tu aimes entendre que tu es la plus belle, la plus talentueuse, la plus admirée, tu aimes être aimée, tu aimes séduire, déversoir insatiable de compliments, tu ne t'en lasses jamais. Pendant que tu savoures les flatteries d'Ertou, Ishak essaie d'être sérieux dans son rôle de photoreporter de guerre qui te connaît à peine.

Ertou s'installe sur le canapé avec son carnet et son magnétophone, papa prépare son appareil. Une fois prêt, il demande la permission pour commencer la séance photo, tu dis *Oui bien sûr, privilégiez mon profil gauche*. Ishak commence à tourner autour de toi et à te mitrailler. Vous êtes fébriles tous les trois, le rédacteur en chef te pose des questions sur ta carrière, tes personnages, tes rêves, bref des choses qu'on demande à une actrice en vogue n'importe où dans le monde et tu réponds, maîtresse en art de la séduction, avec des petits sourires qui font clairement perdre la tête aux deux hommes.

Quand le journaliste a épuisé ses questions, il range ses affaires, et pendant que papa prend sa dernière photo, il tente une dernière flagornerie.

— Mère et fille, vous avez toutes les deux joué Lady Macbeth, et aussi… on peut quand même dire sans exagérer que, mère et fille, vous avez révolutionné le sort des actrices musulmanes…

À cet instant tout est parfait : papa te regarde à travers son objectif amoureux, tu te conduis en

Diva et l'homme qui dirige le plus grand quotidien du pays est à tes pieds. Exactement comme quand tu es sur scène, comme lorsque tu mets tout ton talent dans la dernière réplique juste avant de sortir de scène, tu marques un temps d'arrêt et fabules :

— Dans la famille, les femmes sont comme ça de mère en fille depuis des dizaines de générations. Je suis certes l'héritière de Hadjère Zaman, mais aussi de toutes les précédentes : nous sommes toutes des Lady Macbeth dans la famille. C'est presque une malédiction.

Happé par ton regard énigmatique et le scoop qu'il sent tenir là, le journaliste te demande s'il y avait eu d'autres comédiennes compagnes de dirigeants dans la famille. Et c'est là que tu enfantes ta propre chaîne familiale.

— Mais oui, bien sûr. Ma grand-mère était comédienne comme l'avaient été sa propre mère et sa grand-mère. Et elles ont toutes aimé des puissants.

Ishak s'amusera pendant des années à relater ce moment précis où tu as pris la décision d'ériger une fable maternelle à dormir debout. Dans la vraie histoire, tes grands-parents avaient été farouchement opposés au projet de ta mère de devenir actrice. Ton grand-père était effectivement un homme d'influence et c'est précisément pour cette raison qu'il était impossible que son épouse ait pu songer ne serait-ce qu'une seconde au métier d'actrice au dix-neuvième siècle.

Ravie par l'étonnement que tu provoques, tu te mets à édifier les carrières de tes ascendantes, amusée par ta propre surenchère de bobards, tu oses remonter jusqu'à Roxelane qui serait ton arrière-arrière-arrière-grand-mère. Sauf qu'en Turquie, chacun connaît cette actrice caucasienne car il s'agit de la femme de Soliman le Magnifique, l'ombre de Dieu sur terre, l'allié de François Ier. Tu es donc sans vergogne en train de raconter que tu en es la descendante, juste parce que comme tu le diras plus tard à Ishak, *la vie est terne et il n'y a que les balivernes qui la rendent supportable.*

Pour gagner du temps afin de construire une autre histoire encore plus énorme, tu sers aux deux hommes des *scotchs on the rocks*, très à la mode dans les soirées en ville avec le sourire d'une *Bond girl.* Une demi-heure plus tard, sous l'effet du whisky, tu es toujours en train de broder, remontant de plus en plus loin, jusqu'au spectacle très osé d'une illustre aïeule, une certaine Théodora, trapéziste byzantine qui se serait produite nue à l'hippodrome de Constantinople, devenue plus tard impératrice en épousant Justinien. Et tu ajoutes que tu n'hésiterais pas, comme cette ascendante strip-teaseuse, à te dénuder pour les besoins d'un scénario. Ertou boit du petit-lait, il a probablement son encart en couverture.

— Mais c'est merveilleux ! Vous accepteriez donc de poser comme vos aïeules, là, par exemple, dans votre salon, en étant un peu…

— Un peu quoi ?

— … légèrement vêtue, disons, en Lady Macbeth ?

— Pourquoi pas ? – Tu te tournes vers Ishak et tu le regardes bien droit dans les yeux. – Qu'est-ce qu'il en pense, votre photographe ?

C'est énorme et Ishak sait très bien qu'il est obligé de jouer le jeu. Il comprend à ce moment précis que tu lui feras des coups comme ça toute votre vie, tu sortiras toujours des lapins de tes chapeaux, parfois fascinants, parfois assassins. Il ouvre la bouche pour dire non et il s'entend dire *Oui, bien sûr.*

Quelques jours plus tard, la une du journal est sur tous les murs. On devine tes seins à travers ta nuisette transparente. Avec une cigarette à la main et l'immense coiffe de Lady Macbeth sur la tête, tu incarnes la liberté, la folie, l'indépendance mais aussi la force, la véhémence et la puissance féminines. C'est ce jour-là que ton corps deviendra l'ennemi des islamistes.

L'accroche : *Esra Zaman, une histoire millénaire de déshabillage familial.*

L'encart : *Ses aïeules sont toutes des comédiennes devenues Premières Dames, comme celle qu'elle s'apprête à incarner au Théâtre National : Lady Macbeth.*

Photos : « I.H. »

Papa, de toute évidence, n'a pas voulu que son nom y soit apposé et il s'est contenté de signer I.H.

Ton récit familial inventé de toutes pièces se répand. Les magazines « de société » reprennent l'information. Le public adore cette histoire qui fait de toi une descendante de femmes fatales et politiques. Les historiens s'indignent, les conservateurs s'exaspèrent mais la légende urbaine prend. Tu laisses faire. Cette surenchère ludique te ressemble, t'amuse, ton insincérité est sincère, exactement comme quand tu es sur scène. Tu en fais un jeu, tu brodes. Tu dis à la radio que de toute façon la comédie et le pouvoir, les deux mots s'équivalent. Tu affirmes dans un dîner que dans les deux métiers on vend son corps et ses émotions. Une autre fois, tu racontes que les Premières Dames ont toutes des âmes de comédiennes. Lorsque l'euphémisme a des retentissements trop forts, tu déclares que tu n'avais nullement l'intention de heurter les épouses respectables des dirigeants. Lors d'une interview, tu racontes que la politique actuelle turque, c'est du Shakespeare. À un cocktail chez l'ambassadeur de France, tu inventes que même la mère de Théodora était actrice. Papa a déjà oublié sa colère, il préfère rire devant l'énormité de tout cela, dit qu'un jour tu serais capable d'inventer une aïeule datant de Néandertal. Ishak sait que tu es double, que ces menteries font partie de toi mais il ne sait pas encore que ton jeu ira si loin, qu'il le paiera un jour très cher.

Tu n'étais ni la descendante de l'illustre patronne de l'Empire romain d'Orient, ni d'une esclave devenue Première Dame ottomane, mais il faut reconnaître que tu étais une formidable mythomane, Esra. Tu avais décidé de porter l'ADN d'une dynastie, juste parce que tu ne voulais pas te souvenir que tu appartenais à celle des grands bourreaux de l'Histoire. Comme si toutes les traces semées en toi par les femmes que tu avais incarnées ne te suffisaient pas, il te fallait aussi te sangler à des hommes puissants par des alliances fatales, exactement comme celle que Shakespeare avait dit de son héroïne.

Cette fable inscrivait ta généalogie dans une histoire imaginaire, cette Lady Macbeth était l'intuition de ce qui était à venir. Amoureuse d'un monstre, elle était un peu celle que tu deviendrais par la suite : la femme (illégitime) d'un homme politique devenu fou par ambition, Ismaïl. Celui qui nous a tout pris, celui qui a fracassé notre vie.

GÜL, 1961

Je sors les affiches du sac, jaunies et abîmées. J'en déplie une. Le temps a rendu le papier fragile. Je la pose par terre pour la déployer sans la déchirer. Blonde, plantureuse, tu cours en bikini sur une plage. L'encre s'est effacée à certains endroits mais on te reconnaît bien. C'est le remake turc de *Certains l'aiment chaud* dans lequel tu imites ouvertement Marilyn Monroe, tu reproduis ses gestes, ses manières de mordre les lèvres, de bouder comme une petite fille, d'ouvrir les yeux. À côté de toi, deux acteurs déguisés en femmes. Comme Jack Lemmon et Tony Curtis sur l'affiche originale, les énormes cuisses poilues des deux comédiens travestis turcs sortent des robes en soie. Le public découvre ton sens de la comédie.

Ce *Certains l'aiment chaud* « version kébab » est un enchantement. C'est ta grande entrée dans le monde des comédies populaires et tu es enfin connue du grand public. Je sais qu'au fond, cette célébrité, tu l'as toujours voulue, désirée, attendue. Même si tu continues de dire que ta vraie maison, c'est le Théâtre National, tu es heureuse qu'on te reconnaisse enfin dans la rue.

MAYA, 1964

La deuxième affiche que je retrouve dans le sac est celle de *L'Espionne de l'Orient-Express* un an avant ma naissance. Tu as une classe folle. Androgyne à la mode des années vingt, tu portes une cravate et un costume d'homme, tu as les cheveux gominés et un porte-cigarettes noir à la main.

C'est le film qui t'a fait rencontrer Ismaïl. Nilüfer était cheffe-déco sur ce tournage, elle a tout vu, tout vécu. Je lui écris un long mail. Je veux qu'elle ait le temps de réfléchir, peut-être d'en parler avec toi, de décider ce qu'elle m'en dira. Le soir même, son assistante me donne rendez-vous devant l'écran par Skype.

Au début, elle me parle des anecdotes de plateau, me narre des petites histoires phatiques, dit, *Mais patience, Columbo, tout a son importance*, précise que cette histoire en dit aussi beaucoup sur tout ce qui s'est passé par la suite. Elle parle sans discontinuer pendant une heure et demie, et lorsqu'elle sent que les larmes montent elle coupe la caméra sans couper le micro. Devant l'écran noir, j'entends juste sa voix :

— Bon, je suis éreintée, Columbo, je vais aller dormir. J'ai tout de même 85 ans, même si je n'en fais que 35 !

*

C'est l'âge d'or du cinéma turc qui produit trois cents films par an et tu en tournes cinq cette année-là, mettant ta carrière théâtrale entre parenthèses. C'est un véritable Istanbullywood qui est en train de se créer. Les années noires sont derrière, la Turquie a échappé à la Seconde Guerre mondiale, la classe bourgeoise a pris goût au cinéma. Dans les maisons de production, on écrit, on invente, ça tourne sans arrêt. À tel point que, parfois on réalise deux films en même temps sur le même plateau avec les mêmes acteurs et les mêmes équipes techniques, profitant du matériel pour aller vite, des figurants habillés en soldats ottomans se changent en cinq minutes pour jouer les méchants Byzantins sur le studio d'à côté. Tu es en train de découvrir la légèreté des gens du cinéma qui n'ont rien à voir avec les intellos qui se vantent de côtoyer Vilar ou Vitez. Et il faut bien le dire, tu préfères les joyeux aux cérébraux. Sur les tournages on s'amuse, on plaisante, on invente sans arrêt des solutions à des problèmes qui arrêteraient n'importe quel tournage sérieux en Europe.

Serdar, un jeune réalisateur vaguement amoureux de toi, te propose d'interpréter une agent secrète prénommée Maya dans son film *L'Espionne de l'Orient-Express*, qui serait un peu une Mata Hari turque. Il te dit que ça sera enfin le grand rôle que tu attendais au cinéma, que tu y seras sculpturale. Il y croit dur comme fer, il va y mettre tout son argent, vendre sa maison pour financer son projet. C'est un jeune homme caractériel, rêveur, immature mais fou de cinéma et il sait que si tu dis oui, le film se fera. Tu aimes cette histoire et ce personnage féminin fort, tu acceptes et comme toujours, à partir du moment où tu dis oui, tu t'engages à fond, corps et âme.

Vous commencez à travailler. Quelques jours plus tard, tu découvres que le producteur a déserté le film, trouvant le réalisateur trop fantaisiste. Tu n'as même pas de contrat mais ça y est, tu es déjà habitée par cette Maya, tu ne penses plus qu'à ce film, c'est trop tard pour quitter le projet. Tu ne te désengageras pas. Tu aides Serdar à écrire les dernières versions de son script, à chercher des sous, à imaginer comment compenser le manque de technologie par le système D. Tu endosses pour la première fois le rôle d'une productrice.

Le tournage débute alors que vous n'avez pas réussi à réunir l'argent nécessaire. Vous avez en permanence peur d'être à court d'argent. Vous décidez de virer une partie de l'équipe : des techniciens, la maquilleuse, la *script-girl*, les costumières désertent petit à petit le plateau. Tu suis toi-même la continuité de tes gestes ou accessoires (le film sera d'ailleurs plein de faux raccords), la pellicule « bourre », la caméra se bloque, les bandes pendent, la perche se casse, les techniciens entrent dans le champ, les projecteurs pètent, le scénario change tout le temps… Il n'y a pas de preneur de son direct, vous demandez aux acteurs, comme le fait Fellini, de compter au lieu de dire le texte et ils jouent sans savoir ce qu'ils diront après le doublage.

Le dernier jour, le chef opérateur annonce qu'il ne reste plus de négatifs, denrée rare dont l'exportation est contrôlée par l'État. Panique à bord. Serdar, désespéré, trépigne comme un enfant, pleure, tremble, hurle que si le tournage s'arrête, il se suicidera. Tu décides d'aller voir un producteur qui fait partie de tes admirateurs et tu obtiens les négatifs en dix minutes. Vous reprenez le tournage avec une pellicule Fuji importée de Pologne alors que vous aviez commencé avec du Kodak venant de France. Le film sera impossible à étalonner. Serdar est à nouveau au bord de la crise de nerfs. Cette fois-ci, tu appelles un technicien touche-à-tout de génie, connu de tous les studios et ensemble, vous trouvez la solution : vous mettez de la peinture dans l'eau du développement de la pellicule. Le résultat est inattendu, vous avez une séquence bleue suivie d'une séquence jaune, puis verte ou violette mais ce n'est pas grave, tu peux jurer aux directeurs de salle que le film n'est pas en noir et blanc. Tu racontes que c'est le nouveau Technicolor, très à la mode au Japon et contre toute attente, ils gobent. On baptise le procédé « Esra Color », exploit chimique qui devient une légende urbaine.

Vous arrivez à terminer le tournage. Malgré quelques scènes mal tournées, mal montées et avec de faux raccords, vous êtes sur votre nuage, sauf que vous apprenez qu'il y a dans le scénario plusieurs scènes que le ministère de l'Intérieur ne laissera pas passer. Le comité de censure est sans pitié. Une vingtaine de personnalités dont la majorité n'ont rien à voir avec le cinéma se réunissent pour regarder les films et lors de ces séances, il y en a toujours un qui crie *Coupez cette scène !* pour la simple raison qu'on y humilie un policier turc (qui doit évidemment être imbattable) ou qu'on y montre un instituteur qui perd de l'argent aux jeux (inacceptable), ou qu'on y expose un long baiser avec la langue (inimaginable).

Vous créez une cellule de crise, décortiquez toutes les séquences qui posent problème mais le constat est catastrophique. Amputé, le film n'a plus d'âme. Serdar se met à nouveau à parler de suicide.

Tu sais que c'est encore toi qui dois trouver la solution. Tu regardes la composition du comité de censure. C'est une assemblée d'hommes que tu appelles « des fachos à moustache » mais là, il faut pactiser avec le diable. Dans la liste des personnalités, un nom te frappe. C'est celui d'un ami d'enfance d'Ishak, qu'il t'avait présenté à une soirée. Tu l'avais recroisé ensuite sans vraiment lui accorder ton attention. Ishak t'avait dit qu'il s'appelait Ismaïl et qu'il travaillait pour le ministère, tu ne sais même plus lequel. Tu demandes à papa de t'arranger un rendez-vous avec lui, ce qu'il fait. Le conseiller te recevra le jour même à son bureau à dix-huit heures. Tu mets une jupe cigarette, des escarpins à talon et un twinset. Papa plaisante en te voyant si belle et classe. Tu te souviens encore très bien de ce moment. Juste avant d'ouvrir la porte, tu te tournes vers lui, il te sourit et te dit, *Ismaïl ne te résistera pas, il t'accordera le visa pour le film sur-le-champ*. Vous riez tous les deux et tu sors.

Je pense souvent à ce moment précis. À quelque chose qui arriverait, qui ferait que ce rendez-vous s'annulerait et notre destin changerait. Mais la rencontre aura lieu.

Le soir, tu rentres, l'air un peu absent. Ishak demande si le rendez-vous s'est bien passé, tu réponds que tu ne sais pas encore.

Ismaïl t'appelle le lendemain matin et t'invite à déjeuner pour te dire que la question de la censure est réglée. Tu préviens l'équipe. Ils n'en sauront pas plus.

Ismaïl cherchera à te joindre le mois d'après, vous vous verrez et encore le mois d'après. Puis tous les mois.

Bien sûr, tu ne sais pas encore qui il est.

MADAME BOVARY, 1965

L'Espionne de l'Orient-Express est un four. Tu retournes au théâtre comme après chaque navet, regagner la part de crédibilité que les critiques viennent de te retirer avec beaucoup de violence. Tu aimes les théâtres. Tu y es chez toi. Tu dis que c'est comme retourner dans les bras d'un mari aimant, après avoir fait un tour chez un amant cruel.

Ismaïl vient voir la pièce, le soir de la première. Ishak est là aussi, bien sûr. Il y a une fête après la représentation comme toujours. Vous y allez tous les trois. Comme Emma Bovary qui valse dans les bras du vicomte alors que son mari est dans la salle, tu danses un rock avec Ismaïl devant papa. Comme les danseurs de Flaubert, vous commencez lentement, puis tournez de plus en plus vite, Ismaïl t'entraîne dans des mouvements enivrants, tu trébuches, il te reconduit à ta place.

Ismaïl revient te voir le lendemain dans les coulisses. Il saisit ta main, tu ne la retires pas, tu appuies ta tête sur sa poitrine et il t'embrasse.

Vous commencez à vous voir de plus en plus souvent et tu commences à reprocher à papa « son calme si bien assis, sa pesanteur sereine, le bonheur même qu'il te donne » comme l'a écrit Flaubert. Tu ressens « ce détachement intérieur qui te délie de lui ». Et pendant des mois, comme Charles Bovary, Ishak ne voit rien et te croit heureuse dans ses bras. Tu trouves « ta vie froide comme un grenier dont la lucarne est au Nord » et seul ton amant te fait sentir vivante.

Comme Emma et Rodolphe, vous décidez avec Ismaïl de tout plaquer pour vivre ensemble, familles, métiers, positions sociales. Flaubert dit qu'à aucun moment Emma n'a pensé à ce qui allait arriver à sa fille et je ne sais pas ce que tu aurais envisagé de faire de moi dans ce tourbillon. Toujours est-il que, ce jour-là, Ismaïl fait la même chose que Rodolphe qui trouvait soudain que tout ceci devenait trop sentimental, il t'écrit une lettre annonçant qu'il renonce à ce projet et te l'envoie dans un bouquet de fleurs comme il a vu Rodolphe le faire sur scène.

Tu es d'abord meurtrie, puis finalement, tu trouves que ce n'est pas plus mal. Dans les fêtes, tu aimes autant exécuter des pas de danse réguliers avec Ishak que les déhanchements arythmiques d'Ismaïl, sentir les percussions battre dans ton ventre. Alors, pourquoi renoncer à ce double plaisir ? Au lieu de devenir deux mariés entretenant tranquillement une flamme domestique, vous allez continuer de vivre l'ivresse de l'adultère.

Le mariage d'Ismaïl, comme dans beaucoup de milieux modestes, avait été arrangé par ses parents. Il avait épousé une femme sans aucune fantaisie ni beauté, et exactement comme le personnage de Flaubert, « il savourait pour la première fois l'inexprimable délicatesse d'une femme du monde, d'une vraie maîtresse. Il découvrait la diversité de ton humeur, tour à tour mystique, joyeuse, babillarde, taciturne, emportée, nonchalante, tu lui apprenais mille désirs, tu évoquais des instincts, tu étais l'amoureuse de tous les romans, l'héroïne de tous les drames. »

Madame Bovary est l'un des plus grands succès de ta carrière dont j'ai trouvé une courte captation de quelques minutes sur Internet. C'est d'abord ta diction qui attire mon attention. Tu scandes comme les acteurs russes, en insistant sur les fins de phrases. En écoutant ton débit qui paraît aujourd'hui si démodé, je remarque ton ventre dans ton costume tout en dentelles. J'ai l'impression qu'il est déjà un peu rond. C'est l'année de ma naissance.

Une autre coupure de presse, une interview à l'occasion de la première de *Médée Alla Turca*, l'adaptation de la célèbre tragédie dont le journaliste semble apprécier le dépoussiérage. Il en profite à la fin pour parler de ta vie privée et il titre « Esra Zaman ne veut pas d'enfant ». Il ne devait pas être au courant de mon existence.

— Vous donnez une modernité inattendue à ce personnage. Parlons un peu du thème de la pièce, la maternité. Qu'avez-vous envie d'en dire ?

— C'est difficile de parler de ça. Je crois que le public aime bien imaginer qu'une actrice est inatteignable, qu'elle ne peut pas être comme tout le monde, qu'elle ne peut pas enfanter. Regardez, Claudia Cardinale a toujours raconté que son fils était son petit frère. Le corps d'une comédienne est son instrument, elle ne peut pas se permettre de l'abîmer.

— Vous voulez avoir des enfants ?

— Je ne sais pas. Pourquoi mettre au monde des enfants ? Ce monde est si cruel et déjà si peuplé !

Pas un mot sur moi.

Sur la photo qui illustre ces phrases, tu as à la main un poignard aux fausses émeraudes, ensanglanté comme la robe blanche que tu portes. L'héroïne vient de tuer sa fille de trois ans.

Dessous, on peut lire la réplique légendaire de la Médée originelle : « Mourez, enfants maudits d'une mère haineuse, et votre père avec ! Que toute la maison s'anéantisse ! »

J'ai trois ans.

FIN DE PARTIE, 1971

Tu es Clov dans *Fin de partie* de Beckett. Le public, bien que désarçonné par cette écriture de l'absurde, adore son atmosphère de fin du monde. La dramaturgie éclate toutes les conventions et parle d'une époque pas comme les autres à travers ton personnage.

Encore une critique dans le tas que tu m'as envoyé : « *Esra Zaman nous surprend du début à la fin. Ni homme ni femme, ni noir ni blanc, ni jeune ni vieille, ni la voix ni le silence, ni humain ni objet et pourtant, on sent le danger, on voit la fin d'un monde. Et c'est exactement ce que nous ressentons aujourd'hui en Turquie.* »

Tout le monde parle de ta prestation, tu obtiens le prix de la meilleure actrice et le ministère de la Culture et du Tourisme t'écrit, disant qu'ils ont décidé de te remettre un trophée et un titre officiel sera spécialement créé pour toi, celui de Trésor national. La cérémonie aura lieu en mars prochain.

Est-ce que ton amant y est pour quelque chose ? A-t-il soufflé à l'oreille de quelqu'un de bien placé qu'il fallait honorer la grande actrice ? Tu l'ignores. Tu ne sais pas non plus que la date de la remise de ton lotus national sera aussi celle du deuxième coup d'État et marquera la disparition de papa.

Ce sera vraiment « fin de partie ».

La canopée

Depuis dix jours, ma vie se résume à toucher des objets, regarder des kilomètres de vieux films sur YouTube et lire des pages et des pages de vieux articles sur le net. Je ne sors plus, je ne vois aucun ami, je ne parle à personne. Ton état est stable, Nilüfer me dit que tu as même un peu plus d'énergie depuis deux jours et j'ai bon espoir de te parler, enfin. Elle me promet qu'elle posera la question à ton médecin, qu'elle arrangera un Skype si ton état le permet.

Mon mari me téléphone d'une réserve biologique de l'autre bout du monde où il étudie la biodiversité. Il me décrit son projet d'explorer les cimes d'une forêt tropicale grâce à un engin qui s'élève à cinquante mètres de hauteur. Je fais vraiment de mon mieux pour m'enthousiasmer mais aujourd'hui, même le sommet de la cime de mon mieux n'est pas folichon ; je suis incapable de partager son émotion. Il comprend. Il se doute bien que depuis qu'il est parti, je ne fais que ça, trier ce foutu sac, réfléchir, me souvenir. Il dit *Ne t'inquiète pas, je mets de ce pas ma casquette d'époux parfaitement compréhensif*, nous rions, et il me parle d'un arbre tombé à terre après plusieurs siècles d'existence :

— C'est triste et beau à la fois.
— Beau, comme ça, à terre ?
— Oui, parce qu'en se décomposant, il contribue à la régénération des sols. Pour que naissent de nouveaux sujets.

L'homme que j'aime sait faire ça. Me faire du bien avec trois mots, puis me faire rire en se moquant de sa propre métaphore, *Tu as vu comment je joue au vieux sage qui connaît la poésie des plantes ?* et comme d'habitude il y arrive. Je suis déjà moins triste, lorsque je pense à toi sur ton lit d'hôpital, j'ai maintenant en tête l'image de ce vieux tronc majestueux couché sur le sol.

J'avais toujours imaginé qu'il me serait impossible de te pardonner un jour, Esra. Je croyais ma colère inextinguible et à présent, j'ai besoin de te voir pourtant, te toucher, sentir l'Amérique de Yves Rocher sur ta peau (qu'on ne fabrique plus et dont j'ai trouvé un flacon vintage sur Internet), te parler comme si tu ne nous avais jamais trahis.

Je sors cette petite boîte que tu m'avais donnée en France, après mon départ de Turquie, en bois incrustée de nacres avec de la soie violette à l'intérieur. Sur sa surface, une miniature ottomane représente au centre une femme, au second plan, une dizaine d'hommes qui la regardent, puis des animaux fantastiques, créatures préislamiques qui les encadrent. Une Sultane entourée des hommes et des fables.

Cette boîte contient vos alliances et une photo, la seule que j'ai de nous trois, le seul objet qui m'a poursuivie partout depuis mon départ d'Istanbul. J'ai changé d'adresse des dizaines de fois, dispersé et oublié des affaires à chacun de mes déménagements, connu la peur, l'angoisse, les hébergements précaires et l'envie de tout plaquer en France pour rentrer en Turquie sans que jamais ne m'effleure l'idée de l'abandonner. Au début, quand l'exil devenait insupportable surtout par temps gris, ce ciel parisien zéro contraste et zéro lumière qui pouvait durer des semaines entières, lorsque le ciel istanbuliote me manquait, je l'ouvrais, je regardais la photo et les bagues qui étaient dedans, et des larmes blanches coulaient quasiment sans aucune émotion, comme un rituel froid, comme si j'avais tout simplement dépassé le seuil réglementaire de quantité d'eau à retenir dans un corps et qu'il fallait que je vide ce trop-plein de liquide empoisonné. Et quand je retrouvais le volume autorisé de ma nappe phréatique, je refermais la boîte. Sans aucun sentimentalisme. Au bout de quelques mois, j'ai commencé à l'ouvrir de moins en moins, probablement parce que je devenais une vraie adulte, parce que je m'habituais à ma nouvelle vie, à cette France qui écoutait Francis Cabrel et Indochine, qui fantasmait sur Béatrice Dalle en perfecto-créoles, qui regardait

Anne Sinclair en pull mohair le dimanche, qui se passionnait pour les revers de Lendl ou de Navratilova et qui s'initiait à la sémiologie sans le savoir en lisant *Le Nom de la rose*. Voilà, je commençais moi aussi à prendre goût à ces *French eighties* et j'oubliais la boîte nacrée à la miniature ottomane. D'ailleurs mes rituels d'ouverture de la boîte coïncidaient toujours avec mes périodes de *gurbet* (un mot intraduisible, « *lieu loin du pays natal perdu* »), plus je « m'intégrais » moins j'ouvrais la boîte. Au fur et à mesure que je perdais mon accent, je perdais la nécessité de la voir, plus je devenais française, plus les alliances et la photo me paraissaient appartenir à une histoire lointaine et progressivement, j'ai fini par abandonner cet absurde rituel. Depuis, je ne pleure plus du tout non plus. J'ai juste un petit picotement au nez de temps à autre et encore, si j'ai vraiment un très gros chagrin. En devenant Julya, j'ai aussi perdu mes larmes.

Cette boîte, même si je ne l'ouvre plus, je n'ai jamais pensé à m'en séparer. Je me suis débarrassée de toutes mes vieilleries sauf d'elle. Sa présence me rassurait, avec vos alliances et notre photo dedans, elle était mon lien, mon fil rouge, mon socle. Elle était celle que j'avais été un jour, elle était nous trois, la famille que nous avions été.

Papa et toi, vous avez à vous deux des milliers de photos qui ont capturé votre vie. Femme et homme d'image, chacun à votre manière, vous avez témoigné d'une société disparue, d'un monde englouti mais de nous trois, ensemble, je n'ai que celle-ci. Il n'y avait pas de place pour un enfant sur les autres photos, vous n'incarniez en aucun cas « la famille » car vous étiez deux, vous étiez ce couple charismatique, moderne et libre, celui qui, dès qu'il entrait dans une pièce, reculait tout le monde au rang des figurants. Ça a duré onze ans, la période entre deux putschs, alors que ça aurait dû rester toute une vie. Si Ismaïl n'en avait pas décidé autrement.

J'ignore ce que deviendront vos archives mais j'aimerais tant m'y plonger un jour, trier une par une chaque photo, chaque lettre, mener mon enquête, croiser les périodes de vos vies pour mieux comprendre votre relation et celle, tempétueuse, que vous aviez chacun avec Ismaïl. J'aimerais m'attarder sur chaque détail pour savoir à quel moment cet être sombre a pris cette importance, quel rôle il a joué précisément dans notre destin.

Je ne sais pas si nous aurons l'occasion de nous expliquer avant ton envol. Mais j'ai encore une chance d'en parler avec Nilüfer. De tes quatre grands amis, elle et Bahar sont encore en vie, je ne sais pas si les deux autres, Firat et Aziz, ont laissé des traces qui peuvent m'éclairer. J'envoie un long mail à Nilüfer. Au milieu de la nuit, je reçois deux messages coup sur coup : La réponse de Nilüfer, insomniaque, qui me promet de m'aider. Et celui de mon mari, depuis sa *timezone* où il fait jour, accompagné d'une photo de ses cimes, à couper le souffle de beauté, vertigineuses avec des milliers de branches entremêlées.

« Nous avons réussi à capturer des vues de la canopée, si lumineuse au-dessus d'une jungle si sombre. »

Les tiens

Il y a ceux que tu appelles « les miens ». Ceux qui t'ont accompagnée à tes moments de fulgurance et de stagnance, de divagations et d'errances, ceux qui ont connu tes joies et tes malheurs.

« Les tiens » sont tes quatre amis, les vrais, les solides. Firat, Nilüfer, Aziz et Bahar. Ceux qui ont aimé papa et qui ont ensuite accueilli l'autre homme, accepté l'indicible lorsqu'il l'a fallu. Ceux qui ne t'ont jamais rejetée malgré l'embarras d'avoir le bourreau parmi vous, malgré l'ombre qui devenait de plus en plus présente et pour finir, insupportable. Comme une existence nuageuse, Ismaïl est entre vous un silence coupable, un adversaire qui se transforme en compagnon, une présence lourde que les tiens acceptent pour l'unique raison qu'il est celui que tu as choisi. Ils savent que tu es dingue de lui et qu'ils n'y peuvent rien, ce sont les tiens.

Et puis, il y a ceux qui passent, « les pièces rapportées »... Ceux qui sont là le temps d'un amour, d'un film, d'une pièce ou même parfois d'une soirée.

Captivés par la vivacité de cette famille que tu as inventée, envoûtés par cette bande dont tu es le centre, par votre anarchie créative, ils vous rejoignent un temps et s'en vont.

Tu as toujours aimé recevoir et vous vous réunissez très souvent chez nous. Le petit monde des intellectuels turcs se bouscule dans notre salon, il n'est pas rare de croiser certains matins des acteurs qui ont dormi là, d'entendre des musiciens faire des *jam-sessions*, de voir un scénariste discuter d'un dialogue avec un metteur en scène. Nous sommes souvent sur la terrasse, même en hiver avec manteaux et parapluies et en été, tu y donnes des fêtes où vous discutez politique, cinéma, théâtre, où vous inventez des projets pour changer de métier du jour au lendemain, où vous chantez et dansez, où vous décidez soudain de prendre la route et partir à la mer. Tu m'autorises quelques fois à être là, tes amis m'adorent, j'aime la compagnie des adultes, il y a aussi d'autres enfants parfois. Lorsque ce sont des réceptions plus officielles, j'observe de loin ces ego promener leurs vanités, satisfaits d'être reçus chez la star. En infiltrant ce monde, je te découvre différente aussi ; contrairement aux soirées entre amis, dans ces fêtes, tu parles différemment, tu te tiens toujours droite, tu ne bois jamais trop, tu te repoudres le nez et rafraîchis ton *lipstick*, tu orchestres les allées et venues de Melek, notre concierge qui s'occupe de tout, tu papotes chiffons avec les bourgeoises oisives qui veulent être ton amie. Tu rayonnes au milieu de ces femmes et hommes élégants, bronzés, gais et parfumés, tu aimantes les regards, tu ensorcelles les convives.

Le plus grand poète turc, Nazim Hikmet, disait que quand il regardait le paysage istanbuliote de sa mansarde, il s'apercevait que la ville, avec ses mers, ses montagnes, ses navires et ses bois, devenait parfois une peinture à l'huile, parfois une aquarelle, parfois un pastel, parfois un fusain. C'est exactement comme ça que je me représente aujourd'hui les flots hypnotiques du Bosphore que nous voyions de notre terrasse. Lorsque la nuit commençait à tomber, la mer était bleu foncé, le ciel avait cette couleur unique d'entre chien et loup, qui n'appartient qu'à cette ville, couleur *golden hour* de cinéma, qui dure si peu de temps. À Byzance, la nuit tombe vite. Quand la visibilité était bonne, le paysage ressemblait à un tableau de Delacroix mais bien sûr, je ne connaissais encore aucun peintre orientaliste. À droite, on apercevait le scintillement du palais de Topkapi et la coupole de la Sainte-Sophie, à gauche, l'entrée du détroit qui reliait l'Asie et l'Europe (et qui ne les séparait pas encore). Au loin, on devinait les îles des Princes dont les invités admiraient les lumières, avant de se diriger vers le *pick-up* sur lequel défilaient, suivant le style de la soirée, Dizzy Gillespie, Ornette Coleman, Sarah Vaughan, ou alors les Beatles, Zappa, Pink Floyd. On y croisait des artistes et intellectuels fauchés auxquels se joignaient les hommes d'affaires qui, comme partout dans le monde, voulaient être proches de vous, avoir leur part de poussière d'étoile, ça tombait bien car vous aviez régulièrement besoin d'argent pour lancer un projet de spectacle ou pour finir le montage d'un film, et des gens qu'on n'appelait pas encore *sponsors* mais « amis généreux » se faisaient un plaisir d'envoyer à la production « une enveloppe » le lendemain de tes fêtes et tu n'avais aucun état d'âme.

— Leonardo avait son François Ier, Sinan avait son Soliman le Magnifique ! Le fric n'a pas d'odeur et de toute façon, si ce n'est pas nous c'est quelqu'un d'autre qui s'en servira pour une cause moins noble !

Il y avait aussi « tes coups de foudre artistiques », ces amitiés passionnelles qui duraient le temps d'un projet, même si vous saviez qu'une fois le tourbillon terminé, vous ne vous reverriez plus jamais. Je m'attachais à eux, persuadée qu'ils étaient devenus les êtres les plus importants de notre vie, et je ne comprenais pas pourquoi un jour, tu ne les revoyais plus. Je saurais des années plus tard que les gens qui font des métiers normaux échangeaient en toute une carrière moins d'informations sur eux-mêmes, partageaient moins d'émotions avec leurs collègues que les artistes en une semaine de répétitions.

Lorsque vous travaillez ensemble, vous formez une étrange tribu dont chaque membre est capable de révéler ses sentiments les plus enfouis, d'ouvrir son cœur sans que la vraie intimité graduellement augmente. Dès qu'on se met à parler personnages, on cite les souvenirs les plus secrets, les émotions qui, en temps normal, seraient inavouables, deviennent des espaces de recherche, on s'aventure ensemble dans les arcanes les plus privés de chacun, puisque tout est permis. C'est une règle que tous les comédiens connaissent, une loi à laquelle les autres ne comprennent rien. Dès les premières répétitions, alors que vous venez tout juste de vous rencontrer, tactiles et impudiques, vous êtes capables de vous aimer et vous détester comme de vrais amoureux.

Après il y a les metteurs en scène, plus distants, plus cérébraux que les acteurs, occupés à préparer la création à venir avec mille choses en tête ; des équipes à diriger, un budget à tenir. Tu adores les interroger à propos d'une lumière, du détail d'un costume, d'un angle de caméra, tu adores t'impliquer dans leur artisanat.

Et puis, bien sûr, il y a les auteurs, tes Dieux et Déesses. Les dramaturges à l'aura inatteignable, ceux dont tu as toujours dit qu'ils furent les plus belles rencontres de ta carrière.

Ce sont ces mots qu'un jour je t'ai entendue dire à la télé qui ont fait que j'ai décidé d'écrire, je crois :

— J'ai joué beaucoup de classiques mais lorsque j'interprète le texte d'un auteur vivant, le moment de rencontrer pour la première fois le *demiurgos* (tu l'as dit en grec pour que ça jette) est ce qu'il y a de plus noble dans notre métier. Je suis toujours comme une petite fille intimidée devant un poète.

Après être plongée corps et âme dans ton personnage, après avoir enquêté de manière obsessionnelle sur la justesse d'un geste, le sens d'une phrase, rencontrer celui qui les a inventés est pour toi l'apogée des plaisirs intellectuels. Remplacer avec l'auteur un mot par un autre parce que tu penses qu'il claque mieux ou lui dérober une phrase écrite spécialement pour toi te donne l'impression de devenir immortelle. Parler des secrets de ton personnage avec son créateur est comme entrer dans l'éternité.

Dans ces planètes fictives, vous devenez les meilleurs amis, puis parfois vous ne vous revoyez plus jamais. Mais peu importe, ensemble, vous avez raconté une histoire qui vous a liés jusqu'à la mort et ça, c'est mille fois plus fort que de s'aimer dans la vraie vie.

Ainsi, beaucoup de gens ont été des témoins de ton existence. Mais tes quatre amis sont ta famille choisie. Ce sont les tiens, ta gangue, ton clan, ta bande, ta peuplade, ta clique. Vous avez toujours vécu en troupe, travaillé en tribu, bougé ensemble, migré en meute. Ils ont toujours été là, chacun l'a payé à sa manière.

FIRAT

Firat est ton grand ami, le Pygmalion de ton premier succès public, le metteur en scène qui a fait de toi une « Iphigénie des montagnes » au début de ta carrière. Comme les eaux de l'Euphrate, le fleuve dont il porte le nom, Firat est un homme en colère. Sa mère, une très belle femme analphabète avec un soleil tatoué au milieu du front, que tu aimais beaucoup, t'a dit un jour que son garçon était né en colère, qu'il avait crié sans discontinuer pendant les quarante jours qui avaient suivi sa naissance. Firat est un être de contradictions, tantôt plein d'affection pour vous, tantôt enragé contre le système et ceux qui « font partie du système », donc contre vous-mêmes, artistes, journalistes, écrivains qui côtoient le pouvoir, tous dans le même sac… Il dit que ce n'est pas avec une gauche molle comme la vôtre que le prolétariat va s'en sortir et lors des dîners un peu trop arrosés, il va même jusqu'à vous accuser « tous autant que vous êtes » de trahir le « vrai combat » ! Les mauvais jours, il te traite de Diva vendue et Ismaïl d'amant facho, peste contre vos projets pour des publics de bourgeois, va jusqu'à vous injurier tous mais vous savez qu'il vous adore. Ils ont été très proches d'Ishak de son vivant mais avec ton amant, ça ne passe pas. Il a toujours détesté Ismaïl, ils ne se sont jamais supportés.

Le sachant incontrôlable, tu ne l'invites jamais à des soirées où il y a des « gens qui font partie du système » mais tu t'arranges toujours pour lui trouver de l'argent pour ses projets par ces mêmes gens et il est bien obligé de l'accepter, tout en répétant qu'il va renoncer au cinéma car ce n'est pas là, la vraie résistance, qu'il faut passer à la lutte armée. Un jour, il vous annonce qu'il s'engage dans une organisation d'extrême gauche qui prône la violence, il commence par distribuer des tracts dans la rue mais il se fait tabasser par des nationalistes, il s'arrête le lendemain et refait un film. Un autre jour, il envisage de partir en Palestine pour apprendre « les techniques de lutte dans des camps » mais pris de panique, il trouve in extremis une nouvelle idée de film révolutionnaire et annule son voyage.

J'ai des dizaines de souvenirs de son petit appartement qui est juste derrière mon collège et où je passe parfois à la sortie d'école. Il y a des livres éparpillés partout, la vaisselle sale s'entasse dans l'évier de sa minuscule cuisine, sur les murs, les posters de Lénine cohabitent avec la *playmate* du mois. Au sous-sol, il a une grande pièce aveugle qu'il appelle le « labo ». (J'ai appris des années plus tard qu'il arrivait à Ishak d'y travailler lorsque Firat m'a dit un jour, « Je suis fier que ton père ait développé des centaines de photos dans cette pièce ».)

Il passe des heures dans ce studio. Comme ses films passent rarement le filtre de la censure, c'est là qu'il fabrique ses coupes finales. Il écrit souvent deux versions de certaines scènes, l'une pour le comité de censure et l'autre pour les projections privées, et garde sous la main son *director's cut.* À l'époque, on coupe littéralement la pellicule avec des ciseaux au début de la scène interdite et on la recolle avec du scotch à la fin, si bien que je vous vois pendant des heures faire disparaître des baisers, des révoltes, des bagarres, des discussions et des disputes. Vos séances de coupes m'ensorcellent, votre superpouvoir de faire marcher un personnage à l'envers, retirer un moment, soustraire des événements à la vie me fascine.

L'autocensure rend Firat inventif et il n'est jamais à court d'idées pour glisser un symbole politique dans une scène. Il y distille des mots, des gestes, des codes secrets. Il y a toujours un type au fond qui lève le poing gauche, une héroïne qui porte une boucle d'oreille seulement à gauche ou un chauffeur qui dit à son patron que le pneu droit a crevé mais celui de gauche est solide, messages codés super osés puisque l'ennemi national est l'URSS. Prononcer Karl Marx envoie n'importe qui en prison séance tenante, les films d'Eisenstein sont programmés sous le nom d'Einstein, les libraires vendent Dostoïevski sous le manteau et « la salade russe » est rebaptisée dans les menus « salade américaine ».

L'été 1993, Firat était invité dans une ville de province conservatrice pour parler de son dernier film avec d'autres intellectuels, dont l'éditeur des *Versets sataniques* de Salman Rushdie. Un groupe d'islamistes a commencé à protester en sortant de la prière de vendredi. La plupart voulaient juste scander quelques slogans et repartir mais certains d'entre eux ont décidé de faire un peu plus peur aux sales mécréants. D'autres ont rejoint la foule dans l'après-midi, et excitées par les plus radicaux, plus de dix mille personnes ont fini par encercler l'hôtel où ils logeaient sans rencontrer aucune résistance de la police. L'attente devenait interminable, les forces de l'ordre ne venaient pas et à l'intérieur, pris d'assaut, les artistes avaient peur. Avant qu'ils coupent les lignes téléphoniques, Firat a réussi à t'appeler pour te faire écouter une chanson qu'ils chantaient tous ensemble à l'intérieur pour se donner du courage. Tétanisée, tu as tout de suite téléphoné au ministre de la Culture, demandé qu'on fasse quelque chose, il a répondu qu'il essayait, ça a duré comme ça encore quatre heures, puis tu as appris que les radicaux avaient mis le feu au bâtiment. La police n'est venue que huit heures plus tard. C'est seulement le lendemain qu'on a retrouvé les trente-sept corps dans l'hôtel incendié. Dont celui de Firat, qui était couché sur ceux d'une jeune fille et d'un jeune garçon. Comme s'il avait voulu les protéger.

Firat a fait don de ses archives à un musée privé de cinéma dont des heures d'enregistrements sonores, des photos et des films amateurs qu'il n'a jamais arrêté de tourner avec ses petites caméras lors de vos fêtes, de vos soirées, de vos premières, de vos moments parfois intimes. Nilüfer me dit qu'on m'y voit souvent, une petite fille qui se balade de bras en bras ou, plus tard, boudant dans un coin comme tous les ados. Elle propose de me mettre en contact avec le conservateur de ce musée pour retrouver tout ce qui pourrait m'y intéresser.

Elle me parle aussi d'un enregistrement que je devrais regarder, elle ne m'en dit pas plus.

NILÜFER

Nilüfer est ta confidente, ta grande amie avec qui tu as tout partagé de ta vie de femme et d'actrice, celle à qui tu as tout raconté, celle qui t'a tout raconté. Tu l'as connue juste après Firat, elle a vu les débuts de votre amour avec papa, elle m'a vue naître aussi, littéralement, et c'est elle qui m'a appris que j'étais venue au monde dans mon sac amniotique. Tu ne m'avais jamais parlé de ton accouchement et j'ai su que ce phénomène très rare (mine d'or psychanalytique) avait été une source de superstitions dans toutes les cultures depuis l'Antiquité. « Cette poche » dont tu avais accouché lui avait inspiré une œuvre, un objet hideux qui portait nos deux prénoms, une poupée gluante enveloppée dans un sac semi-transparent, intitulée « Esra'nin Hülya'si » (La Hülya d'Esra, jeu de mots avec nos deux prénoms, voulant dire « le Rêve des Secrets ») qui a été exposée plusieurs fois dans des musées d'art contemporain au grand désespoir de mon mari. Avec ma cécité usuelle, je n'y ai jamais vu aucun symbole, jusqu'à ce que je me mette à un livre de 350 pages pour éviter d'écrire un éloge funèbre de deux pages.

Avec Nilüfer, vous vous rencontrez très jeunes sur un tournage. Fraîchement diplômée de l'Académie des Beaux-Arts d'Istanbul, elle sait transformer un bout de carton-pâte en mur médiéval ou un rocher en paysage intergalactique. Les réalisateurs se l'arrachent mais « décoratrice de cinéma », trop peu pour elle, Nilüfer veut raconter ses propres histoires, réinterpréter les événements politiques à sa manière. Très vite, elle se fait repérer par un galeriste important, commence à exposer aussi bien à Istanbul qu'à Paris. Elle est la première femme venant d'un pays musulman à créer des installations sur des sujets de société. Elle n'est pas dupe, elle sait qu'une « Orientale » qui se sert d'un matériau politique est un cabinet de curiosité anthropologique à l'envers pour la scène culturelle européenne. Contrairement à ce qu'on attend d'elle, elle met en scène l'avance que les Turques ont sur les Françaises dans les années soixante : elles ont obtenu le droit de vote dix ans plus tôt et peuvent ouvrir un compte bancaire sans l'autorisation du mari alors que la loi française ne le permet toujours pas. Ce miroir qu'elle tend dérange, tout comme sa recherche formelle, ses happenings parisiens pour s'auto-ériger en objet d'art. Bien avant Sophie Calle ou Marina Abramovitz ; elle expose ses serviettes hygiéniques, son lit, ou les radios de sa tumeur.

Nilüfer a attiré l'attention des autorités turques dès ses débuts. Dangereuse, elle l'était assurément, comme toute femme artiste qui exhibait un corps libre dans l'espace public. Mais les flics avaient d'autres chats à fouetter car ils la voyaient juste comme une hystérique incapable de renverser l'ordre établi. C'est seulement après le coup d'État de 1980, en créant une galerie avec ses amis plasticiens qu'elle est entrée dans le collimateur du régime militaire.

Au début, ils exposaient quelques peintures à l'huile « sans danger » mais petit à petit, ils les ont remplacées par des œuvres beaucoup plus subversives. En 1983, ils créent collectivement un objet qui s'appelle *La Jolie Maison du Bonheur*. C'est une charmante maison, qui, de l'extérieur, a tout d'un foyer de conte de fées : jolis rideaux, jolie peinture, joli toit, joli jardin. Une jolie maman avec ses trois jolis enfants en train de dire au revoir devant la porte d'entrée au père qui est en train d'ouvrir la portière de sa jolie voiture. Mais si on se baisse, on aperçoit au « sous-sol » un empilement de cadavres. Sur le cartel, on peut lire « Les fondations de la République ». Le soir du vernissage, Nilüfer explique aux journalistes que cette cave est la métaphore des fondations de la nation. Après la parution du magazine, une dizaine de types font une descente à la galerie et cassent tout. Mais Nilüfer, au lieu de se taire, parle à nouveau à la presse.

— Les mensonges officiels existent partout, regardez ce qu'ont fait les Français en Algérie, les Américains en Iran, et nous, les Turcs sur notre propre territoire.

Les militaires sonnent chez elle à quatre heures du matin, l'embarquent. Elle passera deux années à Mamak, dans la prison la plus célèbre de la junte militaire des années quatre-vingt. Nilüfer est toujours restée pudique sur ces années. Comme tous ceux qui ont subi des mauvais traitements elle n'en parle jamais. Si on lui pose des questions, elle répond qu'il faut regarder son œuvre « Le cerf-volant rouge » devenue culte : L'une de ses codétenues avait avec elle son fils de six ans et les gardiens avaient autorisé Nilüfer à fabriquer pour l'enfant un jouet de bric et de broc. Ce cerf-volant que les prisonnières ont fait voler tous les jours pendant deux ans au-dessus de la cour surpeuplée était la seule chose qui donnait de la force à ces femmes pour tenir, pour s'accrocher à la vie en sortant des chambres de torture et de viol.

Vous ne vous êtes jamais quittées, vous avez toujours partagé une grande complicité humaine et artistique. Elle seule connaissait certains épisodes de ta vie, savait exactement comment tu fonctionnais en amoureuse, en mère et en artiste. Elle avait aussi été la première à sentir le danger s'approcher. Elle t'avait mise en garde dès que tu lui avais présenté Ismaïl et par la suite, elle n'avait cessé de répéter qu'il serait nocif et destructeur. Tu ne l'entendais pas. Au bout d'un moment, elle avait décidé de se taire. Il était trop tôt pour savoir qu'il était trop tard.

AZIZ

Aziz est l'avocat de toute la bande. Il vient d'une famille pieuse sunnite, des vrais croyants sincères d'Anatolie centrale, qui ont un sens fort de la justice. C'est un homme de loi, droit et honnête sans trop de fantaisie, introverti, que vous adorez tous. Il aime les artistes, il surveille vos comptes mal tenus, arrange vos déconvenues juridiques, prend des risques, défend vos formules imprudentes. Sous ses airs austères, il a un humour qu'il ne perd jamais, même quand il reçoit des lettres d'intimidation ou lorsqu'il remarque qu'on surveille ses allers-retours.

Un jour, en apercevant que le vendeur ambulant de sa rue (qui était là depuis des années) avait laissé son étal à un type louche qui avait passé la nuit au coin de sa rue, il était descendu le voir :

— Tenez, je vous ai apporté du thé chaud, vous devez avoir froid après avoir surveillé ma porte toute une nuit. Ceci dit, vous pourriez quand même trouver un boulot moins dégradant.

La scène vous a valu des crises de rires pendant des mois, vous imitiez la mine déconfite du flic en civil qui avait fait semblant de ne pas comprendre ce qu'il disait.

Recherchée par le régime militaire, sa femme s'était réfugiée en Allemagne et Aziz élevait seul sa fille qu'il accompagnait à l'école tous les jours avant d'aller à son cabinet d'avocat. Il sortait le premier, regardait autour de lui, ouvrait le capot pour vérifier qu'il n'y avait rien de bizarre et ensuite seulement, faisait signe à sa fille pour qu'elle sorte rapidement de l'immeuble et qu'elle monte dans la voiture. C'était leur rituel quotidien. Un matin d'hiver qu'un vent glacial faisait pirouetter les flocons de neige sur la colline de Tepebasi, la petite était descendue plus tôt que d'habitude et avait couru vers la voiture. La voyant sortir de l'immeuble, Aziz est monté un peu trop rapidement, a mis la clé de contact et après un bruit torve, annonciateur, la voiture a explosé devant les yeux de la petite. Alors qu'il était si prudent d'habitude, il n'avait probablement pas voulu la faire attendre dans le froid et il n'a pas remarqué le dispositif grossier installé sous la voiture par un criminel qu'on venait de libérer, qu'Aziz avait pourtant fait condamner à perpétuité.

Pendant de longues années, vous avez continué de vous écrire avec sa veuve qui est morte récemment. Nilüfer me met en contact avec sa fille et nous nous retrouvons par Skype. Nous sympathisons dès les premières minutes ; comme moi, elle a envie de se rappeler son enfance, nous rions de souvenirs vagues, elle a cet humour pince-sans-rire de son père, comme lui, elle est devenue avocate et comme lui, elle défend les prisonniers politiques, toujours aussi nombreux qu'à l'époque de son père.

Lorsque j'évoque mon envie d'en savoir plus sur Ismaïl et sur la disparition de papa, elle me dit qu'elle n'a pas de souvenir précis mais qu'elle triera tout ce qui le concerne dans une boîte où il y a des dossiers que son père avait étiquetés « L'État profond 1970/1980 ». Aziz savait beaucoup de choses, il avait en sa possession des documents officiels et c'était précisément la raison de son assassinat. Juste avant de raccrocher, nous avons un dernier échange :

— Tu es sûre de vouloir ouvrir les écluses, Hülya ? Quarante ans après ?

— Je ne sais pas. Qu'est-ce que tu en penses ?

— Personnellement je pense qu'il faut le faire mais bon, en même temps, mon métier est de chercher la vérité alors que le tien est d'inventer des histoires. Je ne peux pas savoir ce qui vaut mieux pour toi.

— Moi non plus.

— En tout cas, sache que si tu le décides, tu as encore une chance. Tant que les témoignages sont là.

Je sais qu'elle a raison. Et j'en tremble déjà.

BAHAR

Bahar est avec toi la seule personne au monde à connaître tout de mon enfance : ma varicelle, mes plats préférés, mon premier jour d'école, mon premier tour en vélo, ma première cuite, mes chagrins d'amour, mes concours de karaté, mon départ de la maison. Cet être solaire qui était ta dame de compagnie, ta cuisinière, ta styliste, ta maquilleuse et ton astrologue, adorait raconter comment elle avait choisi Bahar comme prénom, printemps en turc puisqu'elle avait été « recréée » de toutes pièces un jour de printemps :

— Il y a toujours un jour dans l'année où tu sais que l'hiver est terminé à Istanbul. Généralement vers le 15 avril. Tu remarques que les arbres de Judée fleurissent, la mer a changé d'odeur, l'air a une autre densité. Eh bien, en allant à l'hôpital, ce jour-là, je me suis dit c'est aujourd'hui, ça y est, le printemps est là, celui de mon corps aussi.

Je compose son numéro envoyé par Nilüfer. Comme avant, elle décroche par un « *Efendim ?* » qui remplace le allô international, avec des voyelles traînantes. Un demi-siècle s'est écoulé depuis que la transformation a débuté dans son corps de femme en chantier mais on entend encore les graves de sa voix d'homme pour laquelle j'avais une fascination. Bahar me dit qu'elle s'en veut, qu'elle a souvent pensé à m'appeler et qu'elle n'en a jamais trouvé le courage.

Nous parlons toute la nuit.

Première transgenre célèbre de Turquie, Bahar a eu l'honneur d'échanger publiquement et officiellement sa carte d'identité bleue contre une carte d'identité rose. Tout le monde savait que le couple présidentiel la fréquentait régulièrement, que la Première Dame l'adorait, et que c'était elle-même qui lui avait accordé l'état civil féminin mais les ministres faisaient attention à ne pas se montrer trop familiers en public, les officiels ne voulaient pas poser pour la presse avec une telle « créature ».

Après avoir fui la pression familiale et subi toutes sortes d'agressions dans son enfance et adolescence, Bahar – qui était née Mustafa – avait voulu à tout prix obtenir sa reconversion administrative pour éviter le service militaire mais on ne la lui avait pas accordée et il/elle était parti.e à vingt-cinq ans sous les drapeaux.

— Du coup, qu'est-ce que tu veux, j'ai goûté aux joies de la vie de caserne. Quatre-vingts hommes dans le même dortoir, tu vois ce que je veux dire… Quand je suis rentrée du service militaire, j'ai pris le voile intégral : je me suis dit, ma fille, tu as voulu changer le corps que Allah t'a donné, tu vas racheter tes péchés !

Invisible le jour sous son voile, Bahar chantait en robe panthère et talons aiguilles la nuit au Kabaré Propaganda, un lieu à la mode que les célébrités adoraient. C'est là où tu l'as repérée et elle a toujours dit que cette rencontre avait été pour elle une bénédiction, puisqu'*il* était devenu *elle* grâce à toi. Tu l'as prise sous ton aile. Tu l'adorais et elle n'en revenait pas. Comme elle était douée pour le maquillage et la coiffure, tu l'as imposée sur tes tournages : elle disait qu'elle te devait sa transformation ; ses traitements coûteux, sa voix, son système pileux, ses nouveaux seins et bien sûr l'étape ultime, sa vaginoplastie, opération très mal pratiquée à l'époque, tout était payé grâce à toi, sans compter les cours de diction, de posture et de respiration que tu lui donnais dans la cuisine qui nous valaient des fous rires mémorables.

Bahar a su se rendre indispensable à tes côtés tout en menant sa carrière de chanteuse occasionnelle au Kabaré Propaganda : elle gérait tes petites manies, te cuisinait des petits plats, repassait tes affaires avec le bon pli, répondait aux sollicitations, te maquillait, te coiffait. De ton côté, tu lui laissais toujours du temps pour qu'elle puisse répéter ses numéros ou partir « pour un extra ». Après quelques télés remarquées, le public l'a adoptée même si pour beaucoup elle restait une bête de foire, ils faisaient semblant de l'accepter pour montrer leur « ouverture d'esprit », ce qu'elle savait parfaitement et elle s'en amusait :

— On a tous besoin d'un ami arménien, grec, nain ou trans. Je suis une aubaine pour la bourgeoisie coincée qui veut paraître rock and roll…

L'ascension sociale que tu lui offrais était une chance inespérée pour quelqu'un de son milieu. En échange, elle se contentait de vivre en semi-célébrité à tes côtés en renonçant à son rêve de devenir une vraie chanteuse. Elle disait qu'elle ne percerait de toute façon jamais réellement, cette vie lui allait, elle était fière de travailler pour toi, d'être ta confidente et bien sûr, elle adorait se produire sur scène dès qu'elle en avait l'occasion.

Bahar a eu aussi son heure de gloire dans *La Cage aux folles* qui a fait un tabac en Turquie comme partout à l'époque. Jouée à guichets fermés pendant trois saisons, cette adaptation fut l'un des plus gros succès théâtraux de tous les temps, probablement à cause de la vieille tradition ottomane des *zenné*, danseurs déguisés en femmes. Elle a été une formidable danseuse derrière la Zaza Napoli istanbuliote, rôle interprété par Michel Serrault mille huit cents fois au Théâtre du Palais Royal et six cents fois en Turquie. Certains en parlent comme d'un spectacle homophobe aujourd'hui alors qu'à l'époque, il avait été un véritable objet de résistance à Istanbul.

Un peu voyante, un peu sorcière, un peu médium, Bahar adorait éloigner les mauvais esprits : elle répandait des graines de grenade en décembre, nouait des rubans aux pommiers en février, jetait des pétales de rose à la mer en mai, brûlait des pieds de vigne en septembre, lisait des destins dans le marc de café et interprétait nos horoscopes en te faisant annuler un contrat à cause d'un Mercure qui rétrogradait ou te demandait de repousser une première à cause d'un Saturne qui entrait en opposition avec Neptune.

Elle était l'une des personnes les plus affectueuses, les plus drôles, les plus gentilles de mon enfance. Mais la plus belle image que je garderai à jamais de Bahar est celle où elle a illuminé la place Taksim un premier mai, un événement ancré dans la mémoire de tous les Turcs, un rassemblement joyeux qui s'est transformé en carnage. Vous y étiez tous. Dans le sac, je trouve une coupure de presse avec vos photos. Une où vous êtes en groupe, au début de la manif, puis une de Bahar, en train de courir, à la fin. On voit de fines silhouettes d'enfants derrière elle en contrejour, je crois que l'une d'entre elles est la mienne.

*

Le premier mai 1977, un petit groupe d'activistes se retrouvent chez toi avant d'aller à une manifestation pour la fête des travailleurs. Ton appartement est proche de la place Taksim où l'événement aura lieu comme tous les rassemblements de gauche. En plus de tes quatre grands potes, il y a des membres du « syndicat des travailleurs de cinéma » que vous avez créé. Des amis comédiens et techniciens arrivent chez toi avec pancartes et bannières, préparées la veille. Melek, notre concierge à qui vous avez dit de venir manifester avec vous, est là aussi avec ses deux enfants qu'elle ne sait pas où laisser et vous décidez qu'on peut les emmener à la manif.

Dans l'après-midi, Ismaïl te passe un coup de fil. Apprenant que nous sommes sur le point de partir à Taksim, il entre dans une colère noire et te demande de ne pas y aller. Tu lui réponds qu'il est hors de question d'annuler, vous vous y préparez depuis longtemps et voyant qu'il ne peut pas t'en empêcher, il te prévient qu'il faut faire très attention, qu'il y aura sur place « des agents provocateurs étrangers ».

Nous partons de la maison, fiers, amusés, joyeux. C'est moi qui tiens la main des enfants de Melek. Nous nous approchons de la place, vous constatez que la foule est d'une ampleur inédite et que certaines rues sont barricadées. Avec Nilüfer, Bahar, Aziz, Firat et des amis comédiens, vous vous mettez au premier rang pour protéger les ouvriers qui risquent gros s'ils se font prendre par la police car on voit bien à leur allure qu'ils sont « du peuple », alors que personne n'oserait arrêter des célébrités comme vous, c'est du moins ce que vous pensez. Vous portez des longues jupes colorées, des fleurs dans les cheveux et les syndicalistes les plus austères ont peur de ne pas être pris au sérieux en manifestant aux côtés de bourgeoises et de Bahar. Un grand type aux lunettes marmonne que ce n'est pas une fête foraine mais un rassemblement pour la classe ouvrière. Avec un grand sourire désarmant, tu lui réponds *Nous sommes unis pour la même cause camarade !*, ne sachant pas quoi répondre, il se tait.

L'ambiance est vraiment bon enfant. Des étudiants qui ont l'air d'être tout droit sortis de la Sorbonne se mêlent aux jeunes des bidonvilles. L'islam politique ne sépare pas encore les garçons et les filles, les jeunes dansent le *horon* bras dessus bras dessous, chantent *L'Internationale* en turc, alternent les slogans drôles et sérieux que les enfants de Melek essaient de reprendre, ce qui amuse tout le monde. Tu salues des amis acteurs qui manifestent aux côtés des ouvriers aux habits élimés, tous ont le poing gauche levé, des gens qui ne se croisent jamais en temps normal se tiennent la main, un air vraiment fraternel flotte sur la place Taksim.

Mais tout à coup, quelque chose change, il y a un mouvement dans l'air, une vague qui s'agite. J'entends un coup de feu au lointain, ensuite des cris et des bruits sourds, puis encore des coups de feu, on ressent une agitation brutale mais la foule est trop dense, je ne vois pas ce qui se passe. Une femme montre du doigt la grande tour qui domine la place, tout le monde regarde, c'est l'hôtel chic où tu m'emmènes prendre une glace parfois, je lève la tête et tout en haut, j'aperçois deux hommes à une fenêtre qui tiennent des armes braquées sur la foule. Ils disparaissent aussitôt, on entend des hurlements, on voit des gens courir, s'écraser, tomber et je réalise que je vous ai perdus de vue. J'entends la voix de Melek crier le prénom de ses enfants, j'aperçois ses cheveux et son pull par terre, les gens marchent sur elle, les tirs continuent, c'est la panique, des dizaines de personnes tombent, les gamins de Melek restent plantés à côté de moi, son fils, cinq ans à tout casser, se met à pleurer, sa fille, plus âgée, est tétanisée, je suis décidée à ne pas leur lâcher la main, nous sommes là, trois enfants figés au milieu des adultes. Je ne sais pas si je peux partir de là, tout ralentit autour de moi comme dans un film, je dois prendre une décision, je ne peux pas laisser ces enfants, là, sans leur mère, le temps est comme suspendu pendant ce millième de seconde, j'entends les voix comme quand je m'amuse à faire tourner les vinyles quarante-cinq tours en trente-trois et j'ai le temps de nous imaginer tous, écrasés par la foule qui nous entoure.

Et c'est là que soudain, contrairement à tous ces « combattants purs et durs » qui parlent sans arrêt de courage ; tous ces stalinistes et maoïstes qui ont déjà fui depuis longtemps, Bahar fend la foule et saute sur nous. Alors que tous avancent dans la direction opposée pour se sauver, la seule personne de la manif qui fait demi-tour, porte des talons de douze et un boa autour du cou : la seule *Drag Queen* de toute la place Taksim attrape les deux gosses comme deux petits paquets qu'elle cale sous ses bras, me lance un « cours ! » et part pour un sprint en *super badass* de série américaine. Nous réussissons à atteindre l'entrée d'un immeuble, un bar mal famé qu'elle connaît très bien. Elle se dirige vers une petite porte qui est sur le côté qu'elle ouvre en tirant sur une petite chaîne, nous nous y réfugions avec les enfants de Melek et enfin à l'abri, nous claquons la porte. Nous entendons des bruits de pas, des cris, des tirs et à nouveau des cris. Nous attendons que ça se calme pendant une vingtaine de minutes interminables, les enfants pleurent, et quand ça se calme, nous quittons le bar à putes qui pue le tabac froid, le tapis humide de sperme et d'alcool de la veille, marchons tous les quatre vers la maison. Bahar, pieds nus cette fois-ci, le petit garçon dans les bras et chaussures à la main, et moi, avec la petite que je traîne en la tirant par le bras.

On arrive à la maison, vous êtes déjà là, tu me prends dans les bras et tu pleures, Nilüfer me dit que tu m'as cherchée partout comme une folle et Melek, qui jusque-là avait toujours pris Bahar pour une perverse, l'embrasse, la remercie d'avoir sauvé ses enfants et lui dit qu'elle est désormais sa sœur pour la vie. À partir de ce jour, notre concierge pieuse arrête définitivement de parler d'elle au masculin (ce qui a toujours énervé Bahar au plus haut point), passe son temps à lui dire qu'elle est belle, lui cuisine des petits böreks qu'elle adore et l'aide à s'épiler les jambes. Une fois le choc passé, cette histoire se raconte un peu partout et Bahar devient une légende urbaine. Elle porte ses pansements pendant plusieurs semaines comme des médailles et montre sa peau striée d'ecchymoses comme une blessure de guerre.

Vous en avez souvent parlé ensemble, vous en avez beaucoup ri aussi, et à chaque fois que tu lui disais qu'elle avait plus de couilles que les soi-disant combattants trotskistes, elle te répondait avec son fameux sourire en biais : *Tu as oublié ma chérie ? Je me les suis fait retirer et c'est même toi qui as payé l'opération !*

Mais Bahar n'était pas la seule à s'être comportée comme une héroïne ce jour-là. Vous y avez tous risqué vos vies, toi, pour me chercher, en vain, Firat et Nilüfer pour porter Melek qui était blessée, jusqu'à la maison et Aziz, comme d'habitude, pour sortir les manifestants de prison et par la suite pour chercher la vérité qui se cachait derrière cet événement.

Ce premier mai 1977, il y a eu trente-quatre morts et des dizaines de blessés dans la petite rue qui longeait la place Taksim. On a entendu plus tard toutes sortes de rumeurs ; que ceux qui avaient loué cette chambre d'hôtel étaient des hommes des services secrets turcs, ou de la CIA, qu'ils appartenaient à des organisations d'extrême droite, que ces premiers tirs étaient le signal pour que d'autres agents, dissimulés dans la foule, commencent à semer la panique et attaquent les manifestants. Aujourd'hui encore, aucun responsable n'a été jugé bien que l'identité de celui qui avait loué la chambre soit connue par la police.

*

Au téléphone, Bahar se tait, respire fort comme si elle était enrhumée, émet un petit soupir d'oiseau et dit :

— Une chose est certaine ma bibiche, Ismaïl était au courant qu'il allait s'y passer quelque chose au moment où nous avions quitté l'appartement, plusieurs heures avant les premiers tirs. Ce type était de toute façon toujours au courant de tout. Mais laisse tomber, ne cherche pas, c'est loin tout ça…

Ishak

Je retrouve dans le sac que tu m'as envoyé quelques lettres et quelques photos de jeunesse de papa. Ensuite, dans une pochette en plastique au fond, ses planches contacts, ses carnets et ses boîtiers, les deux Leica qui l'ont accompagné quasiment toute sa vie.

Ishak a pris des milliers de photos en une quinzaine d'années mais de lui, il y en a très peu. Quelques images d'enfance et d'adolescence dans l'appartement familial, puis dans les clubs sélects d'Istanbul, faisant de l'équitation ou de la voile, plus tard du ski quand on a ouvert la première station turque de sports d'hiver. Une vingtaine de photos à tout casser, ce qui est déjà beaucoup pour quelqu'un qui est né en 1938, qui font toutes très « jeunesse dorée ». Parfois accompagné par ses parents, toujours tirés à quatre épingles ou avec ses amis d'enfance et d'adolescence, dont une où on le voit avec Ismaïl. Papa a dix ans, Ismaïl, douze. La photo a été prise pour une grande occasion, le premier jour du collège, ils sont endimanchés avec des vestes bleu marine et des cravates, debout devant l'immeuble de mes grands-parents, habillés pareil, à un détail près : papa a des chaussures vernies, alors qu'Ismaïl porte des méduses en plastique. Ensuite, il y a quelques photos de lycée, d'université (Berkeley), toujours en noir et blanc, puis celles de ses premiers grands voyages d'aventure à la fin des années cinquante. Et à partir de votre rencontre, il n'y a plus que des images où l'on vous voit ensemble. Dans des fêtes, aux premières, aux galas ou aux soirées mondaines. Au début des années soixante, il porte des costumes avec des cravates fines et vers la fin, des vestes en velours côtelé, des pantalons à pattes d'éph, des cheveux longs, des favoris et des lunettes colorimétriques, le comble du chic *late sixties.* Dans une autre pochette, il y a celles où il est derrière son appareil photo au Vietnam, en Rhodésie et aux manifs de la CGT à Paris. Je me demande qui a pu les prendre, un compagnon de route, journaliste comme lui, certainement. Ce qui me frappe, c'est que même dans des conditions de guerre, on devine tout de suite qu'il vient du sérail ; il a toujours cette classe, cet humour, et ce sourire frais à la Robert Redford dont tu disais que le charme ferait craquer n'importe quelle femme.

Ishak a grandi dans une famille de la grande bourgeoisie discrète et cultivée, dont les ascendants juifs avaient trouvé refuge, dès le XVe siècle, dans l'Empire ottoman de Bayezid après avoir été persécutés en Espagne. Lorsque tu jouais le rôle de Roxane dans *Bajazet* de Racine, vous parliez de ce texte et de cette époque, du destin des sépharades et des traces qu'ils ont laissées en Turquie. Il t'avait emmenée dans des synagogues d'Istanbul que tu ne connaissais pas, il t'avait appris quelques mots de ladino, t'avait raconté des blagues juives et t'avait prévenue : il ne te présenterait pas tout de suite à ses parents, l'accueil pouvait être glacial même s'ils n'étaient pas du tout pratiquants. Saltimbanque, goï, pas vraiment morale et un peu plus âgée que lui, tu n'étais pas la *girl-friend* idéale. Mes grands-parents ne t'ont jamais acceptée, même après ma naissance.

Comme beaucoup de familles aisées, les Hazan ont toujours craint l'antisémitisme des envieux. Ils avaient appris dès leur plus jeune âge à ne pas attirer l'attention et avaient adopté la fameuse formule « *kayadez* » qui veut dire en ladino « ne disons rien ». C'est la règle ; tant qu'on ne sait pas qui est en face, on fait profil bas, on rase les murs, on n'émet en public aucune idée qui peut attirer des ennuis.

Mon grand-père, Nissim Hazan, avait toujours voulu être médecin mais il n'avait pas pu faire d'études pendant la guerre. La Turquie n'avait pas participé à la Seconde Guerre mondiale et avait même accueilli plusieurs intellectuels juifs allemands chassés par le nazisme mais le pays avait fini par fermer ses frontières aux réfugiés et même par voter un impôt sur la fortune pour les minorités non musulmanes. Ceux qui ne pouvaient pas le payer ont été déportés dans un camp de travail où ils sont morts. Il était donc hors de question pour mon grand-père qui avait déjà un fils à charge, dans ces années d'incertitude, de faire des études de médecine mais il voulait à tout prix rester dans ce milieu. Il avait découvert un jour dans un magazine français que la technologie médicale moderne était l'avenir ; il avait commencé par importer des lampes, des prothèses, des stéthoscopes, puis un fauteuil de dentiste, une table d'opération et en quelques années, *Hazan-Medi* est devenu la référence des appareils médicaux de toutes sortes. À partir de là, il n'avait plus qu'une envie, que son fils unique parte faire des études de gestion, une nouveauté américaine, pour qu'en rentrant, il puisse diriger l'entreprise familiale.

Ishak est curieux de tout à dix-huit ans et il n'a aucune envie de vendre du matériel médical. Son père lui parle des études de Business, en vain. « Hazan-Medi de Père en Fils » n'existera pas, il veut étudier les Sciences Politiques. Onde de choc dans la famille. Dans un pays où il est impensable pour les non-musulmans de devenir diplomate, politicien, militaire, ni même maire d'une petite commune, oser parler à voix haute de la lutte des classes et critiquer l'État est une épée de Damoclès qui peut détruire toute la famille. M. Hazan menace son fils de lui couper les vivres mais le rebelle dit qu'il ne renoncera jamais à son rêve. Il veut comprendre l'état du monde, entendre le bruit du siècle. Après des mois de lutte acharnée qui oppose père et fils, le couple accepte la défaite mais à une seule condition, Ishak devra s'éloigner de Turquie, sa vocation est trop dangereuse. Ils se renseignent, on parle de nouveaux départements qu'on a inaugurés à Berkeley, une université américaine pour les étudiants brillants et en plus, bien loin, à l'abri des violences qui secouent la Turquie. On vient d'y réorganiser le cursus de Relations internationales, ce qui est parfait pour le jeune bachelier, polyglotte depuis son plus jeune âge. Nissim dit à son fils *Oublie le français, c'est juste une langue pour lire des romans, maintenant, l'avenir du monde s'écrit en anglais.* Ishak part en Californie en septembre 1957 et fait connaissance, enthousiaste, avec la vie de campus américain qui n'a rien à voir avec celle qu'il menait en Turquie, dans son milieu éthéré. Le jeune homme y découvre la *Beat Generation,* la contre-culture, Kerouac, Ginsberg et Burroughs, il y goûte aux discussions enflammées, à la liberté de la parole – trouve que le mot *free-speech* sonne magique – et surtout, à la photographie politique. L'animateur du club de photo lui dit qu'il a « un regard aigu », et pour la première fois de sa vie, Ishak sent qu'il peut faire quelque chose de ça. Il commence à errer à la recherche de lieux insolites et d'instants rares à capturer : musiciens de jazz, quartiers noirs, ouvriers agricoles mexicains, motels miteux au coucher du soleil, plages avec des producteurs à cigares, nymphettes de Hollywood, manifestations beat, il est le témoin des prémices des grands mouvements sociaux sans savoir encore que photoreporter, ça deviendra un vrai métier. Mais c'est à Paris, lors de ses vacances d'été, qu'il fera ses rencontres décisives, décidera d'arrêter ses études pour ne se consacrer qu'à la photo, se fera repérer par une agence grâce à ses images californiennes, connaîtra les futurs grands photographes et achètera son premier Leica qu'il ne quittera plus – même quand il aura plus tard les moyens de se payer d'autres appareils. Et par la suite, Paris restera pour lui toujours l'épicentre de son activité. Il y retournera régulièrement et tu l'y accompagneras parfois. C'est là qu'il immortalisera les manifestations algériennes ou estudiantines aux côtés des grandes figures de l'époque. Certains de ses clichés se vendront dans le monde entier et lui vaudront d'être accusé par la presse nationaliste turque d'être « un vendu ». On ira jusqu'à dire que l'auteur de ces images ne peut être qu'un agent servant les « forces obscures extérieures pour importer les soulèvements occidentaux », la preuve étant que tout de suite après Paris, les étudiants turcs se soient rebellés, rejoints par les syndicalistes. Votre sulfureuse romance n'arrangera rien à sa réputation.

Aujourd'hui, quand je regarde ses planches contacts, je vois des visages plantés au milieu de la grande histoire car papa n'est pas juste un baroudeur de zones chaudes ou un capteur d'images. Il a un regard plein d'humanité, une approche respectueuse pour ces êtres humains qui se trouvent dans une situation exceptionnelle, pour retracer l'histoire sans jamais leur faire perdre leur dignité.

Pendant sa courte carrière, Ishak a couvert une dizaine de conflits internationaux et la vie politique de son propre pays. C'est à travers son objectif qu'on a découvert certains moments majeurs de l'histoire contemporaine. Il accompagnait toujours ces séries par quelques phrases simples mais pertinentes, résumant les circonstances dans lesquelles elles avaient été réalisées. Ses propos engagés, ses images fortes provenant de différents pays – que son agence française continue encore de vendre à la presse mondiale – ont fait de lui un journaliste renommé. Il adorait la France, y retournait souvent, d'abord parce qu'avant de partir dans les zones de conflits, il devait passer par son agence mais aussi parce qu'il avait toujours considéré ces courts séjours comme des parenthèses enchantées. Il y retrouvait ses amis pour refaire le monde, pour discuter du destin du Che ou d'Allende, de l'idéal internationaliste au Café de Flore. Avec ses amis, ils se demandaient comment photographier « l'humanité comme un seul peuple », s'échangeaient des techniques, se donnaient des tuyaux pour trouver du matériel dernier cri ou d'occasion, se disputaient à propos de l'avenir du photoreportage, et ensuite ils faisaient des réunions à l'agence pour décider des prochaines destinations à couvrir, récupérer leurs billets d'avion, leurs pellicules et les instructions avant de partir. Tu le soupçonnais, lors de ces « parenthèses enchantées », d'y vivre des aventures mais ça ne te faisait rien. L'amour, de toute façon, n'existait pas sans rivale et secrètement, tu prenais même plaisir à lui faire de temps en temps des scènes, juste parce que tu aimais ça, c'était théâtral et beau de pleurer à chaudes larmes à cause d'une rivale française, ça mettait du piment et ça se terminait toujours sur l'oreiller.

Ishak ne posait jamais de question sur ton « histoire » avec Ismaïl. La discrétion, c'était à la fois son éducation et l'exigence première de son métier. Et de toute façon, dès que vous étiez dans les bras l'un de l'autre, les amours passagères ne comptaient pas, plus rien n'existait lorsque vous vous fondiez l'un dans l'autre, vous oubliiez tout et vous recommenciez. Toute autre liaison était destinée à rester légère puisque rien ne pouvait remplacer celle, immense, que vous étiez en train de vivre, vous vieilliriez ensemble, et de ça, vous étiez réellement sûrs : s'il n'y avait qu'une seule vérité sur cette terre, c'était celle-ci ; aucune autre *love affair* ne pouvait être aussi forte que la vôtre.

Comme beaucoup de couples fusionnels, vous vous êtes aimés, vous vous êtes trompés et vous avez continué de vous aimer. Vous admiriez Jean-Paul Sartre et Simone de Beauvoir qui venaient d'inventer le nouveau couple avec « des amours nécessaires et des amours contingentes » et ils appelaient ça « leur PME ». Voilà, vous aviez aussi votre PME.

*

Les reportages de papa ont été publiés dans les médias du monde entier, même après sa disparition au lendemain du coup d'État de 1971. De la guerre des Six Jours au Vietnam, du Printemps de Prague à la révolution culturelle en Chine, en passant par la crise cubaine, l'Algérie, le séisme iranien, la construction du mur de Berlin ou encore le putsch grec – qui faisait furieusement penser à celui qui vous avait fait vous rencontrer – il a sillonné un nombre impressionnant de régions dans le monde en une douzaine d'années. Et chez lui en Turquie, il n'a jamais cessé de témoigner des grands procès, des conditions d'emprisonnement des détenus politiques, de la violence des forces de l'ordre, de « l'État profond », des arrangements sales, des assassinats commandités par les services secrets.

Comme n'importe quel journaliste d'investigation, il avait ses contacts, ses relations, ses combines, il fréquentait bien sûr des gens infréquentables et il entrait dans les milieux dangereux avec un seul objectif : appuyer sur le déclencheur à « l'instant décisif » et tout ça, en répétant qu'il en avait marre de frôler la mort, que le prochain voyage serait le dernier mais il y retournait toujours.

Et toute cette adrénaline, à tes yeux, c'était diablement sexy.

L'épicier salafiste

Je me suis endormie au petit matin sur les planches de papa, avant de me réveiller avec des images de guerre dans la tête, une faim monstrueuse et une envie irrésistible de petit déjeuner turc, à tel point que mon seul objectif est littéralement de courir chez l'épicier islamiste de ma rue que j'ai pourtant soigneusement évité pendant des années. Mon corps a comme d'habitude une longueur d'avance sur mon cerveau ; il sollicite mes archives gustatives pour panser les blessures de mon âme. Je redoute bien sûr le moment de passer à la caisse d'un fondamentaliste mais je me rassure ; je lui parlerai français, je m'en tirerai avec des bobards du genre *j'ai été en vacances dans votre pays, vraiment sympa, oh là là, d'où cette envie soudaine d'un petit déjeuner turc* mais bien sûr, les choses ne se passent pas telles que je les avais prévues et je me retrouve en train de converser tranquillement dans un sabir franco-turc avec un salafiste-quiétiste qui veut à tout prix me convertir sous un photoshop de la Kaaba qui surplombe la tour Eiffel, certainement un délire expansionniste d'un graphiste frère musulman. Tout ça avec deux sacs pleins à craquer : thé de la mer Noire, olives égéennes, fromage des Dardanelles, feuilles de vigne, cumin, pois chiches, abricots secs, cigarettes turques infumables et une grande bouteille de raki car il vend quand même de l'alcool, « *c'est très demandé, je ne peux pas faire autrement* ». Sami est né en France, il a trente-huit ans, deux femmes (il en « prendra » certainement une troisième plus tard), trois enfants, ses parents sont arrivés dans les années soixante-dix, ils sont parfaitement laïques ; « *des darons assimilés comme des porcs* » – qu'est-ce qui s'est passé entre la première et la seconde génération, mystère absolu – en tout cas, il se dit fier d'avoir choisi « la voie de ses ancêtres », et d'ailleurs, je devrais faire pareil, car comme lui, je descends de Mehmet le Conquérant, un type qui est quand même entré avec son cheval blanc dans la basilique Sainte-Sophie, que je comprenne bien, de toute façon, la parenthèse laïque de la Turquie est terminée, c'est maintenant au tour de la France, par conséquent, il va falloir que je choisisse vite mon camp pendant qu'il est encore temps. Il me conseille vivement d'opter pour celui, néo-ottoman, qui va envahir l'Europe et l'Afrique d'ici peu et me fixe avec ses yeux bleus métalliques glaçants tout en passant ma carte bleue dans sa machine. À cet instant, il me fait plus penser à un *serial-killer* qu'à un militant de DAECH, à l'un de ces types qui découpent des femmes à Baltimore dans les films américains pour tricoter des pulls avec leurs cheveux. J'arrache littéralement ma carte à sa machine salafiste, de peur que, si je l'y laisse une seconde de plus, elle émette toutes mes informations aux terroristes, je marmonne un au revoir séculier en turc auquel il répond par une formule pleine de Inchallah-Machallah-Subhanallah et autres suffixes en allah censés protéger l'interlocuteur, en insistant sur les sons gutturaux pour bien signifier qu'il n'approuve pas mon accent d'Istanbul, celui des mécréants complexés devant les impérialistes occidentaux alors qu'il parle notre langue maternelle avec des vibratos appuyés empruntés à la langue du Coran.

Je sais que je ne peux pas faire le poids face à un type qui ne croit qu'en un seul livre alors que je me suis embrouillé le cerveau avec des milliers de romans depuis mon plus jeune âge. Je suis à deux doigts de pleurer, épuisée, j'ai faim, soif, froid, chaud, mal à la tête, je n'ai aucune énergie pour entrer en conflit avec quelqu'un qui n'a que des certitudes. Lâche devant une telle foi, je m'écrase et quitte la boutique en me blâmant d'avoir enrichi un ennemi de la démocratie.

Mon mari va rentrer mercredi, ce qui me laisse quarante-huit heures pour me goinfrer de turqueries, m'empoisonner avec des cigarettes et m'enivrer de raki « en mode pyj-canap » selon l'expression de ma fille. Il va ensuite falloir que je retrouve forme humaine et dignité si je ne veux pas que le miroir de l'amour se brise, celui qui, je ne sais par quel miracle, reflète encore, après trois décennies, une image pour laquelle je devrais te remercier maman, je crois. S'il y a une chose que je suis heureuse d'avoir hérité de toi, c'est cette capacité de faire du couple un endroit ludique, cette envie de jouer à créer du désir en permanence, l'aptitude à mettre en scène l'amour, à rire, à se toucher et à s'émerveiller encore ensemble. Mon homme m'a dit un jour qu'il se sentait toujours comme « un touriste chez moi », je ne sais pas ce qu'il voulait dire exactement, j'ai préféré ne rien lui demander mais il me semble que c'était la plus belle chose qu'il m'ait été donné à entendre sur cette terre. J'ai gardé cette phrase en moi comme une alliance (nous n'en avons jamais eu, je n'en voulais pas) et j'ai toujours pensé que c'était à vous que je la devais, que notre amour venait du vôtre, que j'en étais la riche héritière.

J'ai ouvert la boîte incrustée de nacre et caressé vos alliances.

Votre romance

Tu es une grande amoureuse, une « éprise totale » comme certains de tes personnages. Au tout début de votre histoire, c'est toujours toi qui prends l'initiative. Tu es une matière inflammable, tu sens, grâce à ton intuition animale, qu'il sera question de passion avec cet homme, qu'il ne s'agira pas là juste d'un petit *flirt*. Tu sais aussi que tu es incapable de patienter sagement quand l'ardeur est vitale, quand la furieuse communion saisit l'âme, quand la sève brute déborde. Quand le coup de foudre est là, *love at first sight*, comme on le dit en anglais ou *ilk bakışta aşk* en turc ; quand le désir te tombe dessus, tu ne peux pas attendre, tu ne connais que deux manières de faire : enlacer l'objet de ton désir toutes affaires cessantes ou mourir sur-le-champ. Tu devines donc dès le premier soir que vous aurez une immense histoire. Les amours, tu ne les aimes que *bigger than life*, à l'état brut et sauvage et pour la première fois, ce qu'offre la vraie vie est plus grand que les amours que tu as vécues sur scène. Lorsque ce premier soir à l'avant-première de ton film tu vois le jeune photographe dans le hall, tu le veux séance tenante mais il faudra patienter. Ishak ne ressemble pas aux hommes qui veulent t'avoir tout de suite. Il ne peut pas t'embrasser comme ça, entre deux portes, il doit d'abord se prouver que c'est du sérieux, et ensuite te conquérir pleinement.

Lors de cette attente qui te paraît interminable, tu lui envoies une vieille photo de tournage en jeune héroïne tuberculeuse qui crache du sang et qui se meurt d'amour dans un sanatorium sur les îles des Princes, ce qui vous fera beaucoup rire. Par la suite et jusqu'à la fin, vous ne cesserez jamais de rire ensemble. Il y aura l'épisode de la fameuse interview en Lady Macbeth, puis une autre crise de rire mémorable, toi sur scène, lui au premier rang, lorsqu'un soir il vient te voir jouer sans te prévenir. Aux applaudissements quand on allume les lumières de la salle, tu l'aperçois au premier rang et lui fais un clin d'œil. Surpris, il regarde autour, comprend que c'est bien à lui que ton geste s'adresse, il te sourit avec un air béat. Ça te fait rire. Il revient te voir au théâtre. Tu lui réserves une place différente à chaque fois, à l'orchestre, au balcon, sur un strapontin, dans une loge pour qu'il te regarde sous toutes les coutures. Vous riez à chaque fois aux applaudissements, toi sur scène, lui dans la salle.

Ensuite, il y a le moment où un soir, tu lui dis de passer chez toi, le moment où, vers deux heures du matin, tu l'enlaces, le moment où tu l'embrasses. Le moment où tu lui demandes de rester, où tu décides que vous ferez l'amour. Il y a aussi le moment, après, où tu lui demandes de dormir là. Et le moment, au réveil, où tu lui dis qu'il est piégé, emprisonné, que tu ne le laisseras plus jamais partir. Il rit, tu ris, vous riez, il te promet qu'il te fera rire toute sa vie dans ta prison.

Les jours suivants tu ne supportes plus l'idée de le quitter, ne serait-ce que cinq minutes. Tu veux rester dans ses bras, rire et faire l'amour. Tu lui demandes d'annuler son voyage à venir. Il accepte, bien qu'il se passe une foule de choses dans le monde en cette fin d'année 1960. Mais votre amour est un monde en soi, bien plus vaste que le cinéma et le photojournalisme réunis. Aimantés, vous ne sortez plus de ton appartement que tu arranges pour le transformer en une île déserte. Tu lui fais de la place, vous vivez en autarcie, vous riez, il te raconte ses voyages, tu lui racontes tes histoires de tournages et de répétitions, vous riez, il te parle des régions qu'il a vues, des morts, des guerres, vous pleurez, puis, il te raconte des souvenirs drôles, vous riez. Ishak est le seul à qui tu te confies, le seul qui t'écoute réellement, le seul avec qui tu ris et tu pleures comme ça.

Pendant des semaines, vous refusez du travail pour vivre reclus. Vous ne sortez que rarement. Tu lis des textes, il trie ses photos, vous parlez de vos projets à venir, il classe ses articles, ses croquis, ses négatifs, ses notes prises sur des carnets, sur des bouts de papiers à en-tête des hôtels, d'emballages, de photos. Vous faites ensemble l'inventaire de vos jeunes carrières. Tu l'encourages à publier un livre de photos, de toute façon les éditeurs du monde entier se l'arracheront, tu en es certaine. Vous avez un mythe à créer, une légende à construire, celle de « l'actrice et de l'auteur », le mariage de la grâce et de l'esprit, comme Marilyn Monroe et Arthur Miller, Maria Casarès et Albert Camus, Jean Seberg et Romain Gary. Tu t'y vois, tu y crois. Il t'écrit des petits textes, tu les lis à voix haute, vous regardez le Bosphore depuis ta terrasse, vous buvez, vous fumez, vous faites l'amour. Shootés à l'encre, au vin blanc, à la sensualité et aux rires, en circuit fermé, beaux et cosmiques comme des couples de cinéma, vous avez l'impression que vous pourriez vivre comme ça pendant des années, sans jamais sortir de chez toi – pourtant Dieu sait que vivre sans qu'un regard se pose sur toi est une véritable preuve d'amour –, oublier le reste du monde.

Dehors, la jeune république gronde, les flics torturent dans des caves, les jeunes veulent de la liberté. Transis et désinvoltes, vous n'en entendez rien.

Vous vous promenez parfois dans les rues en oubliant de vous cacher, en vous tenant la main ou volant un baiser. Les passants te reconnaissent, tes admirateurs t'arrêtent parfois. Un jour, un reporter vous prend en photo. Ishak panique alors que tu sembles parfaitement à l'aise. Tu sais comment faire avec ces journalistes qu'on commence à appeler *paparazzi*. Papa n'a jamais été devant l'objectif, d'habitude, c'est lui qui vole les images. Tu lui dis qu'il faut réagir comme si de rien n'était, voire poser et dire quelque chose, du style « *nous travaillons ensemble sur un scénario* » ou « *nous sommes amis, peut-être un peu plus* ». Il faut leur donner à manger à ces vautours, lui murmures-tu.

La vie reprend le dessus petit à petit, tu commences à le présenter à ta tribu, vous commencez à sortir, à inviter du monde, tu joues, il photographie, il écrit, vous devenez un couple, un vrai.

Noël 1963, alors qu'il est à Chypre pour couvrir les violences interethniques, tu apprends que tu es enceinte. Tu n'avais jamais envisagé d'avoir un enfant. Tu sens que ta carrière va bientôt décoller, vous êtes heureux et « libres à deux », ce n'est pas le moment de tout gâcher. Tu ne lui dis rien, tu vas régler ça toute seule avec l'aide de Nilüfer et quand il sera rentré, ça sera déjà terminé. L'avortement n'est pas légal mais pratiqué partout en Turquie, aussi bien dans les cliniques privées des beaux quartiers que chez les faiseuses d'anges pour les femmes pauvres, c'est même bien plus répandu qu'en Europe puisque les Turques pieuses ne sont pas comme les catholiques : elles ne se flagellent pas, c'est Allah qui donne un bébé et Allah qui le reprend. Ces affaires-là, en une demi-journée c'est réglé.

En rentrant, papa apprend que tu as supprimé ta grossesse sans même lui en parler. Pour la première fois, il entre dans une colère noire. Si tu as pu lui faire ça, tu es capable de tout. C'est son côté américain, il ne supporte pas le mensonge par omission. Il part à Paris, tu le supplies de revenir mais il dit au téléphone qu'il a accepté une série de reportages en Afrique. C'est l'histoire qui s'écrit en Rhodésie, au Biafra, il ne peut pas rater ça. Tu as peur que ce soit la fin, tu n'as jamais été aussi malheureuse mais tu n'as pas le choix. Tu attends, tu souffres, tu lui écris des lettres d'amour enflammées qu'il ne reçoit pas. Tu sais désormais avec certitude : le perdre, c'est mourir.

Lorsqu'il revient deux mois plus tard, tu le demandes en mariage. Il n'en revient pas, vos amis non plus. Ils t'avaient toujours entendue dire que les registres n'étaient pas pour toi, que tu ne voyais pas pourquoi il fallait prévenir la mairie à chaque fois que tu voulais mettre un homme dans ton lit, mais là, soudain, tu veux te marier sur-le-champ, porter son alliance.

Nilüfer m'envoie cette lettre que tu lui avais écrite :

Tout ce que je sais ma Nilüfer, c'est que je dois à tout prix me lier à cet être, sceller mon corps au sien. C'est devenu une obsession, je dois avoir cet homme pour moi seule, lui dire qu'il m'aura pour lui seul, c'est peut-être aussi pour guérir d'un mal, pour me convaincre que je n'aurai plus besoin d'autres regards pour exister, que je peux devenir la femme d'un seul homme.

J'y vois aujourd'hui un présage ; comme si tu sentais que le vrai danger ne viendrait pas des zones de guerres mais d'un guerrier, d'un autre homme. Oui, tu en avais la prémonition, sauf que maman, les cadenas officiels n'ont jamais empêché les adultères.

Ishak ne répond pas tout de suite clairement à ta demande en mariage, il te fait attendre, peut-être aussi parce qu'il ne sait pas comment l'annoncer à ses parents. Tu n'en peux plus, un soir que vous êtes à la taverne de M. Sironyan avec vos copains, tu fais un anneau avec une serviette en papier que tu lui passes au doigt et tu lui dis qu'il doit maintenant te répondre. Il chuchote *oui* avec la discrétion d'un reporter de guerre, tu hurles *oui* avec l'exubérance baroque d'une tragédienne. Éducation stricte ou manque de goût pour l'esclandre, appelle ça comme tu veux, en tout cas papa ne sait pas crier ces choses.

Le mariage aura lieu sur la scène d'un joli petit théâtre du dix-huitième où tu as joué des opérettes comme ta mère. C'est sur cette scène chère à ton cœur que ta tribu préparera une fête fantasque pour vous unir.

Nilüfer transforme toute la salle en sérail de Mille et Une Nuits et pose au sol des centaines de fleurs de lotus en plastique rose. Une amie costumière vide son atelier pour te fabriquer une robe avec une traîne de seize mètres. Bahar te prépare une gigantesque perruque rouge. Vous inventez une folle mise en scène : le maire sera sur scène et les mariés descendront du plafond. Tenus par un harnais, accrochés à un tissu de trapèze qui, une fois à terre, servira de traîne à ta robe. Vous vous embrasserez en l'air, vous signerez le registre qui tombera des cintres et vous mettrez vos alliances qui jailliront comme un *Deus Ex Machina* des trappes à double fond.

Le jour qui précède le mariage, exactement comme à une couturière de théâtre, le régisseur surveille tout, le machiniste dirige les cintres, la costumière accroche ta traîne aux sangles, l'éclairagiste ajuste les projecteurs, un ingénieur sonorise la rue pour que les passants vous entendent dire « oui ». Vous êtes beaux, dingues, heureux et vous le serez encore pendant les six années qui vont précéder la mort de papa.

Ce qui me frappe en regardant vos photos de mariage, c'est la ressemblance entre cette fête et le futur enterrement que tu prépares. Deux parades délirantes, deux célébrations emplies d'une furieuse envie de vivre ; tes noces et tes funérailles.

Vous vous dites oui.

*

Vous êtes maintenant un couple marié, un vrai. Petit à petit, vous commencez à trouver le mode d'emploi d'une vie à deux. Tu reprends le chemin des plateaux, papa, celui des guerres. Ses boîtiers, ses pellicules, son gilet multi-poches, ses *gimmicks* de

James Bond lui manquent. Et bien sûr, ses carnets. Depuis quelque temps, il t'écrit dès qu'il peut. Dans les avions, dans les chambres d'hôtel glauques, dans les planques, posté dans les recoins les plus improbables, en attendant que quelque chose surgisse, il prend des notes à chaque fois qu'il peut.

Dans son tout dernier carnet que tu m'envoies, il y a ses écrits éparpillés sur son métier, sur ce que ça faisait à votre couple, sur la manière dont vous viviez ça. J'ignore s'il avait l'intention d'organiser ces dernières notes, de les mettre dans un ordre précis, de te les envoyer ou même de les publier. Ce carnet, tu l'as reçu après sa mort dans le fameux sac, envoyé des années plus tard par le gérant du petit hôtel où il avait passé sa dernière nuit avant sa disparition. Tu étais bouleversée en le recevant, en lisant son écriture penchée, en découvrant que ces notes t'étaient directement adressées. C'était comme recevoir une lettre de l'au-delà.

En voici certains passages :

« *En rentrant mon trésor, je vais faire une série de toi en noir et blanc.* Life *et* Paris Match *m'ont demandé du noir et blanc et voyant toutes ces nuances de gris sur mes photos, je veux sculpter la lumière sur ton corps qui me manque tant… Il faut tout retenir, tout garder de ta magnificence, enfermer ta beauté dans la pellicule pour toujours. Si je pouvais, je te photographierais sans interruption, sept jours sur sept.* »

Comme s'il avait deviné qu'il ne vieillirait pas, papa était nostalgique à l'avance. Il projetait déjà le regret de ta beauté ancienne alors que vous étiez encore si jeunes.

(...)

« Mon trésor, tu m'as dit ce soir au téléphone : "Mais d'où vient ta fascination pour la guerre ?" Si je le savais... J'étais un antimilitariste qui voulait juste capturer la vie et pour finir, je connais la guerre mieux que les guerriers. Je sais maintenant où me poster, quand partir, comment me protéger et cerner les différentes munitions : les mortiers tombent à la verticale par exemple, les armes automatiques arrivent à tir tendu. À quoi me servira ce savoir morbide ?

Je ne sais pas d'où vient cette fascination. Mais dis-moi mon trésor, d'où vient la tienne pour plaire en permanence ? »

Papa parlait de la guerre et de la comédie, comme deux grands lieux de mort et de désir.

(...)

« En regardant hier soir mon bazar étalé sur le lit, les pellicules, les planches, les négatifs, les boîtiers, je me suis demandé pourquoi j'aimais tant ce métier. Quand je vois une de mes images dans le journal, je me dis que j'ai peut-être donné un visage à une résistance, à une guerre, à une famine. Même si parfois j'envisage sérieusement d'arrêter pour passer plus de

temps avec toi, jouer avec Hülya, l'emmener à l'école comme font tous les pères du monde. Mais de toute façon, comment gagnerais-je ma vie ? »

Papa avait donc envie de vivre comme une famille normale, parfois.

(...)

« Je viens d'apprendre que trois étudiants ont été arrêtés par la police à cause de la manif à Ankara. La police les a reconnus d'après ma photo dont j'étais pourtant si fier. À chaque fois qu'un de mes clichés porte préjudice à un visage, j'envisage sérieusement d'arrêter... »

(...)

« J'ai très mal au bras. Tu vois, je ne peux plus partir plus de deux semaines, dès que je dépasse quinze jours, je commence à tomber malade. J'attrape une infection, un rhume, une conjonctivite, je provoque des accidents. Je me demande si je ne me suis pas blessé hier soir sciemment pour pouvoir rentrer, pour être auprès de toi. »

(...)

« Tu m'as dit l'autre soir, tu n'as plus qu'à photographier les belles choses maintenant. Mais quoi ? Les mondanités, les soirées, les cocktail-parties ? Les amours interdites ? Des photos de toi avec ton amant ?

Pourquoi pas après tout ? Ma femme s'appelle Esra Zaman, son amant est mon ennemi, je pourrais en tirer un bon prix. »

Les notes s'arrêtent sur cette dernière phrase étrange, écrite en 1971.

Ishak était parti enquêter à propos des rapports nébuleux entre l'État, la contre-guérilla et les services secrets. Il s'agissait d'une organisation créée lors de la guerre froide avec l'aide de la CIA, sur le modèle du Gladio, composée de groupes mafieux nationalistes. Papa s'est rendu à un « rassemblement secret » qu'il avait réussi à photographier. Il n'avait pas voulu que tu en saches plus au début puis il a dû te dire où il allait. J'ai d'abord pensé que c'était uniquement pour nous protéger mais par la suite, j'ai compris que c'était pour une raison bien plus glauque : il craignait que tu en parles à Ismaïl, ce que tu as certainement fait.

*

Ishak à cette époque n'a que trente-quatre ans. Depuis quelques années, ses photos attirent l'attention et dérangent. On affirme tout et son contraire, qu'il est un agent de la CIA, du MOSSAD, du KGB, qu'il est de gauche et de droite, en tout cas que c'est un type au service des forces étrangères obscures, sinon pourquoi ce fils de bonne famille aurait choisi une vie de nomade au lieu de diriger l'entreprise familiale, pourquoi il serait toujours en vadrouille, pourquoi au lieu d'épouser une jeune fille qui vient de la haute bourgeoisie il se serait amouraché d'une actrice sulfureuse, pourquoi il travaillerait toujours seul et sans jamais en parler à personne, sans jamais révéler ses prochaines destinations.

Indépendant, Ishak a toujours trouvé ses sujets, repéré les bonnes personnes, les a contactées seul. Il est toujours resté secret pour établir des liens de confiance et pour nous laisser en dehors de tout ça. Tu ne savais pas toujours où il allait et quand il reviendrait lorsqu'il s'agissait de ses reportages turcs clandestins. Lorsqu'il terminait les prises de vue, il envoyait les négatifs au journal par des moyens sûrs, il ne les avait jamais sur lui, une fois rentré, il les développait seul, il écrivait le texte qui accompagnait les photos et les envoyait séparément au journal. Ses photos ont couvert beaucoup d'événements majeurs de la vie politique turque entre 1960 et 1971 : manifestations étudiantes et syndicales, violences policières, arrestations, procès politiques, occupations des universités, assassinats, réunions secrètes. Et aux zones de conflits internationaux, il a souvent été le seul photoreporter turc.

Pour cette dernière série qui lui a coûté la vie, Ishak avait réussi à infiltrer un camp de commando de l'extrême droite, il y avait pris peu de photos, preuves irréfutables d'une collaboration avec la police. En rentrant, trois hommes l'ont arrêté sur une route de campagne mais ils n'ont rien trouvé dans sa voiture puisqu'il avait déjà tout envoyé au journal. Ils l'ont libéré, ils avaient plus de chance d'obtenir les négatifs s'il était libre. Le même soir, il y a eu une descente chez nous à Istanbul. Un civil, poli et élégant, est arrivé avec deux soldats, les militaires ont un peu fouillé les chambres, sans brusquerie aucune – alors que normalement les soldats mettaient sens dessus dessous les appartements suspects et c'est pourquoi tous vos potes avaient brûlé leurs livres de gauche dans leurs baignoires ou les avait enterrés dans leurs jardins – et le type t'a dit en partant *dites bien à votre époux de nous appeler quand il rentre.* Quand papa t'a téléphoné, tu lui as dit de ne surtout pas rentrer à la maison, il s'est installé dans un hôtel à une centaine de kilomètres d'Istanbul et il est sorti de tes radars la nuit même.

J'ai cette image de lui, du dernier jour où je l'ai vu, lorsqu'il partait pour ce reportage, le lendemain d'une soirée arrosée que vous aviez passée à la maison. J'avais pourtant six ans mais cette image de lui intacte avec tous les détails, ses longues mains fines, ses yeux tendres derrière ses grandes lunettes, sa chemise beige, ses cheveux qui sentaient bon, tout est encore parfaitement net dans mon souvenir et ce dernier portrait reste minutieusement imprimé dans ma rétine. Sa voix est claire, son parfum est délicieux, un *after shave* qu'il ramenait de Paris avec un bateau sur le flacon. Il m'embrasse, il t'embrasse, il prend le sac marron posé dans l'entrée (celui que le gérant de l'hôtel t'a renvoyé plus tard et que tu m'as envoyé à Paris avec les affaires), il descend, je le regarde par la fenêtre, il nous regarde, nous envoie deux baisers volants que nous faisons semblant d'attraper au vol, il monte dans sa voiture et s'en va.

Lettres
1971 / 1974

Je trouve une poignée d'enveloppes dans le sac marron. De toutes les tailles, toutes les couleurs, certaines avec des fleurs, des oiseaux, des dessins naïfs, toutes avec des timbres à l'effigie d'Atatürk, *le père de la Nation, notre père à tous* disions-nous sur les bancs de l'école. Enveloppes tamponnées depuis différentes villes d'Anatolie, datant toutes de 1971 à 1974. Les seules années de ta vie où tu n'as pas joué. Depuis la disparition de papa, tu n'as plus le goût de monter sur scène, ni de lire les scenarii qu'on t'envoie. Aucun spectacle, aucun film, même pas une émission de télé pendant ces trois années. Rien. Je ne sais pas comment tu tiens ; vivre sans être regardée est pourtant au-dessus de tes forces.

Ces lettres sont les témoins d'une période, d'une attente de tous les instants, d'un entre-deux d'avant le deuil. Des lettres d'amis, de ceux qui admiraient le travail de papa et de ceux qui t'adulaient, des inconnus qui te présentaient leurs condoléances, qui demandaient des nouvelles, qui voulaient que tu reviennes sur scène, à l'écran, qui voulaient te voir dans les journaux, des gens à qui tu manquais. La lettre d'une jeune femme qui écrit que tu es une icône pour elle comme ta mère l'a été pour la sienne, qu'elle pense à toi dans cette épreuve. Celle d'un vieux monsieur disant qu'il connaît aussi ça, que son épouse a disparu, qu'il attend depuis des mois, qu'il a peur. Celle, jaunie, d'un soldat combattant à Chypre ; *Je ne veux pas manquer de respect à votre mari disparu mais on est tous amoureux de vous ici, on a tous vos photos épinglées.* (Nilüfer me dit que ça t'avait rendue furieuse d'apprendre que tu étais devenue la pin-up nationale de l'armée turque, alors que tu te rêvais en Jane Fonda qui s'engageait contre l'armée américaine.) Celle d'une femme qui écrivait qu'un de tes films avait changé la mentalité de sa famille sur l'avortement et ça lui avait sauvé la vie ou celle d'un groupe de jeunes étudiants qui, grâce aux photos de papa, disaient avoir vu pour la première fois la réalité des villages du Sud-Est. Ils te souhaitent tous du courage dans cette épreuve et espèrent que papa reviendra bientôt.

Il y en a une autre que tu as reçue quelques mois après la disparition d'Ishak :

Madame,

Votre conduite, votre vie personnelle, vos déclarations à la presse, vos choix de rôles au cinéma témoignent aujourd'hui de votre désaccord avec les valeurs et les principes essentiels de notre vénérable institution.

Nous sommes au regret d'observer que malgré nos avertissements, vous continuez d'entacher notre réputation, à une période où notre pays est particulièrement menacé par le terrorisme et par une crise morale sans précédent qui veulent anéantir notre culture. Les ennemis intérieurs et extérieurs sévissent sans répit et malheureusement le nom de votre compagnon est régulièrement cité parmi les traîtres de la nation.

Par ailleurs, vous avez récemment déclaré que vous souhaitiez interpréter la saison prochaine la pièce Peurs et Misères du IIIe Reich *de Bertolt Brecht car elle reflétait l'actualité de notre pays. Comparer la politique de nos dirigeants à celle d'un régime nazi est totalement inacceptable de la part de quelqu'un représentant une scène nationale. Vous semblez avoir oublié que vous êtes actuellement fonctionnaire de l'État.*

C'est pour toutes ces raisons que les membres de notre conseil de discipline, réunis ce lundi, ont pris la décision de votre éviction du Théâtre National. Nous vous remercions de bien vouloir prendre rendez-vous avec notre administrateur afin d'exécuter les formalités et de vider vos loges avant le 15 juin, la fin officielle de la saison 1971/1972.

Bien à vous
La Direction

Je l'épingle à côté des photos au-dessus de mon bureau avant d'envoyer un message à Nilüfer : *« Je viens de lire les lettres qu'elle m'a envoyées, bouleversantes.* » Quelques heures plus tard, mon portable affiche un SMS d'elle : « *Regarde tes mails, mon assistante vient de t'en envoyer une.* »

Un tel prince

Une feuille bleue, une enveloppe bleue et trois dessins d'enfant scannés, qui datent de 1973, que tu as envoyés à Paris, lorsque Nilüfer y séjournait pour une exposition au musée d'Art moderne.

Ma Nilüfer,

Pardon pour mon silence. Je ne trouvais pas la force de t'écrire. Je ne trouve la force pour rien en ce moment de toute façon et comme tu le sais, je ne travaille même plus depuis deux ans. Parfois, j'ai le sentiment d'être déjà morte. J'existe pourtant, les gens me touchent, me parlent, m'entendent, j'ai l'air d'être en vie alors que je me sens totalement morte à l'intérieur. Je pense à Ishak chaque jour, chaque minute, chaque seconde. Je me demande où il est, ce qu'il fait, s'il a froid, faim, peur. Ce silence est intenable.

Heureusement qu'il y a la petite. Hülya grandit si vite. Elle a déjà un an d'avance et elle est vraiment douée pour les langues. Si j'ai encore les moyens, je la mettrai à un collège français quand elle aura dix ans même si c'est très cher. Tout le monde dit que l'avenir c'est l'anglais, qu'il faut la mettre à l'école américaine mais j'aimerais tellement qu'elle parle français. Elle a toujours écrit des petits poèmes mais comme la nation turque entière est poète, je n'y attachais pas d'importance. Et l'autre jour dans la cuisine, j'ai découvert qu'elle écrivait aussi des petites scènes qu'elle illustrait, comme un story-board de scénario, tu te rends compte ! Je t'en envoie quelques-unes, tu me diras ce que tu en penses. Elle a dû hériter son sens du cadrage de son père, et son goût des histoires, de sa mère. Elle sera peut-être réalisatrice, who knows *?*

Je sais que tu ne me juges pas pour Ismaïl. Tu es la seule qui peut comprendre que j'ai besoin d'un homme qui me protège avec tout ce qui se passe : il me soutient et je sais qu'il fait tout pour retrouver Ishak. On l'accuse de travailler pour le régime mais il faut bien des gens comme lui dans l'appareil de l'État, sinon nous ne serions gouvernés que par des tyrans… Ismaïl est un homme bien, je te jure, il essaie de faire entendre une voix raisonnable au sein des institutions. Et il est mon seul espoir pour retrouver Ishak. Je ne sais même pas s'il se cache quelque part comme l'a écrit la presse ou s'il est en prison ou pire… Ismaïl me dit de chasser toutes ces idées déprimantes, de penser à l'avenir, il me promet que tout ira bien mais ce n'est pas facile.

Je sais que je suis folle de penser à ça mais je rêve de nous à Paris, en train de dîner sur une terrasse, avec Ishak et Ismaïl comme dans ce film, Jules et Jim. *Te souviens-tu ? Nous l'avions vu ensemble, je m'étais rêvée dans le rôle de Jeanne Moreau ; quelle prémonition…*

J'espère que tu vas bien de ton côté et que tu profites de ta vie parisienne. Nous sommes tous si fiers d'avoir une amie qui expose à Paris et qui fréquente Dalí. Ta photo avec lui dans cette chambre d'hôtel est tellement drôle. On reviendra avec Ishak quand il aura retrouvé sa liberté et tu nous présenteras à tous ces merveilleux artistes, je le sais.

Tu me manques tellement mon amie… Est-ce que tu viendras cet été aux îles des Princes ? Melek a fait pour nous des bikinis au crochet, marron pour toi, bleu pour moi. C'est la grande mode ici.

Je t'embrasse tendrement, ma chère Nilüfer.

Le premier de mes trois petits dessins que tu appelais pompeusement des *story-boards* que l'assistante de Nilüfer a pris soin de scanner décrit une scène toute simple : une petite fille qui tient la main de ses deux parents devant une maison, sous un énorme soleil jaune, comme les dessinent tous les enfants du monde. Tous sourient. Dans la seconde scène, le soleil s'est transformé en un corps difforme, ses rayons sont devenus de longs fils noirs. Dans le dernier dessin, la petite famille est toujours là mais le soleil est devenu un humain aux cheveux hirsutes avec des trous à la place des yeux. De longs fils noirs l'attachent aux trois autres personnages.

Est-ce qu'Ishak était déjà mort le jour où tu as écrit cette lettre ? Était-il en fugue, comme l'écrivaient les journaux, se cachait-il quelque part en Anatolie sans pouvoir te prévenir ou périssait-il dans les geôles de la junte militaire ?

Tu écrivais à papa deux fois par semaine. Infatigable épistolière, tu lui décrivais notre vie en maints détails, tu énumérais tout ce que nous faisions, j'ajoutais ensuite quelques phrases et dessins, nous mettions tout ça dans une enveloppe, tu les donnais à Ismaïl pour qu'il les transmette à quelqu'un qui pourrait éventuellement savoir où il était et tu n'obtenais jamais aucune réponse.

Ces années d'incertitude, nous n'avons jamais été capables d'en reparler. Papa me manquait terriblement, je te demandais tous les jours sans exception s'il reviendrait, et tu me disais toujours oui. Puis un jour, l'année de mes neuf ans, tu es rentrée, tu t'es servi un verre d'eau, tu t'es assise dans la cuisine et tu as dit *Ishak ne reviendra plus*. Comme ça, sans même me regarder. J'étais dans l'entrée devant la porte de la cuisine, il faisait beau, l'odeur des poivrons grillés annonçait l'été qui serait bientôt là, un vendeur ambulant bonimentait dehors d'une voix cassée et tu regardais par terre. J'ai souri en entendant cette phrase puisque j'ai cru en une blague, parce que c'était impensable, c'était impossible, c'était non, impossible bien sûr que papa meure mais aussi impossible que tu me l'annonces comme ça, tout simplement, sans me regarder.

— C'est une blague maman ?

— Non.
— Ce n'est pas vrai ?
— Si.
— Ce n'est pas vrai ?
— Si.
— Qu'est-ce qui s'est passé ?
— Je ne sais pas et je ne veux pas le savoir. Je ne veux pas savoir ce qu'ils lui ont fait.

Voilà, c'était tout. Je suis allée dans ma chambre, nous avons pleuré pendant vingt-quatre heures, moi sur mon lit, toi dans le salon, chacune dans notre coin, comme des animaux qui se cachent pour mourir. Rideaux tirés, portes fermées, téléphone en bakélite décroché et nous sommes restées comme ça un jour et une nuit. Le matin, tu es venue me voir dans la chambre, d'une voix presque inaudible, tu as dit :
— Il n'y aura pas de tombe. On n'a rien pour enterrer. Rien pour mêler à la terre, aux rosiers, aux bougainvilliers, aux hortensias. Rien.

Nous sommes parties au bazar égyptien, et revenues avec un rhizome de lotus, nous l'avons planté dans un immense pot plein d'eau sur notre terrasse et nous avons décidé que ça serait sa tombe. Vos amis sont venus, vous avez chanté, lu des poèmes, regardé ses photos, bu des verres, pleuré, ri et c'était terminé. Papa était mort. Je vivais désormais dans un monde qui ne le contenait plus. L'univers ne l'avait plus en son sein, il n'ouvrirait plus la porte et la vie continuerait dehors exactement comme avant.

Nous n'avons plus jamais parlé de ce qui avait pu lui arriver. Jusqu'au jour où j'ai quitté la maison.

Tu avais décidé que tu n'enquêterais pas, que tu ne chercherais pas, tu disais que tu étais incapable d'imaginer ce que « ce corps splendide » – je me souviens, tu as dit ça plein de fois après, « ce corps splendide » – pouvait avoir subi. Tu voulais te souvenir de lui tel que tu l'avais connu, tu choisissais une fois de plus de ne pas voir la vérité, tu ne voulais pas garder une image de ton homme à genoux, humilié ou torturé. Tu as dit un soir, je ne sais pas pourquoi en anglais, *He was such a prince* et tu as continué en turc :
— Ne me dites jamais ce qu'ils lui ont fait si un jour vous l'apprenez et tu as répété, *He was such a prince.*

Voilà, papa pour toi était « un tel prince ». Un prince debout, droit, fier, noble et tu ne voulais pas qu'on dise ce qui lui était arrivé. Tu préférais ne pas le savoir.

Faisais-tu semblant de l'ignorer alors que tu le savais déjà ?

Retour au jeu

Bahar t'a beaucoup accompagnée pendant et après le deuil. Je lui demande de me parler de cette période. Elle me dit qu'après trois années de dépression, un matin tu t'es réveillée, tu lui as dit au petit déjeuner que tu venais de lire une phrase de Colette, *« renaître n'a jamais été au-dessus de mes forces »*, tu as appelé un ami producteur, dit que tu voulais retravailler et c'est encore le théâtre qui t'a sauvée, une fois de plus. *Un tramway nommé Désir* a marqué ton grand retour sur scène et à la vie.

Blanche, 1974

Je me souviens si bien de ce chapeau que tu m'envoies, un élégant bibi blanc à voilette qui cache les rides de Blanche. À bout de force, le personnage de Tennessee Williams se met toujours dans la pénombre, vit dans son univers fictif et a peur de tout : de vieillir, de sombrer dans la folie, de la cruauté des hommes. Cette Blanche sombre et complexe te guérissait de ce que tu avais enduré ces trois dernières années. Tu as beaucoup aimé vivre en compagnie de ce personnage, de l'acteur qui jouait Stanley (qui avait beaucoup de charisme et d'animalité, comme Marlon Brando), promener ta grâce dans ce décor de maison délabrée, mettre tous les soirs ton costume blanc et ton bibi, chuchoter *staccato* comme si tu manquais de souffle les mots exquis du dramaturge américain finement traduits en turc. Vous aviez réussi à recréer la chaleur sensuelle de La Nouvelle-Orléans en plein Istanbul dans un clair-obscur, de manière tellement crédible que les spectateurs n'entendaient même pas quand tous les soirs au début du troisième acte, le muezzin invitait les fidèles à la mosquée d'à côté. La salle était mal isolée, après ton éviction du Théâtre National, tu découvrais les salles des théâtres privés mal conçues, mal chauffées, sans fosse d'orchestre, sans une armée d'habilleuses, de souffleurs et de répétitrices, tu jouais même parfois en tournée dans les salles de mariage, dans les anciennes églises ou synagogues mais tu étais heureuse même si tu souffrais de clore la première partie de ta carrière. Bahar m'a dit qu'à partir de ce rôle, le public ne t'avait plus jamais considérée comme une jeune première. Le passage avait été douloureux car comme toutes les actrices tu entretenais un rapport névrotique à ton image dont Bahar prenait soin avec une infinie tendresse. Elle se rappelle aussi qu'à cette période Ismaïl était toujours là, comme un antidote à la vieillesse. Sous ses airs rustres (comme Stanley de la pièce) il sait te rassurer, te fait sentir encore belle et désirable. Je me souviens d'un soir à la maison, tu lui dis qu'il connaît les tréfonds de ton âme « comme un spéléologue qui cartographie les mêmes cavités depuis des années », il rit, trivial, en renversant la tête et t'enlace avec un geste vulgaire.

Votre relation est pour l'instant un secret d'État. Le grand public ne connaîtra votre amour que l'année d'après, suite à la parution d'une photo de vous deux, en train de vous embrasser dans une voiture officielle. La passion d'un homme politique marié et d'une actrice de gauche dont le compagnon a été enlevé par le régime, c'est une bombe, ça fait vendre. Il y en a même qui t'appellent « la putain nationale ».

Les hommes

Après papa, il y a eu beaucoup d'hommes. Des amours souvent platoniques. Ceux à qui tu as juste envie de plaire un temps, ceux que tu veux juste garder près de toi, ceux qui passent chez nous, quelques-uns, rares, qui sont devenus des vrais amants et des admirateurs que je vois défiler dans notre salon plein d'objets insolites. D'abord surpris par cet entassement de costumes, d'accessoires, de trophées, de livres, de cadeaux, de photos, de souvenirs, de babioles que les comédiens s'offrent pour les premières, ils sont ensuite charmés par la fantaisie de cet amoncellement. Chacun est étonné d'être l'heureux élu du moment, de faire partie du capharnaüm, d'être thésaurisé par la prestigieuse collectionneuse. L'inventaire de tes prétendants – le plus souvent platoniques – que j'ai vus traverser notre salon est hétéroclite. Ils sont jeunes, vieux, mariés, libres, pauvres, riches, beaux, moches, mais tous sans exception, du moins au début, sont flattés d'être là, dans le célèbre salon-musée. Même s'ils viennent de te rencontrer quelques heures auparavant, ils ont le sentiment de te connaître depuis longtemps comme toujours avec les acteurs puisqu'ils t'ont forcément vue un jour sur scène ou à l'écran. Ton visage leur est familier, tu es une légende vivante, ils parlent de tes personnages mythiques, chacun son préféré. Tu méprises les incultes qui confondent tes grands rôles avec ceux des séries mal écrites que tu as acceptées pour payer mon lycée français. Te parler de ces navets est une faute de goût impardonnable alors que zut, tu es tout de même celle qui a su donner vie aux héroïnes de Brecht ou d'Ibsen.

Les hommes, Esra, tu as aimé les séduire, tu les as pris, tu les as jetés, tu les as fait souffrir, tu en as souffert, tu les as quittés, mais il y en a aussi beaucoup qui t'ont quittée. Une fois l'ivresse passée, le mirage pailleté laissait place au quotidien, ils réalisaient que c'était un *full time job* d'aimer une machine à éblouir comme toi. Donc ils partaient, sans même te prévenir parfois. Tu disais que ça ne comptait pas, que de toute façon personne ne pouvait remplacer Ishak, tu faisais semblant d'être forte, et on finissait par te croire.

— C'est comme ça, c'est comme au théâtre. L'amour, ça va, ça vient. Oreste aime Hermione qui aime Pyrrhus qui aime Andromaque qui aime Hector. Il faut bien que ça tourne, c'est beau, cette chaîne de l'amour insatisfait.

D'où te venaient cette rage de séduire, ce besoin de plaire à tous, d'être aimée de toutes les caméras, de tous les yeux, y compris de ceux des bébés et des animaux, d'où sortaient cette liberté absolue que tu prenais avec les hommes, cette désinvolture de n'obéir à aucune règle que cette société conservatrice imposait aux femmes ? L'envie de vivre comme bon te semblait dans ce pays qui avait appris aux mères à ne pas faire de vagues ? Cette force de briser les accords tacites que les générations d'avant avaient amoncelés, de transgresser les règles qui assuraient la survie collective ? Comme ta mère, tu cassais les mythes dans un pays qui n'aimait que celles qui baissaient les yeux.

Dans une interview, tu dis que tu aimes les hommes, que tu n'as pas peur d'eux, que tu as toujours plus craint « la misogynie féminine » que le machisme. Les gardiennes de la morale, tu ne savais pas comment faire avec, alors que pour les hommes, tu avais le mode d'emploi. Tu avais toujours su leur parler d'égale à égal, sortir la grosse artillerie. Autorité, séduction, maternité, innocence, feintes ou réelles, tout était légitime contre le mâle alpha. Tu redoutais beaucoup plus les combats qui t'opposaient aux défenseuses du patriarcat qu'au patriarcat lui-même. Et tu as souvent préféré la compagnie des hommes à celle des femmes. Oui, tu as beaucoup aimé les hommes, Esra et tu as aimé beaucoup d'hommes.

Mais tu n'as vraiment aimé que deux hommes.

*

En cet automne 1964, lorsque Ishak t'avait parlé d'un ami d'enfance qui pouvait sauver votre film refusé par le comité de censure, tu ne te souvenais que très vaguement de cet homme brun, corpulent, nerveux, aux yeux très noirs et au sourire carnassier. La toute première fois, tu l'avais rencontré à un cocktail, il t'avait mise mal à l'aise en te scrutant d'abord de la tête aux pieds et évitant ensuite ton regard pendant toute la soirée. Tu avais vu une brusquerie bizarre dans ses gestes, une trivialité qui t'avait repoussée, tu avais même été surprise par le fait qu'Ishak ait un ami pareil. Papa t'avait ensuite expliqué qu'ils avaient été à l'école ensemble, que ses parents avaient aidé ceux d'Ismaïl, qu'il était alors un enfant d'Anatolie, boursier d'État brillant qui voulait à tout prix réussir, qui s'accrochait aux études avec la rage d'un naufragé. Ils avaient fait quelques bêtises d'adolescence ensemble, quelques sorties de jeunesse et après le bac, quand Ishak était parti poursuivre ses études aux États-Unis, ils s'étaient perdus de vue. Et lorsqu'il l'avait rencontré à nouveau à son retour en Turquie, il l'avait trouvé « différent ». Quelque chose avait changé en lui, profondément, papa ne savait pas comment le nommer mais il n'était plus le même. Il avait dit qu'il travaillait pour le ministère mais Ishak était loin de se douter que son ami d'enfance était en train de devenir un homme fort comme il en existe dans tous les pays, l'un de ces types dont aucun des gouvernements successifs ne peut se débarrasser car il y a toujours le linge sale de quelqu'un qui traîne dans son coffre-fort.

Contrairement à Ishak, Ismaïl était un foudre de guerre, un homme nerveux et expressif. Engourdi, indolent, il portait en lui à la fois une froideur résolue et une chaleur volcanique. Son tempérament théâtral t'avait cueillie dès que vous vous étiez vus seuls dans son bureau. Et quand par la suite vous aviez commencé à vous fréquenter, tu avais pensé que cette attirance que vous aviez l'un pour l'autre n'avait aucun avenir, qu'il était impossible qu'un homme comme lui puisse rivaliser avec Ishak et que de son côté, trop traditionnel, il ne quitterait de toute façon jamais sa femme pour toi. Tu te disais que ça resterait furtif et léger, et de toute façon, tu avais toujours affirmé que les petites histoires platoniques ravivaient la flamme, réérotisaient la vie des couples de longue durée, que « ça n'avait jamais fait de mal à personne ». Une largesse qui choquait certains de vos amis et qui faisait sourire ton mari d'un air entendu.

Tu vivrais pourtant une vraie passion avec lui. Papa était un être minéral, avec Ishak, tu étais comme une panthère sur son rocher alors qu'avec Ismaïl, vous étiez comme deux fauves qui se défiaient.

Lioubov, 1975

Je me demande encore comment l'idée de m'envoyer cette étole rose pâle t'est venue. J'avais moi-même oublié l'importance de cet accessoire et je suis bouleversée de retrouver dans le sac ce souvenir de Lioubov, l'inoubliable héroïne de *La Cerisaie*. C'est à l'âge de dix ans que je découvre ce chef-d'œuvre qui raconte la fin d'une propriété et d'une époque, qui à la fois changera profondément nos rapports et qui me fera comprendre que je pourrais peut-être, moi aussi un jour, inventer des personnages.

C'est dans notre cuisine que tu répétais tes rôles dont j'étais souvent la première spectatrice en étant bien sûr à l'époque totalement inconsciente du privilège de les voir naître. Je me souviens encore de cette première fois où je te vois accoucher du personnage de Lioubov, adopter tout doucement ses gestes. Une femme russe prend petit à petit ta place dans notre cuisine qui donne sur la mer, où s'entassent tes collections de théières, de bibelots, de chats en tissu, de casseroles brûlées, de torchons brodés, de cages d'oiseaux et de plantes grimpantes. Tu ne te sépares plus de ton étole rose pâle, un élément de costume qui t'aide à construire ton personnage. Une voix que je ne connaissais pas se met à vibrer dans ton larynx, le regard d'une étrangère remplace le tien, des mimiques inconnues transforment ton visage, une nouvelle manière de gesticuler commence à habiter ton corps. De temps en temps tu fais une pause redevenant toi-même, tu prends une nouvelle intonation, tu te lèves pour faire quelques pas, tu te rassois en disant que non, la démarche ne va pas, et tu répètes les mêmes répliques en changeant le débit, en essayant d'autres cadences, d'autres phrasés. Fascinée, je contemple ta métamorphose. Tu me demandes mon avis sur tes trouvailles gestuelles, je te réponds *Oui je crois que c'est vraiment bien maman, oui c'est incroyable, j'ai l'impression que tu deviens une autre*... Tu as l'air d'attacher de l'importance à ce que je dis ; mon regard compte, j'en suis fière.

— Tu vois ma şeker, c'est par petites touches qu'il faut dessiner le personnage, il faut que ça soit léger mais ça se travaille, la légèreté, il faut que ça s'alterne avec du lourd : tu fais comme si tu allais dire quelque chose de léger, puis paf, tu envoies du grave.

Tu veux connaître mon avis sur une voix, une intonation ou sur une nouvelle musicalité que tu viens de trouver et quand je te dis que ça pourrait être plus « naturel », tu t'énerves.

— Naturel, c'est une injure au théâtre... Je hais le naturalisme. Il ne faut pas du tout oraliser, on n'est pas au cinéma, il faut rester sur une langue écrite, mettre chaque virgule à sa place. Non non ma şeker, il ne faut pas donner du quotidien au public, surtout pas, je ne veux rien de naturel !

Tous ces secrets professionnels que tu me révèles, mêlés à la langue de Tchekhov merveilleusement traduite en turc, me passionnent. Je découvre qu'il est possible, tout en restant collée à une culture si lointaine, de parler de situations familières, de sentiments si proches. Je suis tout simplement en train de découvrir l'universalité des sensations, de vivre ma première hallucination artistique, d'observer mon premier choc esthétique. En assistant à ton accouchement théâtral, j'aborde un mystère qui appartient à l'occulte secte des artistes dont je veux faire partie. Désormais je le sais, ma place est là, je me jure que ce monde sera aussi le mien. Tu continues, habitée :

— Pas de réalisme au théâtre, il faut laisser ça au cinéma. Là par exemple, tu vois ma şeker, pour cette réplique, je reste au lointain, comme ça je peux parler fort. Ensuite j'avance vers le public pour dire la phrase suivante. Eh bien celle-ci tu vois, je vais la chuchoter à l'oreille de chacun des spectateurs, les yeux dans les yeux. Tu comprends ? C'est ça, le gros plan au théâtre ! Je zoome sur moi-même. C'est ça, du cinéma sur scène... Le cinéma c'est l'art du vrai, le théâtre, c'est l'art du faux.

Je comprends, par la magie de ce qui est en train de naître devant mes yeux, que raconter l'âme humaine est possible grâce à un artisanat qui exige qu'on rassemble une foule de petites impressions et qu'on les mette patiemment bout à bout pour qu'une histoire apparaisse enfin. Je découvre que plus tard, je veux, comme toi, raconter cet obscur de nous-mêmes, oui, je le sais maintenant avec certitude, quand je serai grande, je veux faire *Çekof*.

Mais cet après-midi restera fortement imprimé dans ma mémoire pour une autre raison car je vais vivre une scène fondatrice de mon enfance.

Je ne suis pas bien dans cette nouvelle école française où tu viens de me mettre. Je n'ai plus mes amis d'enfance et le passage au collège coïncide avec le scandale ; votre amour interdit avec Ismaïl a fait la une à cause de cette photo volée. Je n'ai que dix ans, je ne comprends pas les enjeux politiques de l'affaire mais je sais qu'il y a quelque chose qui cloche. Je suis toujours très attentive à ne pas être en retard, à ne pas parler trop fort, à ne pas oublier d'apporter un cahier ou un devoir. Alors que je fais des efforts surhumains pour ne jamais faire de vagues, ce jour-là, fascinée par le spectacle que tu m'offres, je ne vois pas l'heure passer.

Me voyant tétanisée à l'idée d'attirer l'attention en classe, tu décides de m'y accompagner pour expliquer toi-même la raison de mon retard à l'institutrice, une grande blonde sèche, aigrie et sévère. Tu te prépares en quelques minutes. Le résultat est saisissant, grâce à un tailleur gris, des escarpins et un chignon, l'héroïne tchékhovienne est transformée en mère de famille modèle. La seule chose qui te donne encore un air fragile, c'est l'étole rose de Lioubov que tu as gardée autour du cou, de peur que ton personnage, encore trop en état d'esquisse, ne t'échappe. Côte à côte, nous marchons vers l'école. Je suis à la fois fière d'y aller avec toi, une mère belle et célèbre (quel poison pour une fille !) et bien sûr morte d'inquiétude à l'idée que ça puisse provoquer une scène, je suis la fille d'Esra Zaman et ma mère vit avec un homme politique marié.

Ces jours-ci, lorsque quelqu'un ose me poser une question sur mon père, je réponds qu'il est mort dans un accident de voiture mais je sais qu'il y a une bande de pestes qui disent à tout le monde que ce n'est pas vrai et racontent même qu'Ismaïl est mon vrai père. Elles se taisent toujours quand je m'approche. Je suis la proie parfaite pour ces enfants cruelles qui adorent répéter ce que les parents disent à la maison.

Nous sonnons, la concierge est stupéfaite de te voir en chair et en os, ce qui me terrorise encore plus. Tu te présentes comme si tu étais Mme Tout-le-monde mais elle te coupe aussitôt *Oui, bien sûr, qui ne connaît pas Esra Zaman ?*, émue et paniquée, elle va dans sa loge, compose un numéro, dit à la personne qui décroche de venir d'un ton sec, te fait un sourire mielleux, se confond en excuses pour l'attente, ne sait plus où mettre ses mains. L'appariteur arrive, lui aussi tout émoustillé de te rencontrer, il nous accompagne jusqu'à ma classe, frappe à la porte et annonce ton nom comme un aboyeur d'ambassade et les enfants t'applaudissent. Tétanisée, je titube en franchissant le seuil, je sais que tu me suis, je n'ose pas regarder la prof ni mes camarades. Sur le tableau, en passant, j'aperçois les vers d'un poète islamo-nationaliste et je les répète dans ma tête, au cas où elle me demanderait de les réciter. Je redoute cette prof qui a une voix qui pique comme une aiguille, je crains les moqueries des enfants, j'ai peur que quelqu'un dise quelque chose sur papa.

Tu avances vers elle avec un grand sourire et tu te lances dans l'une de ces logorrhées dont tu es la seule à détenir le secret. En reine des monologues, dans un même souffle, tu lui présentes tes excuses, tu la flattes, tu la fais rire, tu la surprends, tu l'invites au théâtre et tu lui parles de Tchekhov devant les yeux ébahis d'une classe de petits Turcs qui ne connaissent rien au théâtre russe.

— Je faisais travailler la petite sur la littérature russe et évidemment je n'ai pas vu l'heure passer / vous comprenez, je prépare actuellement *La Cerisaie* / Vous ne trouvez pas qu'il n'y a que les metteurs en scène orientaux pour faire passer cela au public, madame Türkan ? / Il faut de l'irrationnel pour le comprendre, les Français sont trop cartésiens / ces sensations amères autour du temps qui passe resteront totalement incomprises par les Européens /

Ils montent *La Cerisaie* alors qu'ils ne connaissent même pas la différence entre une cerise et une griotte / eh oui, madame Türkan, je crois qu'en russe c'est plutôt de griottes qu'il s'agit, de Vishnia, qu'est-ce que vous en pensez ? / c'est ça le titre original russe : comme Vişne en turc, n'est-ce pas ? / Vous êtes d'accord, le goût âpre des griottes d'arrière-saison, presque marron, n'a strictement rien à voir avec le goût sucré et la couleur claire des cerises évoquant la joie et le printemps / Mais pardon, je vous ai coupée là, non ? Vous étudiez quoi au fait ? Tiens, il est bien ce poème, les islamistes savaient écrire à l'époque, hahaha / Bref, c'est entièrement ma faute si Hülya est en retard, je vais y aller / Vous voulez venir voir le spectacle, au fait, madame Türkan ?

L'institutrice t'écoute développer ta théorie fumeuse qui consiste à prouver que les cerises de *La Cerisaie* sont en vérité des griottes, te regarde partir de digression en digression, faire ton seule-en-scène, surprise, flattée, elle boit du petit-lait car elle a l'impression de faire désormais partie du cercle d'amis de la plus grande actrice du pays.

Jusque-là, tout va bien. Ce sont des échanges qui me paraissent parfaits pour qu'on oublie mon retard. Mais tout à coup, comme dans les films d'horreur où tout bascule, Türkan penche vers toi son corps tout asséché et chuchote : « *Hülya semble un peu perturbée en ce moment.* » Tu la regardes sans comprendre, elle poursuit, comme pour partager un peu plus d'intimité avec la vedette :

— On dit partout que monsieur va divorcer, vous épouser et adopter la petite, c'est vrai ?

C'est désormais une eau froide qui coule dans mes veines à la place de mon sang, j'ai la nausée, je ne comprends pas pourquoi elle dit ça, maintenant, là, devant toute la classe. Je tourne la tête vers le tableau pour ne croiser aucun regard et je tombe sur les vers du poète islamiste : « *Je veux m'étendre sur les pierres de tout mon long / Et rafraîchir mon front brûlant / Je veux m'abandonner au sommeil / Et mourir sur ces pavés.* » Ces mots sont toujours gravés dans ma mémoire quatre décennies plus tard, juste à côté de la phrase assassine de Türkan. *On dit partout que monsieur va divorcer, vous épouser et adopter la petite, c'est vrai ?*

Ton visage reste fermé, le temps est long, la lumière change, le ciel se couvre. J'entends une petite pluie qui a dû commencer sans que je ne m'en aperçoive, une brise vient du Bosphore, tu frissonnes et tu t'emmitoufles dans l'étole de Lioubov.

Puis tu changes d'humeur (tes fameuses ruptures dramatiques), tu retrouves le sourire et comme si la scène que nous venions de vivre t'autorisait à devenir familière avec elle, tu lui donnes un tract qui annonce le spectacle et pendant qu'elle regarde les photos, tu lui claques la bise :

— Je te mettrai deux places au premier rang pour la première de *La Cerisaie*.

— Merci, je suis ravie, ah, j'adore cette comédienne qui joue Varia.

Encore plus contrariée qu'elle parle de la jeune actrice qui risque de t'éclipser, tu lui jettes un regard assassin :

— Ah non, plutôt au deuxième rang c'est mieux. Elle postillonne beaucoup, la petite Varia.

Tu salues Türkan avec un sourire paresseux, du genre Liz Taylor qui se force à être sympa avec l'éboueur, tu lances un *Au revoir les enfants* et tu pars comme tu es entrée avec la superbe d'une reine.

Au moment où je vais m'asseoir, je t'aperçois traverser le préau gris en béton et la professeure que je n'avais jamais vue jusqu'à présent s'émouvoir devant quelqu'un regarde ta silhouette évanescente s'éloigner.

Le soir à table, tu l'imites pour me faire rire :

— On dit partout, mais alors partout, que monsieur va divorcer, se remarier, redivorcer, vous épouser, faire un grand mariage, adopter la petite, oh mon Dieu, je n'en reviens pas, c'est vrai ?

Comme une illusionniste qui fait disparaître un objet en attirant l'attention ailleurs, tu déformes la phrase qui m'a meurtrie, tu exagères tout, tu en fais un sketch en reproduisant ses tics, sa posture, ses intonations, et amusée par ton talent d'imitatrice, je ne te pose aucune question sur l'essence même de celle-ci.

C'est seulement en voyant *La Cerisaie* deux mois plus tard dans une somptueuse mise en scène que je découvre ton personnage et celui de Varia, la fille adoptive à qui des domestiques plus ou moins aigris s'évertuent à rappeler ses origines et qui reste dans l'ombre de Lioubov. Je suis profondément touchée par cette jeune fille qui essaie de garder la tête sur les épaules malgré la folie de sa mère. Pendant plusieurs mois, quand quelqu'un me demande mon prénom, je dis que je m'appelle Varia. C'est ma première tentative de changement d'identité. C'est aussi la première fois que le doute s'immisce en moi. Comme un éclair qui disparaît presque instantanément. Serait-il possible que je vienne de cet homme ? L'idée immonde disparaît aussitôt car il y a autre chose qui vient me bouleverser et celle-ci, de manière totalement lumineuse. Il n'y a plus de doute, « je veux faire Çekof ». Je sais que maintenant, tout deviendra secondaire puisque, avec ce spectacle, j'entre dans un nouveau monde.

Je découvre que la Tchekhovie est la lande des désenchantés, que de sublimes femmes y promènent leur grâce et leur ennui, qu'elles peuvent être à la fois cruelles et fragiles, passer leur temps à rêver ou donner une pièce d'or à un mendiant alors qu'elles sont ruinées. Et qu'au moindre courant d'air, elles frissonnent et mettent des étoles. Comme ce vent qui t'avait effleurée ce jour-là dans ma classe de sixième, qui avait peut-être, avant de traverser la mer Noire, qui sait, caressé les murs de la datcha blanche où Tchekhov avait écrit *La Cerisaie*.

J'ai appris seulement récemment ce que le dramaturge avait dit de ce personnage. Que seule, la mort pourrait l'arrêter.

Tes deux amours

Tu as aimé deux fois dans ta vie, Esra.

D'abord, Ishak bien sûr. C'est le seul être que tu as aimé sans condition, avec lequel tu n'as eu besoin de jouer aucun jeu de pouvoir, le seul avec qui tu as vécu, le seul avec qui tu as eu envie d'avoir un enfant. Et le seul qui t'a aimée juste pour ce que tu étais, qui n'attachait aucune importance à ton identité publique, qui ne voulait que toi, ton être, ta voix, ton regard, ton sourire, il était profondément bouleversé par tout ce qui venait de toi, ta manière de t'asseoir, de tenir un verre, de rire, de pleurer, de te réveiller le matin, de t'endormir, de dévorer une cuisse de poulet ou de mâchouiller sans appétit une feuille de salade. Il pouvait s'émouvoir de ton parfum, de ton port de tête ou d'une intonation que tu avais soudain, d'un livre que tu avais laissé ouvert sur un fauteuil, d'une chemise que tu avais nouée sur le ventre, d'une mèche qui tombait sur ta nuque. Oui, papa t'a aimée follement, personne ne peut se remettre d'être aimé comme ça et tu ne t'en es jamais remise.

Et puis, il y a eu l'autre. Le puissant. Le dominant. Le flic. Le mâle. Le conquérant. Le Méphistophélès en uniforme. L'exact contraire de papa.

Ton mari était un être profond, discret, bienveillant, jamais vraiment sûr de lui alors que ton amant portait en permanence cette virile certitude, cette autorité mâle, cette intransigeance animale.

Sur la vie professionnelle d'Ismaïl, il n'y a pas grand-chose sur le Net à part sa date de naissance et de mort, les fonctions officielles qu'il a occupées et quelques pages qui affichent ce message : « manque de disponibilité en raison de filtres utilisés pour censurer le contenu ». La « carrière » de ton amant doit encore aujourd'hui déranger des hommes suffisamment puissants qui l'ont retirée de la mémoire tentaculaire du Web.

Pendant quasiment toute une nuit, à travers des écrans d'ordinateur, Bahar et Nilüfer me confient tout ce qu'elles savent sur lui. Je complète ces informations ensuite par les souvenirs éparpillés de ceux qui l'ont connu, essentiellement des journalistes et des politiciens de gauche de l'époque que j'ai pu contacter grâce à la fille d'Aziz.

Ismaïl

La famille d'Ismaïl vient d'un ailleurs rocailleux et pauvre. Une région maudite où les ossements s'entassent comme les histoires d'exils, de meurtres, de génocides, de crimes d'honneur, de luttes. Une région où les enfants ont des regards d'adultes, où ils apprennent à manier les kalachnikovs avant d'apprendre à écrire ou à compter.

À l'instar de beaucoup de familles, la sienne est venue à Istanbul avec la première vague d'exode rural à la toute fin des années quarante. Ces nouveaux errants avaient des histoires semblables ; la campagne n'avait plus rien à leur offrir et des milliers d'Anatoliens sans qualification pensaient qu'ils commenceraient là une nouvelle vie dans un appartement en dur, avec des vrais murs, du lait en poudre pour les enfants, des réfrigérateurs Kelvinator, du Coca-Cola, des bas nylon *Parizyen*. La Turquie était située à un carrefour stratégique pour les États-Unis et le secrétaire d'État Marshall avait décidé qu'ils allaient faire profiter ce pays du plan qui porterait son nom. Le Plan Marshall a donc introduit les Turcs pour la première fois dans le camp occidental lors de la guerre froide et les a propulsés dans le même essor de développement que l'Europe. Il n'y avait pas de honte à accepter les cadeaux du généreux oncle d'Amérique, puisqu'il offrait au monde entier le secours, après des années de guerre. En France et ailleurs, on manquait de tout : routes, voitures, nourriture, combustibles, bref tout ce qu'il fallait pour une vie urbaine moderne mais bien sûr, à condition de combattre le communisme. Alors les paysans ont quitté leurs terres, leurs animaux, leurs maisons de campagne et ont massivement migré vers Istanbul, dans la petite Amérique du Moyen-Orient.

La famille d'Ismaïl faisait partie de ces nouveaux errants. Chez lui dans le sud-est du pays, tout était gravité, pesanteur et lourdeur. En Mésopotamie, dans ce delta entre deux fleuves, le Tigre et l'Euphrate, aux frontières indécises et aux noms changeants, les rivières coulaient rouge depuis des siècles, les eaux se mêlaient au sang au gré des massacres et les paysans pensaient qu'ils n'avaient rien à perdre en quittant ces terres.

Ils ont fait le voyage sur trois charrettes tirées par des chevaux maigres et couverts de maladies, à sang flasque, qui perdaient leurs poils. Ils étaient quatorze avec des vieux et des enfants entassés avec des sacs dans lesquels ils avaient mis quelques affaires, sans vraiment savoir de quoi ils auraient besoin et ils avaient pris ensuite « le train des pauvres ». Entassés dans des wagons qui puaient, ils avaient voyagé deux jours et deux nuits durant, échangé leurs pains, leurs oignons et leurs pommes avec les autres passagers, partagé leurs peurs et leurs espoirs. Un moment, Ismaïl avait entendu son père dire à sa mère *On n'aurait pas dû partir, à la campagne on n'avait peur que des animaux, en ville, nous aurons peur des hommes. C'est trop grand cette ville, elle va nous manger*, et sa mère, répondre *C'est nous qui allons manger la ville, tu vas voir.* C'est une phrase qu'Ismaïl n'a jamais oubliée. Comme sa mère, il a toujours su qu'il mangerait la ville. Ce petit bout de femme avait la haine des riches tatouée sur son cœur comme le henné sur ses mains. Et par la suite, chaque fois que son fils obtenait une bourse, réussissait un concours ou montait en grade, elle répétait à son mari *Tu vois, je te l'avais dit, je savais que mon fils mangerait la ville.* (Même sur son lit de mort en 1980, quand Ismaïl lui avait annoncé, fier, qu'ils avaient réussi un coup d'État, elle lui avait chuchoté à l'oreille qu'elle pouvait partir tranquille : l'histoire se répétait, elle divisait à nouveau le pays mais cette fois-ci son fils était du côté des bourreaux. La malédiction était terminée, les gagnants, c'étaient eux, « elle ne mourrait pas les yeux ouverts ».)

La famille d'Ismaïl, en descendant du train à Istanbul, a demandé aux passants où se trouvait la Colline aux Djinns, quartier où un vague cousin les attendait. On leur a indiqué un bateau qu'ils ont pris tous ensemble. C'était la première fois qu'ils voyaient la mer. Timides, ils n'avaient pas osé salir les banquettes, ils sont restés sur le pont, assis sur leurs affaires qui respiraient la pauvreté et ils avaient contemplé la mer. Ils étaient descendus sur la rive européenne, face à l'autre gare, construite pour le fameux Orient-Express. Ils avaient pris le train de « banliyö » qui les avait emmenés à la Colline aux Djinns mais ce qu'ils découvraient là était juste un terrain vague avec des cabanons sans aucune infrastructure. Ces quartiers s'appelaient des « varoches », mot hongrois qui veut dire « hors murailles », le mot français « banlieue » étant réservé aux jolies villégiatures où allaient les familles aisées. Rien que ce destin sémantique résumait l'urbanisme tentaculaire qui se mettait en place et qui tranformerait la ville pour les décennies à venir.

La famille d'Ismaïl s'est donc installée dans cette « varoche » avec d'autres familles, toutes fraîchement arrivées d'Anatolie, au bord d'un aqueduc byzantin qui était pratique pour y adosser les cabanons. Plusieurs familles les ont hébergés pendant qu'ils construisaient leur maison car la solidarité y était quelque chose de spontané, un vaccin naturel, presque une immunité acquise avec des générations de misère. Ses parents ont bâti en deux jours une première pièce avec des pierres, des bouts de carton et du plastique, ensuite, ils y ont ajouté au fur et à mesure des morceaux de tôle ondulée, du contreplaqué, des lattes de bois glanés dans les chantiers des quartiers voisins et même un radiateur vide, qui bien sûr ne chauffait pas mais ils étaient contents de l'avoir car ça faisait riche d'avoir un « *kalorifer* » à la maison. Au début ils n'avaient même pas de porte, ils mettaient une trentaine de briques le soir devant un trou qu'ils avaient laissé sur le mur et ils enlevaient les briques tous les matins pour sortir de chez eux. Ils étaient contents, la grande ville ne les avait pas mangés, ils avaient un toit, son père était journalier, sa mère faisait le ménage dans une usine, Istanbul tenait ses promesses. Ismaïl venait donc de ça, de cette extrême pauvreté.

Un jour, le père d'Ismaïl a entendu parler d'un travail de concierge. Ces places, très recherchées, se refilaient entre amis, il fallait des couples de confiance pour les immeubles des beaux quartiers. Les familles s'entassaient dans une ou deux pièces au sous-sol des immeubles, ils ne payaient donc pas de loyer, ils avaient un salaire, des pourboires, parfois les gens de l'immeuble leur donnaient leurs vêtements ou leurs meubles usés, c'était une chance inouïe de trouver un poste pareil. Les parents d'Ismaïl ont donc été embauchés après entretien dans un palace du très chic quartier de Maçka.

L'entrée luxueuse, le jardin immense bien entretenu et le confort des appartements n'avaient bien sûr rien à voir avec les deux petites pièces humides que la famille d'Ismaïl occupait à six. La première était à côté de la remise de charbon et la seconde arborait la chaudière. Dans les deux, un minuscule œil-de-bœuf juste en dessous du très bas plafond s'ouvrait sur le trottoir, au niveau des mollets des passants. Ils laissaient ces petites fenêtres toujours ouvertes, même en hiver car il y régnait une puanteur tenace. Un mélange de charbon brûlé, d'humidité et de gras qu'Ismaïl n'a jamais oublié. Une autre pièce de trois mètres carrés avec un évier et un poêle à charbon leur servait de cuisine. Les « cabinets » étaient sur le palier, pour se laver, ils devaient mettre une planche de bois sur les toilettes à la turque. Six matelas superposés servaient de canapé dans la journée et se transformaient le soir en six petits lits pour ses parents, sa grand-mère, Ismaïl et ses deux frères.

Ses parents dormaient à côté des sonnettes qui pouvaient retentir jour et nuit car les occupants de l'immeuble pouvaient demander aux parents d'Ismaïl à n'importe quelle heure de réparer une chasse d'eau, de les aider à recevoir des invités, de faire une course ou de descendre une poubelle et ses parents devaient monter pour arranger les petits ennuis de chacun. À six heures chaque matin, son père allait chercher les poubelles et la liste de provisions que chaque occupant laissait devant sa porte. Il filait ensuite faire les courses pendant que sa femme briquait les moindres recoins. Il s'occupait aussi du jardin et des voitures des habitants qui avaient bien sûr pris le temps de le briefer car la moindre rayure sur une carrosserie lui coûterait plusieurs semaines de salaire.

Le père d'Ismaïl était le seul responsable de la sécurité de l'immeuble. Il surveillait avec un soin maniaque les entrées et sorties de tous les invités, livreurs, manucures ou tailleurs et il lui arrivait régulièrement de virer des vendeurs à la sauvette de légumes, de yaourts, de glaces, de maïs et bien sûr les roms qui insistaient pour vendre des draps ou des nappes brodées. Sa mère disait qu'il fallait particulièrement faire attention à ceux-là puisque « les gitans trop bronzés enlevaient les enfants de riches ». Si certains vendeurs étaient trop insistants ou tournaient un peu trop autour de l'immeuble, son père n'hésitait pas à devenir violent et même à les frapper. Ismaïl se souviendrait toute sa vie d'un vendeur ambulant dont son père avait renversé la carriole, qui lui avait dit, après avoir ramassé son étal cassé et sa marchandise abîmée :

— Tu te crois supérieur mais toi aussi tu viens de la merde comme moi. Sauf que tu es devenu le chien de ces riches.

Le couple avait inscrit leurs trois enfants à l'école primaire du quartier. Les gamins, ayant déjà commencé tard leur scolarité dans une école de « varoche » et qui avaient ensuite atterri dans un établissement d'un très bon niveau, s'étaient retrouvés en classe avec des enfants qui avaient deux ou trois ans de moins qu'eux. En voyant ses deux fils aînés ramer, le concierge disait qu'il les mettrait comme apprentis dans un garage dès la fin de l'école primaire obligatoire sauf Ismaïl qui lui, continuerait. Il était bon, il adorait l'école et s'y accrochait contrairement à ses frères. Si ça se trouve, il aurait un diplôme et il s'occuperait plus tard de ses vieux parents.

Ismaïl avait repéré un garçon qui habitait au dernier étage et qui allait à la même école qu'eux. Ses parents avaient donné des surnoms pour chacune des familles de l'immeuble et ils avaient baptisé les parents de ce garçon « yahudiler » (les juifs), mot dont il ignorait le sens. Au printemps avec les beaux jours, « le fils des juifs » a commencé à faire des tours de patins à roulettes dans la petite allée du jardin. Tous les jours en rentrant d'école, il mettait ses *Kings* à courroies réglables pour faire des allers-retours devant l'immeuble et Ismaïl contemplait les pieds du garçon depuis sa minuscule fenêtre. Il aurait tout donné pour les essayer, juste pour la sensation d'être sur ces roues en métal, rien qu'un seul petit tour de quelques mètres, mais il savait qu'il n'avait pas le droit de demander ça à un enfant de l'immeuble.

Mais un samedi après-midi, il y a eu un miracle.

*

Le père d'Ismaïl arrive avec un agneau qu'il tire par une corde attachée à son cou, l'installe derrière l'immeuble, au fond du jardin et prévient ses fils qu'il ne faut pas s'y attacher, ni jouer avec, ni lui donner un prénom car la vieille dame du deuxième étage l'a commandé pour « la fête du sacrifice ». Ensuite, Ismaïl l'entend dire à la dame que le boucher viendra bien le lendemain matin et qu'il apportera tout, y compris le tissu blanc pour bander les yeux, et sur lequel il faudra souffler les sourates. L'agneau, juste à ce moment, comme s'il avait compris le sort qui l'attendait, devient nerveux, s'agite et bêle.

Quelques minutes après cette conversation, Ismaïl voit l'autre gamin faire, comme d'habitude, des tours avec ses patins dans la petite allée. Il sait que c'est le moment. Il va le voir, il lui dit de le suivre, qu'il va lui montrer quelque chose, le garçon obéit sans rien dire, Ismaïl l'entraîne au fond du jardin et lui montre l'agneau.

— Tu peux le caresser si tu veux.
— C'est vrai ?
— Oui. Tu peux même lui donner à manger. De l'herbe. Tiens, vas-y.

Le garçon caresse l'agneau, lui donne de l'herbe, il adore ses courtes pattes et sa gueule humide qui lui touche les doigts. Reconnaissant, il sourit à son nouvel ami.

— Tu habites tout en bas, c'est ça ?
— Oui.
— Moi, j'habite au cinquième.
— Je sais.
— Je m'appelle Ishak et toi ?
— Ismaïl.
— Donne-lui un prénom.
— Quoi ?
— L'agneau. Donne-lui un prénom.
— Je ne sais pas. On l'appelle Fleur ?
— D'accord. Fleur.
— Ils sont beaux tes patins.
— C'est des Kings. Tu peux les essayer si tu veux.
— C'est vrai ?
— Oui. Là, il faut que je remonte mais tu n'as qu'à sonner demain matin et je descendrai avec.

Les deux garçons rentrent pour dîner, l'un monte au cinquième étage, l'autre descend au sous-sol.

Au réveil, Ismaïl entend des bruits venant du jardin. Il s'habille à toute vitesse, monte et voit son père accompagné par le boucher et la dame du deuxième. Il court ensuite sonner chez Ishak qui descend avec ses patins :

— Tiens, je te montre comment les mettre ?

— D'accord. Mais on va d'abord aller voir Fleur.

Ismaïl indique un coin où ils peuvent observer la scène sans être vus.

— Viens, on va les regarder.

— Qu'est-ce qu'ils vont lui faire ?

— Le sacrifier.

— Quoi ?

— Le sacrifier. Fleur, c'est l'offrande.

Ishak frissonne, il ne sait pas ce que veut dire ce mot mais il en saisit la vibration originelle. Il voit la mort venir. Les deux gamins, fascinés, observent. La dame du deuxième étage marmonne une prière, souffle, le boucher plie le tissu blanc en triangle pour bander les yeux de l'agneau qui se débat. Ensuite, il le renverse et le met face au trou qu'ils avaient creusé. Sa corde secoue le petit rosier où ils l'avaient attaché la veille. Le père d'Ismaïl tient l'animal et le boucher lui tranche le cou d'un coup sec. Ishak pousse un petit cri et ferme les yeux, Ismaïl chuchote *Regarde sinon tu es une fille !* Ishak rouvre ses yeux et voit tout. La fumée qui se dégage de la chair, les pattes qui bougent, le ventre qui tremble, le sang qui coule. Ils ont tous les deux la tête qui tourne un peu.

Ishak et Ismaïl deviennent amis ce jour-là, devant le spectacle de l'offrande. Face à la mort.

*

Les adultes, au début, ne voient pas d'un bon œil cette amitié improbable, puisqu'un fils de concierge ne fréquente pas les enfants des étages supérieurs mais petit à petit, « les juifs » s'y habituent tout comme le couple des concierges, qui, bien que prudent, en tire de la fierté. Le petit Ismaïl est intelligent et bosseur, il rend une foule de services à la famille d'Ishak, et ses parents se disent que c'est bien qu'il fréquente des gens qui ont la vie dure.

Un jour, en les observant jouer tous les deux, ma grand-mère décide que le petit Ismaïl devrait passer le concours du collège d'État qui enseigne en français, en même temps qu'Ishak, car il est suffisamment malin pour obtenir une bourse. Elle en parle à son mari qui approuve et ils convoquent la petite famille chez eux. Ismaïl et ses parents se mettent tous les trois sur leur trente-et-un, montent, sonnent, ma grand-mère ouvre, autoritaire et déterminée, leur dit d'entrer. Les parents d'Ismaïl se demandent s'ils ont fait quelque chose de mal ou si leur fils a cassé quelque chose chez eux.

La petite famille reste plantée sur le palier mais ma grand-mère insiste et ils entrent pour la première fois dans cet appartement qui appartient à un autre monde. Ils sont gênés d'aller dans le salon avec leurs souliers qu'ils enlèvent dans l'entrée et marchent pieds nus sur le grand tapis persan moelleux. Cette image précise, celle des chaussettes de ses parents avançant à côté des chaussures élégantes des parents d'Ishak, hantera Ismaïl toute sa vie.

Ils attendent, guettent le moindre signe, un battement de cils, un regard, n'importe quel geste qui pourrait leur faire comprendre qu'il faudrait repartir car c'est une erreur, ils n'ont pas le droit d'être là. Mais ma grand-mère les invite à s'asseoir :

— Ismaïl est un garçon très intelligent. Je me suis renseignée auprès de son institutrice : il doit absolument continuer ses études après l'école primaire, je sais que vous avez besoin de son aide mais je vous en prie, il ne faut surtout pas qu'il arrête les études pour travailler. On va faire en sorte qu'il puisse aller dans un bon collège l'année prochaine.

Ismaïl se demande s'il a bien compris.

— On va vous aider. Ishak prépare le concours avec un professeur privé, ils travailleront ensemble. S'il a une bonne note, il sera pensionnaire d'État, et s'il est boursier, ça ne va rien vous coûter.

L'enfant n'en revient pas, il regarde ses parents mais ne voit aucune surprise sur leur visage, ni reconnaissance, ni résistance. Ne peuvent-ils pas émettre une joie, un doute, s'autoriser une réaction quelconque ?

Seraient-ils devenus des dévots qui disent oui à tout avec docilité ? À seulement quarante ans, ils sont déjà tellement usés qu'ils ont perdu tout enthousiasme, ils ont en permanence cette peur de se faire avoir qu'ont les petites gens, ce scepticisme de ceux qui ne font jamais confiance à la vie. Ma grand-mère insiste :

— Vous avez l'air perplexes, je comprends mais je suis sûre qu'il y arrivera.

La mère d'Ismaïl ose émettre du bout des lèvres, un *Si vous le dites, madame* et son père, d'une voix à peine audible *Nous, on ne connaît pas ces choses-là, si vous dites que c'est bien, ça doit être bien.*

Satisfait, mon grand-père articule de manière exagérée, comme s'il parlait à des attardés :

— Vous ne regretterez pas votre choix. Vous serez fiers de votre fils, n'est-ce pas ? Et toi Ismaïl, tu es content ?

Les concierges hochent tous les deux la tête en même temps comme deux marionnettes, Ismaïl regarde ses parents et au moment où il ouvre la bouche pour répondre, un avion de chasse passe au-dessus de l'immeuble avec un bruit assourdissant. Tout le monde attend pour reprendre la conversation mais d'autres avions le suivent, ça dure vraiment longtemps, ils regardent le ciel, le bruit s'amenuise, mes grands-parents se lèvent pour regarder ce qui se passe et enfin, tous, sans rien dire, se dirigent vers la sortie. Mon grand-père ouvre la porte et au moment où ils vont repartir, ma grand-mère dit :

— Ismaïl, tu peux rester un peu plus si tu veux, tu seras mieux ici pour réviser.

Les serviteurs acquiescent à nouveau sans prononcer un seul mot. Le bruit a disparu, les avions aussi, laissant des traces blanches dans le ciel. La mère d'Ishak, délicate, laisse la porte ouverte pour que l'enfant ait le choix, Ismaïl se demande s'il va suivre ses parents qui descendent à pied, il réalise soudain qu'ils ne prennent jamais l'ascenseur, probablement pour ne pas l'occuper « pour rien », au cas où quelqu'un l'appellerait, peut-être aussi pour ne pas y laisser leur odeur, leur souffle, il regarde leurs deux dos courbés, pense à ce que la grande ville leur a fait, comment le froid des aubes et l'odeur du charbon les ont épuisés, comment la vie urbaine a eu leur peau. Comment ils sont devenus des « concierges » et comment ce mot leur a collé à la peau comme une injure, sans crier gare. Ils n'ont pas toujours été concierges ses parents, ils étaient des paysans, ils aimaient leur campagne et leurs animaux et ils se sont transformés en concierges, juste bons à vider les poubelles, à descendre le charbon déversé sur le trottoir avec les mains et les visages noirs, à guetter nuit et jour les appels à l'interphone. En se transformant en valets, ils ont transformé Ismaïl en « fils de concierge », en *kapıcı çocuğu*, une formule devenue injure dans la langue de tous les jours, les riches grondaient en ville leurs enfants disant « *mais voyons trésor, ne te comporte pas comme un fils de concierge* ».

En ce jour de printemps radieux, Ismaïl décide qu'il ira à la guerre comme cet avion de chasse qui vient de fendre le ciel d'Istanbul. Il ne deviendra jamais comme ses parents, il s'offrira une autre destinée. Lui, il n'aura pas ses rêves épuisés, ses émotions anesthésiées, ses enthousiasmes encroûtés. Cette idée le pique dans sa chair comme une aiguille en acier froid. Non, la vie n'arrivera pas à asphyxier sa fougue, à juguler son tempérament, à entraver ses ardeurs, il restera vivant, et pour ça, il ne descendra pas avec eux au sous-sol, il ne regardera pas des pieds marcher à travers le soupirail d'une cave, il restera ici, dans cet appartement somptueux aux lambris en bois.

Il ferme donc doucement la porte de l'intérieur, il écoute les pas de ses parents s'éloigner dans l'escalier, puis regarde Ishak et ses parents qui lui sourient. Mon grand-père lance, joyeux, pour dissiper la tristesse « *Monsieur !* » et ajoute : « *Monsieur, c'est comme Bey en turc. Il faut que tu apprennes le français maintenant.* »

Si ce soir-là mes grands-parents n'avaient pas décidé d'aider ce garçon pauvre mais malin, si ses parents avaient dit non, s'ils avaient refusé que « les juifs » prennent en main son avenir, s'il était descendu avec eux, Ismaïl aurait été un autre homme. Il ne serait pas devenu un brillant boursier d'État, un étudiant en Sciences politiques par la suite, il n'aurait pas inscrit sa vie dans les pages noires de la grande histoire au lieu de la rater dans une remise à charbon.

À partir de là, Ismaïl passe tous les soirs chez mes grands-parents en rentrant de l'école pour travailler avec le professeur privé. Puis un soir, ma grand-mère dit qu'il peut aussi dormir chez eux, que la date du concours approche, qu'il y sera mieux.

— Chez tes parents il n'y a pas beaucoup de place pour réviser, et puis tu n'auras pas à respirer l'odeur de charbon, tu peux dormir dans la chambre du fond si ça te va.

Bien sûr que ça lui va. C'est une évidence, il veut appartenir à cet étage, il veut choisir son camp. Petit à petit, il s'installe chez Ishak. Ils travaillent tous les deux, le frigidaire est toujours plein, il a le droit de se servir, il y a une bibliothèque dans le salon, il a une chambre rien que pour lui avec un vrai bureau et un bon matelas pour la première fois de sa vie. Il aime les fauteuils en velours, les tapis moelleux, les lustres en cristal, les meubles en bois massif et surtout, il adore un objet qui jouera un rôle primordial dans son apprentissage de la vie : un poste de radio TSF en bois vernis sur lequel il y a deux mots en français, *Pathé Marconi*, qu'il apprendra à prononcer comme une prière chamanique, *patémarkoni*. Sur le cadran s'allument des villes, Téhéran, Bagdad, Ankara, Budapest, Athènes, Moscou, Paris. Rien que d'en tourner les boutons en bakélite est une invitation au voyage. Le poste s'arrête de temps en temps, il faut le tapoter pour qu'il reparte « à plein tube » et les murs se poussent aussitôt, l'horizon s'élargit, ils voyagent tous ensemble dans les fictions, les informations, la musique. Les voix nasillardes qui sortent de la grille l'amènent dans un ailleurs magique, il oublie la stridence des cris de sa mère, les vociférations de son père, les râles de sa grand-mère, les disputes de ses frères à propos d'un bout de viande, il apprend à vivre dans une maison où les époux se disent merci, où l'on parle doucement, lui aussi s'invente un timbre agréable, il perd son accent, parle comme eux. Il imite leurs gestes, mange comme eux sans se précipiter et sans faire du bruit, découvre que le travail peut être autre chose que se faire humilier, qu'on peut aimer ça, qu'il a un rôle à jouer dans le monde. Il ne supporte plus les deux pièces où vit sa famille, l'odeur, leurs manières, leurs voix. Il travaille comme un fou. En mai, ils passent tous les deux le concours national et en attendant les résultats, n'ayant plus aucune excuse pour habiter chez Ishak, il retourne à nouveau chez ses parents.

Un matin de juillet, Ishak et sa mère descendent et frappent à leur porte. Ismaïl ouvre. Son copain voit pour la première fois où il habite mais il a la délicatesse de ne pas regarder la misère, de faire semblant de ne pas voir la décrépitude des murs et sentir l'odeur de pourri. Ma grand-mère montre aux parents d'Ismaïl le journal qui a publié la liste des élèves qui ont réussi le concours de l'Éducation nationale. Tous les deux sont admis, Ismaïl comme pensionnaire d'État, ses parents ne paieront donc rien. Pour le couple de concierges, rien que de voir le nom de leur fils imprimé dans un journal est déjà une victoire inconcevable. Sa mère marmonne *Je savais que mon fils mangerait la ville,* les deux femmes rient ensemble, elle veut embrasser la main de la patronne généreuse pour la remercier, ce qu'elle refuse, encore une habitude de paysan, une humiliation de plus pour Ismaïl qu'Ishak feint de ne pas avoir vue, la mère d'Ishak leur explique qu'il y a quand même les fournitures scolaires à acheter, les uniformes et les survêtements avec les initiales du collège brodées mais qu'ils peuvent s'en occuper. Ils paieront tout, ça sera leur cadeau. Le couple de concierges s'enferme à nouveau dans le mutisme de ceux qui ne disent ni oui ni non, qui ne posent aucune question, qui ne disent même pas merci. Pour la première fois, Ismaïl voit le mépris dans le regard de son copain Ishak, comme un très court éclair. Non pas pour leur pauvreté mais pour leur passivité devant la vie. Et c'est à ce moment précis qu'il prend une grande décision : il n'a pas à se sentir redevable avec les nantis qui jouent les gentils car ils y trouvent leurs comptes, ça leur fait du bien après tout : ils sont bien contents de se regarder dans ce miroir grossissant, ça leur rappelle qu'ils ont de la chance, ça donne des contours à leur condition de riches. Ce jeu-là, c'est donnant donnant et il a déjà payé. Sa réussite, c'est à lui-même seul qu'il la doit et à personne d'autre.

Il appartient désormais à un autre monde, il ne deviendra pas comme les siens, et à la rentrée, ça sera une autre vie.

*

Une fois au collège, Ismaïl se défait de l'amitié d'Ishak. Trop encombrant, leur lien lui rappelle d'où il vient, sa condition de pauvre. Il veut construire une nouvelle identité, ses nouveaux copains ne savent rien de lui, ne se doutent pas que sa mère nettoie la merde des parents d'Ishak et que c'est grâce à leur générosité qu'il est là. Il sait que son ex-meilleur ami n'est pas le genre à en tirer une quelconque fierté en public mais il veut prendre ses distances, il n'y peut rien, en sa présence, il se sent redevenir le gamin du sous-sol. Ishak souffre de l'attitude d'Ismaïl mais très vite, il se fait de nouveaux amis, les cours sont intéressants, on leur y ouvre les portes d'un nouveau monde, il est heureux, chacun part de son côté. Les deux garçons sont souvent parmi les bons, se disputent même parfois la première place en histoire ou en géographie. Il leur arrive aussi de s'affronter au sport. Ismaïl provoque souvent Ishak, qui préfère ne pas y répondre. Leur relation devient nocive, leurs amis se demandent s'ils ne finiront pas par se battre, centaure à l'instinct guerrier contre cheval noble. Petit à petit, ils ne se parlent plus.

L'été suivant, les parents et les frères d'Ismaïl sont tous embauchés dans une usine en dehors de la ville et quittent l'immeuble. Les deux adolescents ne se croisent plus du tout maintenant, ni au collège, ni en dehors.

Quatre ans plus tard, ils se revoient au club de politique autour d'un débat enflammé. Ils se répondent, s'allument, se disputent, reprennent plaisir à se parler et redeviennent à nouveau proches, comme ça arrive souvent aux amis d'enfance. Ils se connaissent tellement bien qu'ils se comprennent à demi-mot, rient à nouveau des mêmes choses, se moquent ensemble des travers des autres. Ishak passe l'éponge sur les phrases blessantes de son copain. Ils sont tous les deux passionnés par la politique et ils aiment passer de longues heures à refaire le monde. L'année du bac, ils décident tous les deux de passer le concours de la Faculté des Sciences politiques qui vient de s'ouvrir à Ankara mais finalement Ishak lui annonce qu'il part aux États-Unis. Quant à Ismaïl, il est admis à l'université d'Ankara avec mention, il fera partie des quarante boursiers d'État, Ishak part à Berkeley, ils se perdent à nouveau de vue.

À la fac, Ismaïl se fait repérer par un élève de quatrième année, qui l'introduit dans les milieux nationalistes. Au bout de quelques mois, il se fait une place dans les clubs de réflexion où il circule, dans lesquels il y a des jeunes qui menacent des élèves gauchistes, encouragés par le discours public des politiciens de droite : « ce sont des jeunes qui défendent les valeurs du pays ». Il se sent, pour la première fois de sa vie, respecté, « pris en compte ».

En quatrième année, Ismaïl est introduit dans une cellule où les responsables le testent d'abord avec des petites missions ; bastonnades, incendies, intimidations à l'intérieur même de la fac. Il découvre le goût du « sale boulot », il apprend vite. Une fois son « courage » et sa fidélité approuvés, il gravit les échelons et s'invente une position unique : il orchestre les équipes, informe les flics et circule dans les ramifications d'un réseau souterrain qui vont jusqu'à l'armée, les ministères et la police. De l'aveu même d'un général qui a parlé des décennies plus tard, ces groupes ont organisé plusieurs attentats. Ismaïl y a désormais une place importante. Il abandonne les scrupules, se dit que quand on aime sa patrie, il faut y aller. Sa spécialité sera de créer des haines. Il réussira plusieurs missions mais c'est en 1968 lors d'un mouvement étudiant qu'il va accéder au vrai pouvoir. En cette année mythique, le torrent mondial devient incontrôlable. En Turquie comme ailleurs, le fleuve est sorti de son lit, l'insurrection avance, la police est débordée, il faut quelqu'un d'intelligent pour régler tout ça. Un conseiller dit *Je connais quelqu'un*. Ismaïl est jeune mais il a déjà ce côté intraitable, cette voix sans appel, cet œil noir. Francophone, il suit les événements mondiaux, connaît Papon et ses méthodes depuis des années. Il vient dès qu'on le convoque, prêt à agir avec quelques barbouzes. Ambitieux, il dit qu'il peut mettre en place des combats, mobiliser les extrémistes : une foule enragée arrivera avec des bâtons, des couteaux, des sabres. Les jeunes de gauche et de droite commencent à s'affronter, les universités deviennent des champs de bataille. Plus ça va, plus Ismaïl aime ça, il adore compter le nombre de blessés, les manifestants interpellés, ceux qui sont à l'interrogatoire. *Il faut muscler les équipes*, explique-t-il, parle des véhicules de police à incendier, *pour montrer que les forces de l'ordre ont été attaquées, tout le monde fait ça, partout dans tous les pays, regardez ce qu'a fait la police française avec les Algériens, on ne peut pas être tout le temps réglo si on veut avancer, il faut montrer à l'opinion publique que les jeunes gauchistes sont dangereux, des monstres aux gueules d'ange.* Quand dans une réunion quelqu'un dit qu'on ne peut pas tirer sur des enfants, il explique fermement : *l'État ne doit pas céder, on n'a pas le choix, sinon on est des mollassons.* Il se répète que tout ça, c'est pour combattre les communistes qui veulent du mal à sa patrie.

À chacune des manifestations redoutées, c'est lui qu'on appelle. Il excelle en guerre urbaine, en usage du feu dans les rues, en canons à eau, en sniper sur les toits, en bombes lacrymos, en ultimatum aux haut-parleurs. Il aime ça, diriger des hommes et il constitue une vraie petite armée, sans aucun cadre juridique, embauche des voyous, des types qui ont un passé suffisamment sale pour n'avoir rien à perdre, sans aucun état d'âme. Il trouve des repris de justice, des anciens criminels, des anciens flics, leur procure des armes qui viennent d'on ne sait où, des stocks clandestins. *Il faut les contrôler, ça peut partir vite avec des types comme ça, une pétarade dans la foule et on a un carnage en une heure. Quand on distribue des armes à des abrutis sans foi ni loi, il faut savoir leur parler.*

Mais ceux qui l'énervent par-dessus tout, qui entretiennent sa haine, ce sont les enfants de bourgeois, des gens comme Ishak qui ne connaissent rien aux vraies luttes, à la vraie misère. Ceux et celles qui, romantiques, croient qu'on peut changer les choses, juste parce qu'on le veut, ces bouches de riches qui scandent des slogans communistes sans même les comprendre, alors que leurs papas dirigent des usines et des entreprises, leurs mamans portent des fourrures et des bijoux hors de prix sans payer d'impôts et en se vantant de faire l'aumône. Après les rapports d'attraction-répulsion qu'il avait eus pour Ishak pendant toute sa jeunesse, maintenant, il a une haine viscérale pour ses semblables.

Au bout de quelques années, Ismaïl accède au plus haut niveau, commence à maîtriser les rapports confidentiels, les téléphones rouges, la langue diplomatique, les carnets d'adresses. On l'envoie à l'étranger, il voit du pays, apprend des méthodes et rentre, en haïssant encore plus les bien nés ; leur aisance, leurs airs supérieurs, leurs chaussures italiennes et leurs costumes sur-mesure. Il connaît les liaisons dangereuses entre fric et pouvoir, il a des infos d'un réseau de prostitution, il sait qui a besoin d'un doigt dans le cul, de voyeurisme pour bander, qui aime les partouzes, qui commande des accessoires bizarres à Paris, il les tient par les couilles. Il déteste profondément ces lilliputiens qui ont eu tout dans la vie, les beaux appartements, les arbres de Noël, les jouets, les études à l'étranger, les beaux vêtements, les jolies petites copines, les vacances à la mer et à la montagne, et surtout, de la joie, de l'alacrité, de la légèreté. Ils ont grandi dans l'insouciance alors que lui, il ne saura jamais faire confiance à quelqu'un, la peur est un héritage trop lourd pour être abandonné.

Lorsqu'ils étaient jeunes, Ishak et Ismaïl avaient décidé ensemble d'étudier la politique car ils tendaient tous les deux vers la même chose : fraternels, ils voulaient combattre les inégalités, sauver le monde. Devenus frères ennemis, ils sont maintenant dans des camps qui s'entretuent.

*

Quand Ismaïl revoit un jour son ami d'enfance à un cocktail avec toi au bras, il te scrute, l'actrice célèbre, de la tête aux pieds et tu es gênée par son regard. Je l'imagine se surprendre à retrouver exactement les mêmes sensations qu'il avait eues lorsqu'ils étaient enfants, quand Ishak était descendu un soir avec cette inatteignable paire de patins à roulettes. Je l'imagine penser que celui dont les parents écrasaient les siens, possédait en plus ce sublime objet du désir. Je l'imagine se promettre que cette femme, comme ces patins, il les aura à ses pieds alors que les deux devaient rester hors de sa portée s'il n'avait pas fait le nécessaire pour les arracher à Ishak.

Votre deuxième rencontre se déroule dans les conditions idéales. La femme de celui qu'il a le plus jalousé de toute sa vie est dans son bureau pour lui demander de l'aide. Il n'en revient pas. Dès la première minute, vous avez une attirance animale l'un pour l'autre. Il se promet qu'il te tiendra un jour dans ses bras. Qu'il possédera un jour le Trésor national.

Je ne sais pas comment Ishak a appris que vous étiez ensemble, à quel moment il l'a su, comment il a réagi mais je suis certaine qu'Ismaïl s'est demandé des centaines de fois ce que faisait une femme comme toi avec lui, s'il n'était pas ridicule de croire en un couple si mal assorti. Pour toi, ça pouvait après tout être une lubie, un amusement passager, un *divertimento*, mais lui, n'avait-il pas l'air d'un pauvre type qui s'y croyait ? Tout avait toujours été difficile, alors pourquoi maintenant soudain, il pouvait séduire la Diva ? Parano, il lui arrivait de penser que tu te moquais de lui, que c'était un coup monté par Ishak, qu'Esra Zaman pouvait à tout moment lui dire que c'était une blague, exactement comme dans les mélodrames qu'elle tournait. Il se disait souvent que rien n'était possible avec une femme comme ça et qu'il devait se contenter de son épouse, une bonne femme rondelette de la mer Noire, une patriote toujours de bonne humeur et déjà trop fière d'avoir épousé un homme important.

Sauf qu'entre-temps, votre passion était devenue trop grande. Il n'y avait pas de place pour des états d'âme, il fallait qu'Ishak sorte de ta vie pour t'avoir à lui tout seul.

*

Après la disparition de papa, vous vous affichiez de temps en temps ensemble. Il savait que c'était risqué mais tant pis, il voulait être vu, que cette image de lui soit exposée, il souhaitait qu'on l'envie pour celle qu'il avait au bras, que les gens disent que malgré ses airs de pauvre bougre, il était peut-être un homme sophistiqué, qu'il avait beau être fils de concierge, qu'il avait beau être trop brun, trop court sur pattes, trop poilu, il devait avoir une finesse en lui, un quelconque raffinement. Et c'était ça, sa vraie victoire. Avoir le Trésor national pour lui.

*

Votre relation avec Ismaïl a duré pendant toute mon adolescence, puis votre amour s'est effrité. Il ne supportait plus ta vie, tu ne supportais plus ce que tu entendais sur lui, même si tu avais décidé de l'ignorer jusque-là. J'ai appris que vous vous étiez quittés après mon départ en France et qu'il est mort en 1998, je ne sais pas comment. Bahar me dit que tu n'es pas allée à son enterrement car tu craignais les journalistes mais que tu as fleuri sa tombe jusqu'à récemment, ce qui horripilait sa veuve. À chacun de tes passages, tu remplaçais ses chrysanthèmes par des énormes nénuphars. Te connaissant, ça devait t'amuser follement.

Iphigénie numéro deux, 1977

À douze ans, l'enfance me quitte définitivement alors que jusque-là je vivais dans une apesanteur que tu avais mise en place, qui rendait tout possible, dans un monde où la gravité n'existait pas, où les corps n'exerçaient aucun poids, dans une bulle faite de mensonges. 1977, c'est l'année où je vais sortir de ta mécanique céleste, de cette zone où j'avais l'impression de rester suspendue puisque tu faisais tout pour me protéger de la vérité. Cette année-là sera la fin. Terminé, je ne survolerai plus jamais l'existence, j'entrerai dans une nouvelle planète où les choses obéissent aux lois de la physique et chutent. 1977 est l'année où j'aurai une première certitude à propos de ce qui s'est passé, ça sera une chute libre. C'est l'année où je serai témoin d'une dispute entre toi et Firat et je saisirai au vol une phrase assassine.

— Il a tué le père de ta fille et tu es encore avec cette ordure ?

Au début, je ne sais pas ce que cette phrase veut dire exactement, s'il faut la prendre à la lettre ou si c'est une manière de parler, si c'est une blague, je ne sais pas quoi faire de ces mots mais petit à petit ils s'installent en moi et chemin faisant, deviennent un mur entre nous. À partir de ce jour-là, je ferai tout pour te détester.

J'ai douze ans, je commence à haïr ton besoin de plaire, cet élan vital, cette étrange énergie dont tu es faite et que je n'ai jamais comprise, la manière dont tu fumes, tu parles, tu joues les Divas et surtout, je ne supporte pas de vous voir ensemble quand Ismaïl vient à la maison. Plus cet homme pénètre notre vie, plus notre maison s'enténèbre. Je fais la tête en permanence et nous nous disputons beaucoup. Tu penses que ce sont juste « les joies de l'adolescence », tu me reproches mon manque d'humour et mon besoin de « choquer le bourgeois », en français dans le texte.

J'entre de plain-pied dans une nouvelle ère avec une idée très nette. Je n'appartiendrai pas à ton monde, je veux me démarquer de tout ce que tu représentes, je n'ai qu'un seul objectif, ne pas te ressembler. J'arrête de taper sur les touches du vieux Remington Riviera orange de papa, tout bien réfléchi, je ne ferai pas Tchekhov. Il y a au lycée une dizaine de clubs d'activités artistiques et sportives. M'inscrire à un atelier de théâtre, de musique, de danse ou de poésie est exclu. Ce sont des trucs pour gauchistes en herbe, pour ados qui se la jouent, ceux à qui je ne veux pas m'identifier. Je m'inscris donc au club de karaté. Surprise, tu me dis que tu ne m'as jamais vue faire du sport, à part nager en été. Ma réponse est brève, sanglante, tout en mépris :

— Tu ne m'as jamais vue faire grand-chose puisque tu ne me regardes jamais de toute façon.

En 1977 en Turquie, ne pas s'intéresser à la politique veut dire être de droite, ne pas faire partie du monde de la culture, du tien. Donc ça sera ça. Je ne ferai rien d'artistique, c'est sans réplique. Tu ne comprends pas. Tu n'as jamais su comment faire avec moi, je ne te ressemble pas, je suis d'une autre facture, tu n'as pas mon mode d'emploi. Je n'ai plus aucun geste affectueux pour toi. Je te repousse quand tu veux m'embrasser, ta voix m'irrite, votre union me dégoûte.

En revanche, mes amis t'adulent. Ils adorent venir à la maison et espèrent secrètement te croiser. Quand tu n'es pas là (et tu n'es pas souvent là), ils admirent tes photos, tes trophées, tes robes. Si tu es là, ils cherchent une occasion de t'apercevoir dans le salon ou la cuisine. Il y en a même qui te demandent des autographes, ce qui me met hors de moi. Comme tu réponds toujours gentiment, ils croient qu'ils comptent alors que tu t'en fiches royalement ; tu ne retiens jamais leurs prénoms et une fois partis, tu me les décris en disant « la petite blonde avec un gros derrière », « le grand plein de boutons », « les deux nanas qui ont des regards bovins », parfois tu es un peu plus gentille, tu dis « le beau gosse qui ressemble à Terzieff », « la petite qui fait un peu Françoise Fabian ». Je ne connais pas ces acteurs et actrices français, tu me les montres dans les magazines qui sont sur la table basse, les *Avant-scène* et les *Jours de France* que tu achètes à la librairie française de la rue Istiklal.

Un soir, en rentrant après mon entraînement de karaté, je te retrouve assise dans le noir, avec un texte à la main. Tu dois être là depuis longtemps, la nuit a dû tomber sans que tu aies bougé de ton fauteuil. Quand j'allume la lumière, j'aperçois que tu as les yeux rouges, je me dis que tu as peut-être pensé à papa et pleuré, ce qui me donne soudain l'impulsion rare de t'embrasser, cet essor devenu inexistant entre nous. Je m'approche de toi, tu ne t'y attends tellement pas que tu sursautes. Mère et fille, nous avons désappris les gestes d'affection, pourtant primaires. Nous ne savons plus nous toucher, plus comment faire, toute démonstration d'amour entre nous est bannie depuis longtemps, désormais maladroites, nous ne savons même plus comment donner et recevoir un baiser. Tu es déboussolée me voyant affectueuse, même si ton visage s'illumine un instant, il s'éteint vite et tu deviens à nouveau sombre.

Mais je vois bien qu'il y a derrière ça quelque chose de plus ample que la vie, plus romanesque qu'un câlin qu'une mère vient de rater.

Tu me montres le texte qui est sur tes genoux, presque en larmes.

— Iphigénie…

— Quoi, Iphigénie ?

— On m'a proposé de jouer Iphigénie… je l'avais incarnée il y a vingt ans, je dis donc enthousiaste au type, oui, je serais heureuse de le rejouer maintenant, servir une autre transposition, tu sais, bla bla. Il me dit « formidable » ce goujat, il m'explique son idée de mise en scène. On parle pendant une demi-heure. J'étais persuadée qu'il me proposait de jouer Iphigénie... (Pleurs sonores) Tu sais ce qu'il me dit ? « Vous serez une formidable Hélène » ! GOUJAT !

Larmes, morve, hurlements. Exaspérée par mon calme, tu plantes ton iris dans le mien et hurles :

— C'est sa mère ! Il me propose de jouer la mère d'Iphigénie. TU COMPRENDS ? C'est fini pour moi ! C'est ce que ça veut dire ; c'est terminé pour toujours !

Je trouve que la vieille ingénue hystérique en face de moi ferait un excellent sketch comique s'il ne s'agissait pas de ma mère et de ma vraie vie.

— Je ne peux plus me regarder dans la glace : tout tombe, tu te rends compte, même mes genoux tombent, je me disloque de partout, tout est en train de céder à la gravité. Regarde, regarde ça : la peau de mes joues, de mes coudes, de mes orteils, tout tombe, même mes genoux, oui, mes genoux tombent...

Cette tirade sur la peau des genoux qui se battent contre l'attraction terrestre, déclamée avec l'intensité d'une tragédienne, me paraît soudain extrêmement drôle. J'éclate de rire même si je mesure la cruauté de ma réaction. Tu t'arrêtes aussitôt. Suspension de cinq secondes. Comme la caméra des films de Bruce Lee qui se fige sur le regard du guerrier juste avant son coup de poing surpuissant, je zoome sur tes yeux. Ça ne va sûrement pas tarder ; tu vas me donner la fameuse tape fatale de Bruce qui brise les planches, le célèbre *one inch punch* et je vais mourir sur-le-champ. Mais miracle. Tu ris aussi. Je me remets à rire aussi. Des rires sonores alternent avec des jets de larmes qui jaillissent à l'horizontale comme dans les dessins animés asiatiques. Nous rions de notre destin de fille et de mère comme d'autres en pleureraient, nous rions pour pleurer tout ce que les tragédies racontent, nous rions de la malédiction filiale, du patriotisme, de la trahison, de la destinée, de l'adultère. Nous en pleurons tout en nous marrant comme deux baleines. À cet instant, Iphigénie, c'est nous. C'est nous que ça dit, c'est notre destin que ça raconte, évidemment en moins bien. La guerre de Troie, c'est peanuts à côté de notre histoire.

Quand nous nous calmons, tu me parles de l'autre Iphigénie, celle que tu as incarnée il y a vingt ans. Tu me dis à quel point tu avais été touchée, bouleversée, secouée par cette adaptation que tu avais jouée en 1958. Et tu redeviens la jeune comédienne que tu étais. En récitant quelques vers d'une voix juvénile, meurtrie par le sacrifice qui t'attend, tu as l'air d'avoir à nouveau vingt-quatre ans.

« Jamais jour n'a paru si mortel à la Grèce.
Déjà de tout le camp la Discorde maîtresse
avait sur tous les yeux mis son bandeau fatal,
et donné du combat le funeste signal. »

Tu souris, tu effaces tout et tu recommences :

— Oui, évidemment que j'accepterai de jouer cette fois-ci la mère. Qu'est-ce que tu veux, c'est comme ça ma vieille, c'est d'une logique imparable : quand on est vieille, on joue les vieilles.

C'est un moment délicieux, comme nous en avons vécu rarement ensemble.

La forêt

Je note des bouts de phrases, j'appelle tes amis, je touche tes objets, je lis des archives en ligne, je cherche dans mes réminiscences des décennies d'absence. Les seules choses qui me relient au temps présent sont les messages de l'homme que j'aime. Il m'envoie chaque jour des photos de sa canopée, prises avec son étrange drone, l'engin qu'ils sont en train de perfectionner à des milliers de kilomètres d'ici.

Lorsque je termine mon enquête sur Ismaïl, je fais un rêve. Je marche dans une forêt claire. Toujours au même rythme, sans jamais rien changer à ma vitesse, sans jamais avoir peur et sans jamais m'arrêter comme si j'étais en apesanteur. Il ne se passe rien et je sais parfaitement qu'il ne va rien se passer non plus à l'avenir. Rien d'inquiétant, rien d'imprévu, rien d'inattendu qui puisse m'atteindre, si je continue de marcher là. Je me dis que ça peut durer comme ça pendant des heures, des jours, des mois, voire des années. Je vois bien que le temps n'a pas de prise sur les choses même si je sais parfaitement que je suis dans un rêve. Ce n'est pas effrayant, ce n'est pas inquiétant, ce n'est même pas désagréable, c'est juste « rien ». Le néant. Il s'agit d'un non-lieu, je suis un non-personnage et ce rêve est une non-existence. Et dans cette forêt de la non-existence, tout me rassure. Je n'ai pas besoin de guetter s'il y a un danger, de regarder à gauche ou à droite, je n'ai pas besoin de vérifier ce qu'il y a devant ou derrière, je n'ai pas besoin de tendre l'oreille pour savoir si j'entends des bruits inquiétants et j'accepte que mon destin ne soit que cela : vieillir en marchant. Comme ça, toujours au même rythme, à la même vitesse dans cette forêt de la non-existence. Avancer dans cette sécurité qui n'apportera que du prévu, où il n'y a aucun bruit ni aucune odeur, où je ne rencontre aucun obstacle.

Et puis soudain, j'arrive à un endroit qui est la lisière de quelque chose. Je sais que si je traverse cette frontière, la forêt deviendra dense et tropicale, tout sera sombre et rien ne sera plus jamais comme avant.

Et c'est là que tu apparais. Très maquillée, avec d'énormes boucles d'oreilles, deux lotus qui encadrent ton visage, tu descends des cimes et tu me dis *Viens de l'autre côté, ma şeker*. Je réfléchis, je sais que là-bas quelque chose m'attend, j'ai le vertige, mais je passe quand même. Aussitôt, les fleurs mutent en plantes carnivores, des milliers de branches poussent comme des serpents, le sol se couvre de mousse, une fumée apparaît, le vert devient plus foncé, les feuilles plus épaisses, les arbres plus denses. Il n'y a plus de lumière, j'entends des bruits d'animaux menaçants, j'ai du mal à respirer, je n'arrive plus à marcher, la boue m'englue à chaque pas, des branches lianes me coupent la peau et bizarrement, je suis soulagée. Au lieu d'être effrayée, je me sens vivante dans cette forêt sauvage, sombre et dangereuse.

Il se passe enfin quelque chose dans ma vie.

Ce qui demeure

Le lendemain de ce rêve, dès le réveil, je fais un tour sur les réseaux sociaux. Sous le hashtag #EsraZaman, Twitter regorge de photos de toutes tes époques et des commentaires de toutes sortes. Deux éditeurs apportent leurs dernières corrections à tes biographies depuis longtemps prêtes. Tes admirateurs les plus traditionnels distribuent du *helva* aux nécessiteux pour que leurs prières t'accompagnent. Ceux qui t'ont rendu visite à l'hôpital témoignent : ta chambre est inaccessible, amis, admirateurs, collègues, journalistes attendent dans les couloirs, dans la rue, dans les cafés, les curieux se bousculent sur les balcons avoisinants dans l'espoir de t'apercevoir. Les acteurs qui ont joué avec toi relatent des anecdotes, chacun y va de son émotion de spectateur, de collaborateur ou d'ami, se rappelant telle pièce ou tel film.

Sur la page Twitter « Esra Zaman officiel », il est précisé que le compte est géré par un *community manager*. Tu as 852 000 *followers*. Sur ta photo de profil, tu as la trentaine, tu ris aux éclats en noir et blanc, tu as un ruban dans les cheveux et les épaules nues.

Les derniers *posts* de ton compte donnent des nouvelles de ton état de santé. Sur la dernière photo prise dans ta chambre d'hôpital, tu es pâle mais on sent bien que la trousse de maquillage de Bahar n'est pas loin ; tu n'aurais certainement pas permis qu'on te prenne en photo sans fard sur ton lit de mort. La photo a reçu plus de 20 000 cœurs et été retweetée des centaines de fois. D'après les commentaires, l'engouement n'est pas seulement dû à l'admiration que te vouent les cinéphiles mais aussi à une nostalgie collective, celle de « l'ancien monde » que tu représentes, en opposition à ce que les néo-islamistes appellent « la nouvelle Turquie ».

Certains écrivent que ta place est réservée sous les platanes du cimetière du Bosphore. D'autres, qu'on va t'incinérer. Un chanteur connu poste que de toute façon il est impossible de réaliser ta dernière volonté, si tant est que tu aies pu exiger cela, la crémation étant souvent refusée en Turquie. Un autre fan riposte que ce n'est pas interdit. Une députée ajoute « si ce n'est pas interdit en soi, pour une telle figure publique, il y a de fortes chances que la Direction des affaires religieuses s'en mêle ». Un autre fan peste contre « les religieux qui nous emmerdent même dans l'au-delà ». Un anonyme pieux affirme : *l'âme reste suspendue pendant quarante jours, tu dois être inhumée selon le rite funéraire musulman*. Il y a aussi les *haters* habituels des personnalités publiques, ceux qui guettent tous les envois pour y coller des injures. Ceux-là ont pour la plupart des pages du Coran ou une tête de loup comme photo de profil. Ils écrivent – avec plein de fautes d'orthographe – que tu as été depuis trois générations *un mauvais exemple pour nos filles / une femme immorale / le cheval de Troie de l'Occident / l'une des plus grandes mécréantes que le pays ait connues / une kafir qui va brûler en enfer / un danger pour la société / une ennemie de la grandeur turque*... Il y en a qui demandent que l'on ne détruise surtout pas ton compte Twitter, pour tes admirateurs, ce serait une manière de t'accompagner, de poster des photos, des souvenirs, des vidéos, des textes, des fleurs virtuelles et même des prières. Je savais que les Turcs étaient les plus grands utilisateurs des réseaux sociaux au monde mais cet engouement qui accompagne ta mort à venir me paraît tout de même délirant.

Une vidéo tombe sur ton compte. Tu es assise sur ton lit, et il y a dans ta chambre une douzaine de bouquets de fleurs. On voit derrière toi Nilüfer, Bahar, d'autres copains et la fille d'Aziz. Tu portes une écharpe fuchsia et un rouge à lèvres assorti. Tu souris. On entend en fond sonore les bruits de l'hôpital américain. Tu commences en chuchotant *Mes şeker*... Je ne suis pas sûre d'avoir bien entendu, je repasse le début de la vidéo, c'est bien ça, tu dis bien *Mes şeker* et c'est un choc. Tu as donc donné en mon absence mon petit nom affectueux à toute une masse de gens, tu appelles tes fans comme tu appelles ta fille ! Esra Zaman, tu es vraiment gonflée...

— Mes şeker… Je voudrais répondre à ces rumeurs d'enterrement. (Rires…) Vous savez, j'avais acquis un caveau il y a trente-cinq ans, avec vue sur le pont du Bosphore en profitant d'une offre exceptionnelle, ce n'était pas cher. (Rires, puis retour à la gravité.) À vrai dire, à l'époque, c'était pour mon mari et moi. Finalement il n'a pas pu être enterré là mais je m'étais dit, je garde cette place, comme ça, je me reposerai là. Voilà, je serai donc toute seule dans un grand tombeau pour deux et vous pourrez venir me voir.

Rires. Cut. Gros plan. Tu envoies un baiser à la caméra, d'un geste juvénile, œil coquin, bouche en cœur. Il y a quelque chose d'indécent dans cette dernière image, on dirait une petite fille pleine de rides. Des cœurs rouges de mauvais goût envahissent l'écran.

J'hésite entre rire du grotesque de cette petite pastille et pleurer de sa tragédie. Il y avait donc une concession funéraire pour papa. Tu as donc espéré qu'un jour on te donne quelque chose, qu'un homme du gouvernement sonne à la porte par exemple et qu'il te dise, *voilà madame, ses habits, gardez-les, prenez, ce sont là ses effets personnels*, tu as attendu que quelqu'un te donne des affaires en disant *tenez, ce qui reste de l'homme que vous avez aimé à la folie, tenez voilà ses ossements* par exemple.

Il faudrait trouver un autre mot que deuil pour dire deuil quand on n'a rien à enterrer, rien à incinérer, lorsque rien ne demeure. Car si on dit deuil, les gens ne comprennent pas, ils se retrouvent face à un autre sentiment d'une autre nature. Ils ne savent pas que ça puisse être juste ça, enterrer un fruit d'oubli dans un pot sur une terrasse.

Mon père fait partie des millions de sans sépulture fixe de cette histoire nationale et ma mère sera enterrée comme une figure patriotique. Après un non-enterrement sans corps d'Ishak Hazan, j'aurai droit aux funérailles pharaoniques d'Esra Zaman aux mille vies. Comme je ne pourrai pas y assister, son portrait cubiste me servira de tombeau, je ferai mon deuil devant un écran en regardant ce qui demeure de ma mère dans ses films.

Quand les gens pensent à la mort de leurs parents, ils ont plein de sensations imprimées dans leur corps. La dernière fois qu'ils ont tenu la main de leur mère, le visage paisible qu'ils ont vu avant que leur père ne s'éteigne, un bras froid et raide qu'ils ont caressé, une paupière qu'ils ont fermée, le dernier souffle entendu. Ils ont touché, senti, vu une peau, un linceul, des cierges, des fleurs, un cercueil, une urne, des chants, une pierre tombale, une poignée de terre. Avec papa, je n'ai rien vécu de tout ça. Tu m'as juste dit un jour qu'il était mort, que tu ne savais pas comment, nous avons pleuré, nous sommes allées acheter un lotus et c'était tout.

Ce qui demeure de papa est peut-être depuis longtemps mêlé au ciment d'une autoroute moderne ou aux fondations d'un centre commercial. La dernière fois que je l'ai vu, je ne savais pas que ça serait la dernière fois. Je ne savais pas non plus pour toi, que la dernière fois que je t'ai vue était la dernière fois. Je ne savais pas que je ne toucherais pas non plus une terre à laquelle ton corps serait mêlé.

Ce qui demeurera de toi maman sera ton visage de Trésor national, photographié et filmé des milliers de fois. Des bouts de toi surgiront des époques différentes, s'imbriqueront pour composer une figure nationale. Ton visage, ce patrimoine inscrit dans la mémoire collective, tes cils, ta bouche, tes pupilles, ton nez, ta carnation qui captait autrefois la lumière comme aucune autre, tout cet ensemble de muscles, de vaisseaux, de nerfs, cette silhouette qui appartient à tout un peuple, sera ton mausolée.

Le sarcophage de mes parents sera ce qui demeurera d'eux en moi, du rêve ou de la réalité, peu importe, ça m'imprégnera, ce qui restera de moi me liera ensuite à ma fille, puis d'autres restes apparieront ma fille à d'autres personnes.

La princesse Zara, 1978

Je déplie la troisième affiche qui est dans le sac, ton visage me ramène un souvenir vaporeux, je ne sais pas si je t'ai vue comme ça ou si mon cerveau reconstitue des images aperçues à d'autres époques. Tes dents sont refaites, tu portes une robe longue, une couronne et une épée. Je reconnais vaguement l'acteur qui est à côté de toi, lui aussi en costume d'époque – laquelle ? – et les éléments de décor disparates. J'ai dû voir les photos du film lors de sa sortie, je devais déjà être ado.

Je regarde un extrait sur YouTube : face à un jeune premier, une vraie tête à claque qui se croit irrésistible, tu joues une méchante marâtre byzantine qui a enfermé une jeune actrice au regard d'un vide abyssal. Sans complexe, tu montres l'étendue de ton talent pour le kitsch avec des regards diaboliques et des rires sardoniques. Apprenant que le héros vient délivrer sa bien-aimée que tu as enfermée dans ton château en carton, tu l'affrontes dans ta robe de reine qui lors de la scène de combat se déchire et dénude ta poitrine, laissant apparaître une croix.

Gros plan sur l'objet impie, par la même occasion sur ton sein, suivi d'un gros plan sur le regard du héros qui le fixe. Plan large ensuite : il saute sur toi, tu te bats comme une lionne, tu pousses de petits cris comme si tu étais atteinte de spasmes qui ne sont pas sans rappeler des mini-orgasmes. Je suis sidérée par la perversité de la séquence qui rappelle les sites islamistes actuels. Tous les ingrédients sont réunis : le beau guerrier, la musulmane innocente, la pécheresse mécréante, un peu d'inceste, beaucoup de misogynie, et féminicide hallal. Le djihad sexuel dans toute sa splendeur.

Dans une interview récente que je trouve en ligne, une journaliste féministe te demande si à l'époque vous étiez conscients de ce que cette scène signifiait.

— Bien sûr que non, faire ce genre de films nous paraissait au contraire comme un acte féministe. Après tout, nous y voyions un personnage féminin qui tenait tête à un homme. Et en plus, tout ça en petite tenue !

— C'était quoi le féminisme pour vous, à l'époque ?

— Moi, je voulais avant tout « disposer de mon corps », c'était ça, mon féminisme. C'était ma liberté sexuelle alors que la gauche radicale ne parlait jamais de plaisir, le mouvement de femmes devait servir la révolution, il fallait réunir nos forces, celles de la classe ouvrière et celles des femmes.

— Certaines de vos amies proches ont passé à l'action pourtant ?

— Et elles ont été torturées et violées dans des prisons.

— Et vous n'avez pas ressenti de culpabilité ? Vous étiez sur scène pendant que votre meilleure amie était en prison, par exemple…

— Vous savez, on a beaucoup reproché à Colette son absence de curiosité pour la politique mais on s'en fiche puisqu'elle a écrit des pages féministes magnifiques. Voilà, je me disais que j'étais féministe pour ce que j'étais.

— Une féministe de boudoir, disons.

— Ça me va très bien.

— Mais pourquoi avoir joué dans des films d'une telle naïveté, vous qui avez interprété de grands textes ?

— Il fallait bien payer le lycée français de ma fille, mademoiselle.

Je relis la phrase tant je peine à croire que pour une fois, tu parles de moi à la presse, tellement j'ai l'habitude de ne pas exister dans ta vie publique, de ne pas compter. Voir ces deux mots, « ma fille » sur mon écran, me bouleverse.

Je finis par aimer cette princesse byzantine aux costumes cent pour cent polyamide, aux dents trop blanches, nymphomane, pécheresse, mécréante, et guerrière, qui fait des ménages pour payer l'école de sa fille. Une vraie féministe d'aujourd'hui, après tout.

*

Je parle avec Nilüfer de ce féminisme que tu revendiquais alors. Elle me rappelle une histoire que j'avais complètement oubliée : celle de la mangouste.

*

Un dimanche matin, nous avons découvert ensemble un petit carnivore mammifère.

Tu avais trouvé pour quelques mois un poste de speakerine sur l'unique chaîne qui achetait des programmes au kilo aux Américains. Entrecoupées de réclames, ces émissions étaient souvent présentées par des actrices car elles avaient une jolie voix et une bonne diction. Ces dames-tronc au brushing irréprochable et au look d'un goût internationalement admis représentaient la modernité de la femme turque et tu étais ainsi devenue pour un temps Mme Dimanche. Tu présentais toutes les émissions du matin, très suivies par les familles aussi bien bourgeoises et laïques que traditionnelles et pieuses. Nous regardions tes interventions préenregistrées ensemble, ce qui les rendait absolument magiques à mes yeux. Je t'avais à mes côtés, tout en te voyant dans le poste. Nous démarrions notre séance à dix heures, au moment où tu annonçais l'indispensable western du dimanche matin, puis tu reprenais l'antenne pour présenter *Wild Life*, une série de documentaires animaliers que nous découvrions ensemble.

Un dimanche matin, comme d'habitude, nous sommes face à notre Telefunken jaune, avec nos thés et nos olives égéennes. L'épisode de la semaine s'appelle *Mourir debout*. On y montre comment l'antilope se fait bouffer par le lion qui se fait tuer par le cobra qui se fait avaler par la mangouste, qui elle, pourtant minuscule, n'a peur de personne. Agile, rapide, silencieuse, elle a un odorat très développé et des canines très coupantes. Elle ne se déplace pas avec l'assurance d'un lion mais dispose d'un atout majeur ; elle attaque quand on s'y attend le moins. On la voit, par sa seule absence de peur, effrayer des serpents, des crocodiles, des scorpions, qui eux-mêmes font peur à d'autres animaux, beaucoup plus forts et impressionnants que cette petite bête disgracieuse. Et à la dernière séquence, on la découvre en train de se faire engloutir par une buse, comme ça, sans qu'on s'y attende. Mais à aucun moment on ne ressent sa peur, à aucun moment elle ne bouge ou elle n'est prise de panique, elle reste stoïque tout en se faisant dévorer tout cru. Son regard reste intact alors que son corps disparaît petit à petit.

Le générique de fin de *Wild Life* défile et tu reprends l'antenne pour annoncer la suite. Pendant qu'à l'écran tu nous souhaites une bonne semaine, tu me dis chez nous, dans notre salon, à côté de moi :

— Tu vois cette chaîne, ma şeker ? Eh bien, c'est pareil pour nous. Le croyant veut manger l'imam qui veut manger le flic qui veut manger le politicien qui veut manger le militaire. Et tous veulent dévorer les femmes libres. On devrait enseigner la vie des mangoustes aux femmes. Au fond, c'est ça. Si tu dois te faire bouffer, tu te feras bouffer mais tu ne montreras jamais que tu as peur. Tu mourras comme une mangouste, debout, sans leur donner ce plaisir.

Voilà, ton féminisme à toi, c'était ça. Tu avais décidé d'être une vraie mangouste qui mourrait debout.

Yildiz, 1979

La fin morose des années soixante-dix est aussi celle d'une grande violence que l'on ressent partout. La Turquie est clivée, il y a tous les jours une dizaine de morts dans la rue, la police fait des descentes pour chasser les jeunes militants de gauche. Les gens ne sortent pas, la crise du Moyen-Orient vous a aussi privés des publics grecs, israéliens, arabes, le cinéma se meurt.

L'année qui précède le coup d'État de 1980, un type qui se prend pour Truffaut te propose le rôle d'une comédienne vieillissante. C'est l'histoire d'un tournage, d'un film dans le film, un peu comme *La Nuit américaine*. Le prénom du personnage, Yildiz, veut dire étoile.

Le jeune réalisateur te flatte, te dit que « cet objet de prestige » pourrait vous emmener au Festival de Cannes, ton fantasme de toujours, que tu n'es pas une simple actrice mais une *movie star* à l'américaine, qu'il jouera de cette identité ambiguë, que c'est une « mise en abyme » parfaite à ce moment précis de ta carrière. (Tu m'expliques ce concept artistique en me montrant la boîte de fromage qu'on achète chez l'épicier qui importe des produits français. *« Tu vois là, sur la boîte ? La vache qui rit a des boucles d'oreilles dans lesquelles on voit une vache qui a des boucles d'oreilles dans lesquelles… Eh bien, c'est ça : je vais jouer une actrice qui joue une actrice. »*)

Il y a dans le scénario des scènes érotiques osées. Tu dois te balader nue dans un appartement et embrasser plusieurs hommes, ce qui est pire qu'une scène d'amour « normale » dans un lit. Même tes amis trouvent tout ça limite, certains te demandent ce qu'en dirait Ishak s'il était là. Ta réponse est claire, papa ne s'est jamais permis de faire une seule remarque sur tes choix artistiques : seule, ton envie comptait, c'est certain, il t'aurait soutenue.

Mais Ismaïl est un homme d'une autre facture, même s'il ne montre pas son machisme devant tes amis, « tes intellos de Sironyan » comme il les appelle. Vous vous retrouvez toujours dans cette taverne arménienne qui ne désemplit jamais, où naissent la moitié des projets de films. Tu y traînes parfois Ismaïl mais il ne s'y sent jamais à sa place et tes amis ne l'y accueillent pas vraiment à bras ouverts. Alors il se tait, il observe, ne se livre jamais. Mais ce soir-là, en t'écoutant parler du scénario, c'est sa vraie nature qui se dévoile. Vous en discutez d'abord calmement mais assez vite, vous haussez le ton, vos amis (Bahar était là et c'est elle qui m'a raconté cet épisode) et les clients des autres tables vous regardent, il dit qu'il ne comprend pas « pourquoi on ne peut plus raconter des histoires sans mettre les femmes à poil », la phrase t'irrite bien sûr mais tu gardes ton calme. Sauf qu'à la fin de la conversation, il en lâche une autre qui te met hors de toi :

— Je t'interdis formellement d'accepter ce contrat.
— De quel droit ?
— Tu es ma femme, non ?
— Non, ta femme, ce n'est pas moi c'est l'autre, au cas où tu aurais oublié.
— Arrête, tout le monde sait que tu es avec moi.
— Tu vois, avant j'avais un doute mais maintenant que tu as dit ça, je suis sûre d'accepter le rôle !

C'est votre première grande dispute en public. Furieuse, tu t'emportes :

— Tu sais quoi ? Tu ressembles de plus en plus aux fachos à moustache que tu fréquentes !

Il se lève et s'en va. Dès qu'il franchit le seuil, tu annonces à tout le restaurant que c'est oui, tu te promèneras nue avec grand plaisir pendant au moins une heure dans un film qui en fera deux.

C'est un tournage éprouvant. Bahar est toujours à tes côtés pendant les scènes d'amour, veille à faire sortir certains techniciens du plateau et t'enveloppe avec un peignoir dès qu'on crie *coupez* mais certains soirs, tu pleures et tu prends des bains interminables comme si tu voulais nettoyer la trace de tous ces regards qui se sont posés sur ta peau nue. Le film sort, c'est un four. Certains trouvent que c'est un délire d'intello, qu'on n'y comprend goutte, se moquent de cette dernière occasion de montrer ton corps avant qu'il ne soit irregardable.

Yildiz, ce personnage de star déchue, représente pour moi le début de la fin. C'est ce film qui a cristallisé ma honte. Honte d'avoir une mère scandaleuse dans une société qui n'aimait que les femmes qui regardaient par terre, honte de ce passé obscur dont je ne savais rien. Il s'était passé quelque chose entre vous trois il y a huit ans, quelque chose que j'ignorais, il y avait là un trou noir dont je ne pouvais parler avec personne. J'étais maintenant persuadée que je devais quitter cette maison, même cette ville, ce pays, je devais partir dès que possible, juste partir, sauver ma peau, rompre le sort. Mais je n'avais que quatorze ans.

La fin d'une époque

La fin des années soixante-dix est marquée par une ambiance de guerre civile. Des bandes armées fascistes opèrent avec la complicité de la police. La violence monte, des jeunes meurent tous les jours dans les combats de rue, des militants d'extrême droite sont partout, des groupes nationalistes sèment la terreur.

La nuit du 12 septembre 1980 un putsch met fin au chaos qui règne et par la même occasion à votre univers bariolé fait de films. Les généraux détruisent une partie des copies, des producteurs vendent au kilo ce qui leur reste et certains acheteurs font fondre les négatifs pour récupérer le nitrate d'argent. Clap de fin, Istanbullywood est mort. Le cinéma turc n'aura plus jamais le même goût, ni la même esthétique.

Les années qui précèdent et poursuivent le coup d'État de 1980, l'industrie cinématographique est en berne. Avant, il y a trop d'insécurité dehors et après, trop de surveillance. Une nouvelle violence a remplacé celle d'avant, les gens restent chez eux le soir et regardent la télé. Les bons projets qui trouvent des financements se comptent sur les doigts d'une main et plus personne ne pense à toi pour ceux-là. Les réalisateurs intellectuels te boudent, la télé ne veut pas de toi et pour ceux qui font des films commerciaux, tu es déjà *has been.* Tu paies maintenant pour ta vie privée, pour le choix de tes compagnons, de tes personnages sulfureux à l'écran, le scandale qui plane sur notre vie : *persona*, actrice, rôles, tout se confond. Tu te fais parfois huer lors des projections. Les conservateurs veulent qu'on te retire ton titre officiel et les artistes de gauche ne te pardonnent pas la trahison. Quant aux spectateurs occidentalisés, ça fait longtemps qu'ils boudent le cinéma turc. Ils découvrent le plaisir de louer des cassettes de films étrangers, et adorent les séries télé : *Drôles de dames* le mercredi soir, *Columbo* le jeudi, *Dallas* le dimanche. S'ils mettent le nez dehors après la tombée de la nuit c'est pour aller dans des anciens garages transformés en cabarets clandestins : on y joue des sketches, on s'y travestit, on y boit, on y fume, on s'y drogue, on y drague. Le quartier industriel mal famé a des airs de Berlin/1932 avec ses *Kit Kat Clubs* où il t'arrive de faire ta Liza Minnelli. Vu l'état de tes finances et la baisse des cachets, tu n'as pas le luxe de refuser du travail. Tu enchaînes un western avec des cow-boys orientaux aux chapeaux mexicains tourné au fin fond de la campagne anatolienne, un film de genre mélangeant plusieurs super-héros où les sosies de *Batman, Superman* et *Spiderman* se croisent, même un film de science-fiction dans lequel tu pilotes une navette spatiale, un casque de vélo argenté vissé sur la tête.

Je t'ai vue lors de mon adolescence chanter dans les cabarets, tourner dans les pubs de matelas et de margarine, enregistrer des émissions bricolées, doubler des séries et même donner des cours de comédie à la fille d'un homme d'affaires (qui te payait rubis sur l'ongle), une débile aux cheveux gras qui massacrait les classiques tous les samedis dans notre salon.

Elle t'aura ressemblé cette carrière, Esra. Exactement à ton image, elle aura été noble, folle, spectaculaire, drôle, tragique, *cheap,* burlesque, prestigieuse, dingue, glamour, sérieuse, bricolée, grotesque, colorée, belle, fantasmée, passionnée, dramatique, chaleureuse, glaçante, foutraque et bien sûr « nationale ». Exactement comme le destin de ton pays.

*

Sous le régime militaire qui a suivi le coup d'État de 1980, j'entends souvent le nom d'Ismaïl. À l'école, chez les voisins, chez tes amis. Je saisis au vol des bribes de conversations qui disent maintenant ouvertement l'indicible. Je sais que les journalistes qui enquêtent sur « l'État profond » sont souvent victimes d'assassinats politiques et qu'Ismaïl fait partie de ceux qui sont aux commandes. Je commence à me dire que pour papa, le coupable pourrait vraiment être lui et même à me poser la question de ta complicité mais je ne trouve pas le courage d'affronter le sujet. Et tu n'en parles jamais.

Ta bande d'amis a déserté notre terrasse car votre relation te met dans une position ambiguë, devient de plus en plus insupportable pour eux. Tu souffres de ta faiblesse mais tu ne sais pas lui résister. Tu répètes à tes amis proches que tu vas le quitter mais dès qu'il t'appelle, je t'entends lui parler émue et mielleuse et il finit toujours par passer, pendant que son chauffeur-garde du corps, un crétin moustachu, l'attend, fumant clope sur clope dans la petite impasse où il se gare. J'aime bien regarder de ma fenêtre cette caricature du mâle alpha, le voir de temps en temps sortir pour se dégourdir les jambes en mettant la main à la ceinture comme les flics abrutis des séries américaines. Je m'endors souvent avant qu'Ismaïl reparte mais les rares fois où il passe la nuit à la maison, la R12 marronnasse reste là, attirant la curiosité des voisins.

Il lui arrive aussi de critiquer tes amis, tes activités, tes déclarations à la presse, il te dit qu'il ne pourra plus « te couvrir », tu réponds que tu ne lui as jamais rien demandé. Avec moi, Ismaïl est toujours poli, il me parle toujours d'une voix douce, m'apporte même deux-trois petits cadeaux mais je le crains. Il a quelque chose de profondément ombrageux qui me fait peur.

Lorsque tes amis te demandent si tu n'as pas peur de lui, je t'entends répondre :

— Peur ? Jamais. *Fear eats the soul.*

*

Je t'ai toujours entendue dire cette phrase, « Fear eats the soul », la peur mange l'âme. Lorsque Ishak partait dans des zones de conflit, lorsqu'on frappait à la porte avec un peu trop d'insistance, lorsque le téléphone sonnait à quatre heures du matin, quand l'autocensure coupait votre élan de création, quand un préfet voulait interdire un tournage dans sa ville, si des amis disparaissaient, tu répondais immédiatement ça. *Arrêtez d'avoir peur en permanence, fear eats the soul.* Je ne cherchais pas à savoir le sens de cette suite de sons, c'était, pour la petite fille que j'étais, un ensemble de syllabes et de toute façon parfois les adultes disaient des choses qui ne devaient pas être comprises par les enfants. Je crois que je m'étais tout simplement habituée à l'idée que ces mots que j'entendais depuis toujours n'aient pas de sens précis, un peu comme les comptines inintelligibles que tu articulais pour travailler les muscles de ton visage.

J'apprendrais beaucoup plus tard que cette formule magique qui te protégeait de la peur était un titre de Fassbinder. Le film t'avait profondément marquée et tu en avais fait un mantra. La peur tétanisait, pétrifiait, sidérait et surtout, « elle mangeait l'âme » comme disait Fassbinder. Elle la dévorait tout entière, elle rendait les gens fous et faisait de la vie quotidienne, une prison. « *Il ne faut jamais ouvrir les portes de ton âme à la peur, sinon elle te transforme en zombie* » répétais-tu, quand quelqu'un te parlait des dangers de jouer tel texte, de fréquenter telle personne, de dire telle chose lors d'une interview. Tu détestais les donneurs de leçon, et à ceux qui te mettaient en garde contre Ismaïl, tu répondais *Je ne serais pas comédienne si je n'aimais pas le danger. Moi, je me jette chaque soir dans les flammes sur scène*, en minimisant ainsi certains de tes gestes réellement héroïques comme soutenir une grève, donner des ateliers de théâtre dans des quartiers régis par des caïds fachos ou monter des manifs. Tu as toujours ignoré la peur, Esra ; cette immense confiance en la vie était ta grande force, ton inconscience était ta liberté.

Aujourd'hui, dans les villes occidentales pourtant en démocratie, nous avons peur de tout en permanence. Des migrants, des attentats, des agressions, des virus. On a peur des Blancs, des Noirs, des Arabes, des Asiatiques, des punks à chien, des voilées, des gothiques, des trans, des barbus. On a peur de voyager. Des avions qu'on détournerait, des trains qui dérailleraient, des taxis qu'on conduirait trop vite, des cars qu'on mitraillerait, des maladies qu'on attraperait. On a même peur de la nature. Des avalanches, des tsunamis, des séismes, des éruptions volcaniques, des tempêtes côtières, des chutes de météorites, des mouvements de terrain, des inondations, des cyclones, des crues torrentielles. On a peur de passer devant des mosquées, des églises, des synagogues.

Et toi, Esra, dans ce Moyen-Orient d'hier, très loin du confort contemporain occidental, tu avais décidé que tu ne laisserais aucune crainte s'immiscer dans ton âme pour la dévorer.

Oublions tout ça

Un matin du printemps 1982, Firat a laissé dans notre boîte aux lettres un journal d'extrême gauche avec un mot : *Pour que tu te prépares aux attaques.* L'article parlait d'une cellule impliquée dans des histoires d'arrestations, de faux témoignages, d'enlèvement de militants, de transport d'armes et le nom d'Ismaïl y était mentionné plusieurs fois. Après une conversation téléphonique interminable, je t'ai vue pleurer sur la terrasse. Je suis venue vers toi, j'ai jeté un coup d'œil à la revue, tu m'as regardée, tu m'as dit *J'aurais dû m'en douter, j'ai fermé les yeux.*

J'ai eu soudain l'impression d'entendre des percussions dans tout mon corps, comme si une darbouka battait en rythme depuis mes tempes jusqu'aux plantes des pieds. Puis, j'ai osé esquisser pour la première fois la question qui m'obsédait depuis longtemps : *Mais alors ça veut dire que pour papa… ?* J'avais beau planter mon regard dans le tien, tu ne me répondais pas. Le temps était nuageux, la mer cotonneuse, je venais d'avoir mes premières règles, j'avais mal au ventre, je portais mon short rouge, tu m'as dit *Pardonne-moi ma şeker*, tu m'as prise dans tes bras et enfin, en larmes, tu as chuchoté :

— *Oublions tout ça.*

J'ai tourné la tête et vu le lotus qui était tout sec dans son pot. Comme si papa était mort une seconde fois.

*

Dès la semaine suivante, j'ai commencé à camper dans l'immense appartement d'un nouvel amoureux dont les parents étaient partis travailler à l'étranger. Je rentrais de temps en temps à la maison, juste pour des raisons pratiques, récupérer mon linge et mes cours, parfois pour passer une nuit, quand tu étais là on échangeait quelques phrases et si par malheur je croisais Ismaïl, j'allais directement dans ma chambre, sans vous adresser la parole.

Le dernier jour d'école en juin, je traînais avec des copains devant le grand portail du lycée. Nous comparions nos bulletins scolaires et parlions, excités, des vacances à venir. Beaucoup d'entre nous étaient inscrits aux colonies de vacances en France organisées par le bahut, j'en faisais partie, nous partirions en car, nous traverserions la Bulgarie, la Yougoslavie et l'Italie. On parlait des tubes à écouter, de la météo en France, des affaires à emporter, du *funboard,* grande invention des années quatre-vingt et d'autres bricoles d'ado. Une des filles s'est mise à pleurer car au dernier moment, son père qui était commissaire de police ne lui avait pas donné l'autorisation de partir. La conversation a commencé à tourner autour de nos parents et je ne sais pas comment c'est venu, quelqu'un a dit *ça doit être quand même difficile d'avoir comme père un flic,* un autre a ajouté *ou un beau-père* et encore un autre, en me regardant, *un assassin surtout.* Je me suis mise à trembler, je me suis dit vite, ouvre vite ton parapluie mental, c'était mon kit de survie, j'avais appris dans des moments cauchemardesques à faire comme si rien ne pouvait m'atteindre, ces trois mots « un assassin surtout » devaient glisser sans me toucher. Tout à coup, je me suis plantée devant mon copain et je l'ai embrassé avec la langue devant tout le monde, un baiser de cinéma, chose qui ne se faisait pas du tout dans la rue à Istanbul. Tout le monde était sidéré, personne ne se doutait qu'en vérité je faisais ça pour montrer que j'étais sourde à cette phrase. Qu'est-ce qui se passe dans un cerveau d'ado pour que ces deux idées se connectent comme ça, je n'en ai aucune idée, en tout cas, j'ai enchaîné avec un geste encore plus ridicule ; je me suis essuyé la bouche avec le revers de ma main comme j'avais vu un cow-boy le faire dans un western après un baiser, puis j'ai lancé un *Bye, everybody !* à la bande et victorieuse, je suis partie.

Une fois à la maison, je ne faisais plus le mariole car je souffrais comme un chien. J'ai attendu que ça passe en écoutant Pink Floyd à fond et en boucle mais le soir, la douleur est devenue intenable. Quand tu es rentrée, j'ai pris mon courage à deux mains, je suis sortie de ma chambre et je t'ai dit que je savais, que tout le monde savait, la Turquie entière, c'était ton amant qui avait fait enlever papa, qui l'avait tué, il en avait tué d'autres, on en parlait partout. Tu m'as juste dit *Tu es folle*, je t'ai répondu *C'est toi qui es folle*, j'ai fait mon sac et je suis allée m'installer chez mon fiancé, de toute façon nous allions partir dans quelques jours en France.

À la fin du *summer camp,* j'ai convaincu mon copain que nous devions rester plus longtemps en France. Nous avions encore notre visa et un peu d'argent, au lieu de prendre l'avion du retour, nous avons campé avec des gens rencontrés là-bas, puis on s'est fait d'autres amis. Je ne te donnais aucune nouvelle, tu te faisais un sang d'encre, à la mi-août, mon amoureux a commencé à insister pour qu'on rentre mais j'étais déterminée à rester et nous nous sommes quittés, choix dont je n'ai gardé aucun regret puisque le fiancé en question, le beau poète lunaire de mes quinze ans, est devenu aujourd'hui promoteur immobilier, moche, transpirant, portant une bague en or au petit doigt et s'enrichissant des appels d'offres douteux du gouvernement. Bref.

À la fin de l'été, je t'ai appelée un soir d'une cabine à pièces pour dire que je ne rentrerais pas. Tu étais tellement soulagée d'avoir enfin un appel que tu ne m'as même pas posé de question, c'était d'accord, tu allais venir à Paris pour m'arranger le coup. Nous nous sommes retrouvées à l'Hôtel du Louvre, nous n'avons parlé que des formalités, tu t'étais déjà renseignée, avais préparé les choses avec un ami diplomate que nous sommes allées voir au consulat et une semaine plus tard, mon inscription au lycée, mon logement, mon compte bancaire, tout était organisé. À aucun moment lors de ce séjour, tu n'as tenté de me parler de l'essentiel. J'étais décidée à ne pas te dire merci, tu m'as juste dit avant de partir à l'aéroport que tu avais une seule exigence ; je devais t'appeler toutes les semaines de la cabine à pièces en bas de ma rue.

En automne, je t'ai dit que je ne rentrerais pas pour les vacances de Noël, tu es venue me voir à deux reprises, tu es restée chaque fois trois ou quatre jours. L'année du bac, je t'ai écrit que j'étais déterminée à continuer mes études en France, tu es donc venue avec la boîte nacrée, il y avait dedans les alliances et la photo, tu es repartie, je suis restée et Hülya est petit à petit devenue Julya. Juste parce que l'été de mes seize ans j'avais peur de rentrer en Turquie, d'affronter des regards, j'avais peur qu'un jour quelqu'un me dise ce qui s'était passé précisément dix ans auparavant.

*

Lors de la période du régime militaire qui a suivi 1980, on a dénombré 650 000 arrestations, 210 000 procès, 230 000 personnes jugées, 14 000 déchéances de nationalités, 388 000 refus de passeports, 23 700 associations fermées, 52 000 détenus dans 644 prisons, 229 morts en prison dont 144 considérées comme des décès suspects, 14 morts en grève de la faim, 16 fusillés lors de fugues, 74 tués dans des combats contre les forces de l'ordre, 43 suicides, 71 morts torturés, 544 policiers suspectés d'avoir torturé des détenus,

151 lois contre la liberté de la presse, 927 titres de presse interdits, 927 films censurés, 7 000 demandes de peine de mort dont 26 exécutés. Ce sont là les chiffres officiels, les vrais chiffres doivent être largement au-dessus.

Le grand architecte de ce carnage qu'on appelait « le Pacha » n'a jamais été jugé. Jusqu'à son dernier jour, il a profité d'une paisible retraite au bord de la mer sans jamais avoir été inquiété et il est mort récemment à quatre-vingt-dix-huit ans, comme un gentil vieux monsieur respectable et souriant. Il a passé les vingt dernières années de sa vie à peindre des dizaines d'aquarelles que la bourgeoisie turque s'est empressée d'acheter pour des prix exorbitants.

Il y a une image que j'ai souvent vue dans la presse turque, qui tourne encore parfois sur les réseaux sociaux. Le général en retraite est entouré par un groupe de personnes à un vernissage, en *casual chic* avec une chemise en lin et des chaussures de sport. Complètement à droite du cadre, on reconnaît Ismaïl. Derrière, on aperçoit son « chef-d'œuvre », une femme nue couchée sur un lit, lascive comme une odalisque du harem. Le modèle te ressemble étrangement, certains disent que c'est l'une de tes photos réinterprétée par « l'artiste », qu'il a quasiment vu tous tes films.

*

Des années plus tard – j'étais installée depuis déjà longtemps en France – j'ai vu un documentaire qui a coupé le dernier lien qui nous unissait. Je m'étais passionnée pour toutes sortes de témoignages glauques se référant aux méthodes d'enlèvements, de détentions, d'interrogatoires et de « disparition forcée des personnes » des années soixante-dix. Je m'étais donc plongée dans le récit d'un agent des services secrets, qui, après avoir torturé les jeunes gauchistes toute la matinée pour les faire parler, rentrait chez lui dans l'après-midi, prenait une douche pour enlever les taches de sang, faisait ensuite la cuisine en attendant sa femme et ses filles. Quand elles rentraient, ils dînaient joyeusement ensemble, puis, pendant que sa femme faisait la vaisselle, il jouait avec ses filles. Il regrettait sincèrement, au départ il était un petit flic, agent de circulation, on voyait une photo où il était sur un carrefour, les bras en l'air, un petit bonhomme avec des gants blancs, carrément ridicule, et puis il s'était retrouvé dans ce « métier » sans le vouloir, ses supérieurs lui avaient dit du jour au lendemain qu'il ferait ça et il n'avait pas eu le choix. Dans ce documentaire, on apercevait une liste de noms qu'il avait écrits par culpabilité car il ne voulait pas les oublier. Ceux des tortionnaires et des disparus paraissaient complètement interchangeables, c'étaient juste des prénoms ou des patronymes posés sur un papier et rien ne disait s'ils appartenaient aux victimes ou aux bourreaux. J'avais aperçu dans la liste deux prénoms : Ishak et quelques lignes plus loin, Ismaïl, sans aucun nom de famille. J'ai envoyé des messages à la production pour contacter cet homme mais ils m'ont répondu que depuis, ce témoin était mort.

Pendant des années, j'ai imaginé Ismaïl donner des ordres à ses tortionnaires, puis rentrer tranquillement pour dîner avec nous et ou son autre famille.

Mais tu m'avais dit *oublions tout ça* et je t'ai obéi. Je suis partie pour oublier le couple monstrueux que vous étiez devenus, pour oublier le reste, y compris qui j'étais.

C'est une oublieuse mémoire qui nous a construites, Esra et tu m'as bâtie sur des mensonges, un peu comme cette nation dont tu es le Trésor certifié. C'est même peut-être en cela que j'appartiens profondément à ce pays que j'aime tant, qui me manque chaque jour. Maintenant que mes terres natales ne veulent plus de moi, elles s'effacent petit à petit de ma mémoire. Maintenant que je n'ai plus le droit d'y retourner, j'essaie désespérément de me souvenir de ce que je voyais de telle fenêtre, de la silhouette de telle colline, des arbres d'un jardin, de la couleur d'un immeuble en vain ; les lieux où j'ai grandi se gomment de mes souvenirs, le limon qui m'a nourrie s'évapore de mon sang. Un peu comme un polaroïd à l'envers, les instants que j'ai vécus se barrent, les couleurs se délavent, les paysages que je connaissais si bien pourtant se rayent. Les odeurs, les sons, les goûts d'autrefois, que j'aimais comme on aime les siens, désertent tout doucement mes cinq sens.

Nilüfer m'appelle, me demande comment je vais, je lui dis que je suis en train de perdre la mémoire de mon pays. Elle me répond :

— Toi au moins, tu es loin Columbo, alors que nous, nous perdons notre mémoire urbaine tout en étant ici. Ils le font exprès. Ils nous volent notre pays. Rien ne ressemble plus à la Turquie que tu as connue enfant. Ils remplacent les théâtres par des centres commerciaux, les musées par des mosquées, les petits villages de pêcheurs par des résidences chics. Tout ce qui reste de cette urbicide, ce sont les films de ta mère et les photos de ton père.

Trésor national

J'ai beaucoup pensé à ce titre, Trésor national.

D'après Mme Klajmann, « psychothérapeute pour patients biculturels », il y a des enfants rebelles et des enfants héritiers : Tu serais une héritière, je serais une rebelle. Tu te serais construite avec ta mère et tout ce qu'elle représente, moi, contre ma mère. Tu aurais accueilli ta mère en toi et aurais expulsé ta fille, moi ça serait tout l'inverse, j'aurais expulsé ma mère et accueilli ma fille. Mon mari, cet être particulièrement rationnel, trouve que « c'est du pipeau sigmundien dans toute sa splendeur » mais bon, ça vaut ce que ça vaut. En tout cas Mme Klajmann est persuadée que ça peut mettre un peu de baume sur « mon mal de mère », en agitant bien sûr toujours l'index et le majeur pour faire les guillemets afin d'attirer mon attention sur son brillant jeu de mot.

Je ne sais pas si c'est parce que « je t'ai expulsée » en même temps que ton titre officiel mais à chaque fois que je voulais faire un pas vers toi, une obsédante interrogation me hantait : Qu'est-ce que ça te faisait de porter cette étiquette ? La question me colle encore à la peau comme les taches de sang que tu n'arrivais pas à faire partir avec les parfums d'Arabie lorsque tu jouais Lady Macbeth. Comment pouvais-tu rester « Trésor national », alors que ce même nationalisme t'avait pris ton homme, torturé tes amis, et alors qu'on entendait à longueur de journée des formules comme « fierté nationale », « sécurité nationale », « union nationale », « défense nationale ». Comment pouvais-tu te considérer comme « une figure nationale », en sachant ce que ce mot voulait dire à côté ?

Tu as dit récemment lors d'un talk-show que ce titre était une réponse aux esprits obscurantistes.

— Rien qu'en acceptant ce trophée il y a cinquante ans, je leur ai dit sur scène : vous nous avez considérées, ma mère et moi, comme des putains. Alors, je vous dis oui, peut-être des putains mais alors des Putains Nationales, messieurs !

Ta mère comme toi, vous faites partie du Récit National, de la fiction officielle. Deux monuments, vous appartenez à la mythologie amnésique de ce pays. Vous êtes gravées dans la mémoire de votre peuple qui en a toujours manqué. Vous y êtes inscrites au même titre que ces pages noires écrites par des hommes comme Ismaïl. Ta mère comme toi, vous en avez croisé beaucoup, des types comme lui. C'est comme ça partout dans le monde, quand on est une actrice jeune, belle et célèbre, on fréquente des puissants au passé entaché, on côtoie des mains sales qui tournent autour des grandes figures féminines, se rêvant en Peron et Evita ou en Kennedy et Marilyn. Certains, trempés jusqu'au cou, se sont trouvés sur votre chemin, vous avez fermé les yeux et vous vous en êtes accommodées. Cette cécité filiale a fait de vous des Lady Macbeth, un rôle que vous avez interprété toutes les deux. Le père de Hadjère n'a jamais dit comment il s'était enrichi après la déportation des Arméniens. Tu savais très bien qu'il y avait un rapport entre les biens spoliés par ton grand-père et l'appartement que Hadjère t'avait légué, dans lequel tu as grandi, j'ai grandi. Hadjère Zaman, cette grande actrice, a lutté toute sa vie contre les injustices sauf celles des hommes qui l'ont entourée.

Tu as perpétué la tradition. Tu as défilé contre le gouvernement, joué dans des films subversifs, lutté contre la censure, prêté ta voix aux opprimés, posé nue pour dire que la femme turque était libre mais tu as fermé les yeux sur les atrocités dont Ismaïl était complice. Trop recluse dans tes amours, trop occupée par ton art, tu n'as pas cherché à en savoir plus. Tu as fait comme si tout ça n'existait pas. Tu as passé ta vie à raconter des histoires pour ne pas voir la tienne.

Ta mère et toi, au lieu d'affronter votre vraie lignée, vous avez préféré la rêver sur scène, y ajouter du romanesque, de l'onirique, du poétique. Je t'ai souvent entendue dire, Esra, que la vie était morne et que c'était très précisément pour l'embellir que tu étais comédienne. Tu étais née pour faire rêver le public et tu n'avais pas de scrupules à déformer la réalité, à fabuler, à raconter des sornettes. Quand on te reprenait sur un arrangement avec la vérité ou même un vrai mensonge, tu répondais souvent :

— Et alors ? Regardez les orientalistes, ils ont peint des harems sans y avoir mis les pieds et les leurs sont quand même beaucoup plus intéressants que les vrais ! Loti et Lamartine n'ont raconté que des salades ! La réalité en Orient, c'est la barbe, point. En revanche, on a cette lumière pour oublier les laideurs, cet éclat qui n'existe nulle part ailleurs. *Ex Oriente Lux*, les gars, la lumière vient de l'Orient !

Il s'agissait d'occulter tout ce qui dérangeait, c'est comme ça que tu tenais, c'est comme ça que tu as survécu.

*

J'ai toujours eu peur des histoires de douleurs transgénérationnelles, des traumas qui se transmettent, des atavismes, des malédictions familiales mais je fais confiance à ma fille : même si cette chose mystérieuse existait vraiment, ce truc qu'on passerait de génération en génération, de femme en femme, cette nébuleuse de fictions, cet amas de douleurs, je me raconte que ma fille briserait la chaîne et stopperait tout ; la preuve, je suis chaque jour émerveillée par sa capacité de s'ancrer dans la réalité, dans ce vrai espace-temps contre lequel moi comme toi et ma grand-mère, nous n'avons jamais su faire face. Contrairement à ma fille, nous avons toujours pris comme argent comptant les récits, nous sommes nées toutes les trois avec la maladie (ou le talent, je ne sais pas) de croire plus en nos fictions qu'en la vérité. On n'y peut rien, c'est comme avoir des yeux bleus ou noirs, c'est dans notre ADN.

L'avant-dernier coup de fil

Je t'appelle, tu décroches au bout de deux sonneries. Déterminée enfin à dire, à solder les passifs, j'attaque. Il ne faut pas que j'hésite une seule seconde sinon tu prendras le dessus. Tu es trop forte à ce jeu, si j'entends ta voix je perds. Donc j'y vais. D'emblée, sans dire bonjour.

— Tu te rends compte Esra, un jour tu m'appelles... tu me dis que tu es en train de mourir et que je dois écrire un discours comme si tu m'annonçais une chose parfaitement dérisoire. Qu'est-ce que tu veux que j'invente ?

Déstabilisée quelques secondes mais experte pour dissimuler l'étonnement, virtuose pour placer ta voix, spécialiste pour noyer le poisson, tu raccommodes tes émotions à la vitesse de l'éclair :

— Tu as raison ma şeker, j'aurais dû... mais je n'aime pas parler de la mort, il n'y a rien à dire là-dessus. Tu sais quoi, écris ce qui te passe par la tête, ce n'est pas moi l'écrivain.

— Tu plaisantes ? Tu veux que je règle nos comptes à ton enterrement ?

Un temps.

— Je sais, ça a été difficile pour toi, mais dis-toi que pour moi aussi, ça a été dur, même encore plus dur… Ce n'est pas de ma faute, c'est celle de ce pays.

— Comment ça ?

— Cette terre a toujours mangé ses enfants, elle s'est toujours nourrie des supplices de son peuple… Toi, tu es partie, tu ne te rends pas compte de ta chance. Il nous rend dingues, ce pays. Ce n'est pas pour rien que l'art dramatique est né ici.

— Maman… arrête de me parler de théâtre, s'il te plaît. On parle de la vraie vie, là !

— Il n'y a rien à dire de la vie ; ce n'est pas drôle, la vie, alors que sur scène tout est transcendé, même la mort. Tiens d'ailleurs, je vais t'envoyer les esquisses de la scénographie de ma mort sur scène, c'est formidable. Nilüfer va me poser au milieu du plateau, pour que chacun lise un texte devant moi, enfin, je dis « devant moi », on se comprend, je veux dire devant mon cercueil. Tu sais quoi, finalement, je l'ai choisi blanc, c'est plus gai. Et confortable. Oui, c'est important, le confort, on ne sait jamais, ça peut durer longtemps la mort.

Tu ris et tu repars, voilà, plus rien ne compte à part ta mégalomanie funèbre.

— Nilüfer va créer une œuvre pour moi. Enfin, pas une sculpture à la Callas tu vois, quelque chose d'abstrait bien sûr, tu connais son travail. Le gouvernement va affecter une place paraît-il, j'ai dit au ministre au téléphone qu'un petit port de pêche me plairait bien, pour ma sculpture, tu vois, avec un petit vent salé sur une crique ionienne.

— Tu es vraiment impossible, Esra.

— Ben quoi ? Avec la carrière que j'ai eue, j'ai droit à un peu d'éternité, non ?

Tu t'arrêtes pour reprendre ton souffle.

— Bon pour… pour… ton texte… je voulais te dire que… que… ah, j'oublie tout, avec tous ces médicaments. Les mots flottent, comme les lettres dans les soupes que je te faisais, ces pâtes alphabet, tu vois ? Oh, ma şeker, si tu savais comme c'est fatigant.

— Ce n'est pas grave, repose-toi maman. Pardon.

J'ai été cruelle, je t'ai forcée à parler sur ton lit de mort, je me sens coupable. Je te demande pardon. Erreur. Aussitôt, ça te redonne de l'énergie et tu repars. J'avais oublié, on ne peut rien lâcher avec toi, Esra Zaman.

— J'ai pensé aussi à une retransmission. Une espèce de reality show mortuaire, tu vois ? Je serai… enfin disons… mon cadavre… sera préparé comme d'habitude par Bahar. La pauvre, elle a les mains qui tremblent de plus en plus mais elle maquille encore bien. On a pensé avec elle à mon costume final d'Evita, qu'est-ce que tu en penses ? « *Don't cry for me Mesopotamia* » ! Tu ne vas pas me croire mais je rentre toujours dedans et maintenant de toute façon, je ne risque plus de grossir jusqu'à la soirée… Ou plutôt ma robe de Lady Macbeth ?

Tu poursuis ta monomanie et bien sûr, je ne peux ni te couper ni revenir à l'essentiel.

— La caméra tournera autour de mon cercueil ouvert, chabadabada tu vois ? Oui parce que j'ai failli tourner dans ce film et…

— Oui maman, tu avais fait des essais à Paris… bla bla bla…

— Quoi bla bla ? Parfaitement, c'est cette brune qui m'a piqué le rôle.

— Tu me l'as déjà raconté cent fois, Esra.

— Je ne sais pas si je te l'ai dit, la cérémonie aura lieu sur la scène du Théâtre de la Ville !

— Oui, tu l'as déjà dit aussi.

— Tu te rappelles cette salle ? Nilüfer a pensé à mettre des négatifs partout, des films qui pendent du plafond, tu vois ? Elle a calculé, si on met bout à bout toutes les pellicules que j'ai imprimées, ça ferait 4 000 kilomètres. Je te jure, elle va être somptueuse, la mise en scène de ma mort… Il faut quand même un certain savoir-mourir pour des gens de mon espèce, une fin… disons, édifiante c'est ça, un départ édifiant.

Tu repars dans ton ultime rôle funèbre en maints détails alors que nous avons si peu de temps pour nous dire l'essentiel. Tu as toujours donné comme définition du talent l'obsession, tu disais que les histoires les plus tristes devenaient amusantes lorsqu'elles étaient racontées avec obsession. Aujourd'hui, tu es obsédée par ce départ, et soudain exaspérée, je m'entends dire cette phrase :

— Oui, ça sera tellement édifiant que le pays entier se souviendra d'une femme qui a tué son mari avec son amant.

J'entends un bip qui vient d'un appareil médical. Puis, un silence d'au moins dix secondes.

— Ismaïl m'a juré qu'il n'avait jamais su qui avait tué Ishak, il m'a promis qu'il l'avait cherché partout. De ça, Hülya, je suis certaine.

— Comment peux-tu en être certaine ?

— Je suis essoufflée, je te rappelle plus tard.

La vérité

La fille d'Aziz me transmet un dossier. 378 pages de documents juridiques. Firat a toujours détesté Ismaïl et a demandé à Aziz d'enquêter sur la mort de papa. Le juriste a d'abord refusé. Il avait peur de te faire mal s'il découvrait qu'effectivement Ismaïl avait commandité l'enlèvement. Petit à petit, l'idée a fait son chemin et il a décidé de chercher la vérité. Au fur et à mesure de l'enquête, il a commencé à se dire que rien n'approuvait cette thèse. Et un jour, en interrogeant un type, il a réalisé qu'au contraire, Ismaïl avait tenté de retrouver papa par tous les moyens, qu'il s'était même mis en danger plusieurs fois. Ses recherches prouvaient qu'il l'avait aussi aidé dans le passé. Il avait sorti du pétrin son ami d'enfance à chaque fois qu'il avait pu et tout laissait croire qu'il avait fait le tour des prisons et des commissariats pour le chercher.

Et puis cet enregistrement. La veille de son départ. Firat a filmé cette soirée dont vous étiez loin de vous douter qu'elle était la dernière. Nilüfer et Bahar ont complété ces images que j'ai visionnées, brutes, sans aucun montage.

Vous êtes tous à la maison. Firat se balade avec sa caméra, vous filme. Il vous énerve, vous lui dites souvent de couper mais il continue. On te voit un moment dire que tu ne veux pas que papa parte, qu'il prend trop de risques, Ishak te coupe net, tu montes sur tes grands chevaux, Nilüfer essaie de te calmer. Ishak ne veut pas parler de ça devant tout le monde, Firat demande de quoi il retourne et papa répond qu'il doit montrer la vérité à l'opinion publique. Il reste flou sur la nature du reportage et la discussion bascule sur « l'engagement » en général. Tu dis que ça ne sert à rien de se mettre en danger, Firat défend qu'au contraire, Ishak doit partir pour témoigner. Là, Firat passe la caméra à papa et va chercher une bouteille tout en parlant.

— On n'a pas le droit de rester les bras croisés pendant que les fascistes tuent des frères. Quitte à mourir pour la révolution.

Firat ouvre ensuite la bouteille, revient pour reprendre sa caméra, on ne le voit plus à l'écran mais de temps en temps, en off, on entend sa voix : *Seul le combat compte, le reste est futile.* Tu souris :

— Mais je suis ravie d'être futile. « La vie est si triste qu'elle ne serait pas supportable sans de grands allègements » cher ami. Flaubert.

— Arrête avec tes poètes mollassons… Flaubert n'a pas écrit une ligne sur la Commune de Paris. Heureusement qu'il y en a qui manifestent, qui préparent des embuscades, qui peignent des slogans !

— Et à force de vanter la violence, ils se transforment ; ils n'ont plus le goût de la poésie, de la musique, de la peinture, c'est ça que tu veux ? Devenir un guerrier alors que tu es un artiste ?

D'après Nilüfer, vous avez parlé cette nuit jusqu'à quatre heures du matin et tu as été intraitable : Tu disais que l'homme était vil et que tu le savais « de l'intérieur », puisque tu avais joué des grands textes, interprété la monstruosité de l'espèce humaine tant de fois : un monde meilleur n'était pas possible. On voit un moment Nilüfer approuver, *oui, mais on peut adoucir un peu les mœurs grâce à l'art* et Firat qui est dans sa période lutte-armée-à-fond-sinon-tous-des-collabos cite le proverbe de ses montagnes arides tout en vous filmant :

— Bravo les filles, vous, l'agneau, vous le mangez avec le loup et après, vous le pleurez avec le berger !
— Je m'en fiche du berger, je veux juste savoir mon mari en sécurité, je préfère le voir prendre des photos de mondanités plutôt que d'aller prendre de tels risques !

Bahar m'a dit que c'était la première fois qu'elle t'avait vue aussi inquiète, car d'habitude, même lorsqu'il partait loin, en Afrique ou en Iran, tu l'encourageais, tu disais que tu étais fière de lui. Mais ce soir-là, tu étais certaine, papa ne devait pas partir.

Et puis, il y a ce moment hilarant. Bahar met de la musique et là tout en dansant, tu dis d'abord *le mieux qu'on puisse faire pour le vulgum pecus, c'est de l'emmener au cinéma pour lutter contre sa crasse bêtise mais c'est tout, c'est vraiment tout,* et ensuite tu montres tes fesses à la caméra et tu reprends :

— Je joue les grands rôles du répertoire pour élever leur âme, et je joue dans des navets en petite culotte pour qu'ils s'astiquent. C'est déjà un grand acte patriotique !

L'assemblée rit, Ishak s'énerve, sort sur la terrasse pour se calmer, Nilüfer dit que tu trahis le féminisme en parlant comme ça, Firat t'accuse d'avoir de toute façon toujours méprisé le peuple, Aziz parle de l'utopie, Bahar débouche une nouvelle bouteille, Firat cite Marx, Nilüfer décrit sa prochaine œuvre, un énorme clitoris qu'elle se prépare à exposer, Bahar dit *n'oublie pas de dessiner tous les nerfs, c'est important les terminaisons nerveuses du clito, j'en sais quelque chose*, vous riez, vous fumez clope sur clope, Firat raconte ses délires de cinéma politique, tu réponds que tu ne comprends rien à ces trucs à message, Ishak se moque *Ma femme n'aime que les pauvres qui sont pauvres par choix, les « clochards bohèmes »* (il le dit en français) *sous les ponts parisiens, elle adore la pauvreté romantique, pas l'autre, pas celle qui vient de chez nous,* Firat aussi rit de toi *oui, Esra Zaman adore cette bourgeoisie à la Guitry qui va au théâtre pour voir les acteurs turcs qui gesticulent comme s'ils étaient français…* Plus ça va plus la discussion s'enflamme, vous vous traitez de tous les noms, le ton se hausse, tu claques la porte et quittes l'appartement, papa crie depuis la terrasse *s'il te plaît, remonte mon trésor*, tu reviens aussi sec comme si de rien n'était, Bahar fait frire des böreks à trois heures du matin, Ishak te dit que faire une photo de guerre, c'est déjà lutter contre la guerre, Aziz cite un texte de loi sur lequel il travaille, tu embrasses ton mari, tu dis que tu as peur pour lui, tu pleures, Nilüfer, bourrée, marmonne *il y a des amours de gauche et des amours de droite, tu dois le laisser partir parce que tu vois, vous, c'est un amour de gauche* ce sur quoi Firat lâche un *mais oui, son amour de droite c'est Ismaïl*, ça jette un froid.

Vous buvez encore un coup, vous allumez des Birinci sans filtre, vous chantez comme toujours en fin de soirée et Firat revient à la charge. Il demande à papa ce que ça lui fait de savoir qu'elle aime aussi Ismaïl. Là, papa sourit et confirme ce que j'ai lu dans le dossier d'Aziz :

— C'est peut-être un salaud mais on a grandi comme deux frères. Et je te promets qu'il m'a toujours arrangé des coups et il m'a même sauvé la vie trois fois.

Tu l'embrasses et tu te tournes vers Firat :

— Je sais que tu n'aimes pas Ismaïl mais c'est encore lui qui nous a prévenus qu'Ishak était devenu une cible. C'est pour ça que je lui dis de ne pas partir.

Ensuite, on voit papa dire *Et puis, tu sais, personne n'est totalement innocent dans ces jeux. Tu as bien bossé pour des groupes violents, j'ai bien été obligé de collaborer avec des types obscurs pour obtenir des infos.* Il attrape le sac marron. *Bon, il faut que je fasse mon sac, je me réveille dans trois heures.* Il se lève et Firat coupe l'image.

Bahar m'a dit qu'après ça, tout le monde était parti, et quelques heures plus tard, papa avait pris la route pour son dernier reportage.

*

Quant à ce dernier doute qui m'a rongée pendant toutes ces années sur la paternité, lorsque j'ai eu le courage d'en parler à Nilüfer et Bahar, les deux ont ri. Tu n'avais eu jamais eu le moindre soupçon : tu savais que j'étais la fille d'Ishak. Et que de toute façon, vu ma ressemblance avec papa, personne ne pouvait douter de l'identité de mon père.

La cérémonie

La cérémonie va commencer dans une dizaine de minutes à Istanbul. Je suis devant mon ordinateur, connectée au théâtre en direct par Skype. Le régisseur technique fait des essais, tente une balance son et la bascule sur mon image qui sera projetée derrière ton cercueil au moment de mon discours. Il crie : c'est bon les gars, ça marche, ils peuvent faire entrer le public ! Ils ouvrent les portes. Je regarde la salle se remplir en attendant devant mon écran à Paris.

Mon mari et ma fille sont prêts, chacun devant son écran, assis dans le salon, pour suivre cette cérémonie que ma fille trouve « grave stylée » et mon homme « démente ». Je suis paralysée par la peur de leur faire découvrir ce folklore, cette folie dont seule ma mère est capable sur cette planète. J'ai une trouille bleue, j'ai peur qu'ils pensent que venant de cette femme-là, je sois totalement frappadingue : ce qu'ils s'apprêtent à voir, ça ne sera pas de la gnognotte. Je les surveille du coin de l'œil mais non, ils sourient tendrement tous les deux, mi-amusés mi-consternés par tant de dinguerie, ils essaient de ne pas en louper une miette, ils se montrent des trucs sur l'écran en chuchotant pour ne pas me déranger dans « mon recueillement » alors que je ne recueille rien du tout, je suis tout simplement tétanisée par la perspective de faire partie de ce spectacle ultime qu'Esra Zaman a mis en scène.

Tout est comme tu l'imaginais maman, le plateau avec les fleurs, le cercueil blanc, les photos, les gens. Vos alliances que j'ai envoyées à Istanbul pour que Bahar les dépose dans le cercueil.

Je me remémore ce Théâtre de la Ville qui a été la scène des grands épisodes de ta vie, où je ne suis pas retournée depuis mon adolescence, ses boiseries, ses fauteuils en cuir, son rideau en velours, sa cabine de régie tout en haut où je regardais, perchée, tous tes spectacles. À l'entracte, je descendais au bar où un vieux serveur m'offrait toujours une glace *eskimo*. À la fin, quand le dernier spectateur quittait la salle, j'avais le droit de monter sur scène et m'enfoncer dans les coulisses sombres pour aller dans ta loge. Régisseurs, ouvreuses, techniciens et dames pipi me connaissaient, je circulais comme je voulais dans l'immense bâtiment. J'aimais l'odeur de la colle qui envahissait le plateau quand on venait de créer un nouveau décor, la poussière qui formait de jolis nuages sous les lumières des projecteurs, la complexe machinerie avec cordes, poulies, pendrillons, treuils, cintres et perches, j'avais une passion pour le Steinway à queue qui changeait de place en fonction des spectacles, j'adorais la chétive lueur de la « servante », cette petite veilleuse qui restait toujours allumée et surtout, j'aimais traîner dans tes loges et contempler ton bazar qui sentait L'Amérique de Yves Rocher : perruques, costumes, maquillage, miroir entouré d'ampoules et l'interphone qui te permettait d'entendre ce qui se passait sur scène. Là, le théâtre que je vois sur mon écran d'ordinateur avec son mobilier flambant neuf et sa scène hi-tech ne ressemble plus du tout aujourd'hui à ce que j'ai en mémoire. Les coulisses ne doivent certainement plus sentir la colle non plus, cette odeur qui me fait tressaillir encore à chaque fois, cette molécule qui « *me rend aussitôt les désastres inoffensifs* » comme le décrit « ton grand Marcel » l'instant où une madeleine touche son palais.

La cérémonie se déroule exactement comme tu le voulais. Chacun lit son texte, on montre des photos et des vidéos de tes rôles, on voit beaucoup papa sur les images, moi aussi parfois, les gens se succèdent, parlent de ton féminisme, de ton talent, de ta beauté, et un moment, après une chanson que tu adorais, quelqu'un dit *Nous allons maintenant entendre sa fille qui est en France et qui n'a malheureusement pas pu faire le voyage.* Elle n'en précise pas la raison.

Je prends la parole.

Quand maman m'a demandé d'écrire une oraison funèbre, j'ai hésité pendant toute la période de sa maladie, puis je l'ai refusé même si ça a été très douloureux. Je lui ai dit au téléphone : Ça serait facile, maman, de pondre une hagiographie, ça serait une commande en somme, j'ai l'habitude puisqu'on m'en passe souvent. On me dit, tiens écris un téléfilm sur un tel sujet avec tant de personnages, pas trop de décor, ou alors au contraire, un truc somptueux pour telle star, pour telle chaîne de télévision, une comédie, un drame, un policier, je sais faire ça… Je pourrais énumérer par exemple tes grands personnages et ensuite dire « mais son plus beau rôle était de rester auprès de papa et moi », la transition serait toute trouvée, je parlerais de « ton visage que le grand public ne connaît pas », en maman et en épouse, comment malgré toutes les difficultés tu as été exemplaire, que tu as refusé des rôles pour m'élever, quelques phrases émouvantes sur ce que tu as enduré derrière tes plumes et tes paillettes, puis je terminerais par une anecdote drôle, un truc de tournage disons, et tout ça lu par une bonne actrice avec des trémolos, il n'y aurait aucun risque que ça rate, les gens m'appelleraient après la cérémonie pour dire on a pleuré et ri en même temps, quelle chance d'avoir une mère comme ça. Mais je ne veux surtout pas faire ça, Esra. Voilà ce que j'ai dit à maman. Je lui ai dit que j'avais envie de dire la vérité, de vous dire que notre conte familial n'était pas une féerie avec une jolie sultane, qu'au contraire, il était rempli de monstres, de djinns, de zébanis, et autres créatures infâmes. Et quand elle a entendu ça au téléphone, vous savez ce qu'elle m'a répondu ? « Parfait ma fille. Ça, c'est du spectacle comme j'aime. Ça montre que le personnage principal est infréquentable et ça demande quand même au public de l'aimer. »

Notre dernière conversation téléphonique, c'était ça. Esra Zaman, c'était ça.

Quand j'étais petite, j'enviais mes amis qui avaient des parents sérieux, ancrés dans la réalité car c'était dur d'avoir une mère qui préférait les fables à la vie. Je me suis éloignée pour cette raison de toutes celles et tous ceux qui croyaient plus dans les fictions qu'en la vraie vie, qui faisaient plus confiance aux univers qu'ils inventaient eux-mêmes, un peu comme tous les artistes. Et aujourd'hui je comprends que cette absence au monde, cette fabuleuse capacité d'être en dehors de toute logique est une élégance que possèdent seuls les vrais rêveurs. Et cette inconscience authentique, je le réalise aujourd'hui, est en vérité une grande noblesse. Esra Zaman avait ça en elle et c'est aussi pour ça que j'aime aujourd'hui la mère qu'elle a été. Je voudrais terminer par la dernière réplique de son spectacle sur Camus, une phrase qu'elle prononçait tous les soirs avec la même émotion : « Ce sont les rêveurs qui changent le monde, les autres n'en ont pas le temps ».

J'entends les gens applaudir dans la salle, à trois mille kilomètres de chez moi. Mon mari me caresse le bras en essayant de ne pas entrer dans le champ de la caméra de mon ordinateur. Le régisseur du théâtre projette une photo de nous deux sur l'écran géant derrière le cercueil : nous sommes sur le pont du Bosphore en 1974.

Une fois la cérémonie terminée, je raconte à ma fille l'histoire de cette image. On venait juste de construire le pont du Bosphore, il était encore ouvert aux piétons, c'était la grande curiosité de changer de continent à pied et tu avais décidé que nous ferions ça ensemble un samedi, rien que toi et moi. Tu avais pris une poignée de la terre du lotus que nous avions fait pousser pour papa et tu l'avais mise dans un sac. Il y avait beaucoup de vent, les collines qui entouraient le Bosphore étaient encore vertes, les constructions hideuses ne les avaient pas encore défigurées, la mer était splendide avec ces couleurs changeantes, émeraude, turquoise, saphir, jade. Lorsque nous sommes arrivées au niveau de la petite île que mon père aimait beaucoup, tu t'es arrêtée, tu as sorti la terre que tu as jetée à la mer et tu m'as dit, *Tu vois, si un jour tu ne supportes pas l'idée que papa est resté sans sépulture, pense qu'il est dans cette mer, à cet endroit, je suis sûre que ça lui aurait plu cette idée, il aurait adoré voir ce pont.*

C'était beau et vertigineux de t'entendre dire ça, tu me serrais la main, le vent chassait toute tristesse et j'étais soulagée de penser qu'Ishak pouvait être quelque part là, dans les rapides qui s'entrechoquaient en bas.

Tu m'as ensuite raconté qu'il aimait beaucoup le Golden Gate, le pont suspendu de ses jeunes années à San Francisco, qu'il avait toujours dit qu'il t'y emmènerait un jour, il te le répétait régulièrement, il rêvait de ça mais vous n'aviez jamais pu le faire.

Il citait Newton : « les hommes construisent trop de murs et pas assez de ponts » et il était persuadé qu'il en fallait un sur le Bosphore. Un pont exactement comme le Golden Gate mais il est mort avant de voir celui d'Istanbul, presque une réplique de celui de San Francisco.

Depuis, j'ai toujours adoré traverser le pont du Bosphore. Il n'est plus piétonnier depuis longtemps, en voiture la traversée ne dure que quelques minutes mais à chaque fois que j'étais dessus, je profitais de chaque instant. Lorsque j'ai pensé pour la première fois à l'impossibilité de retourner à Istanbul, la première chose qui m'est venue à l'esprit a été ça. Après je me suis consolée en disant que j'irais un jour à San Francisco, dans cette ville que je ne connaissais pas, je traverserais le Golden Gate pour tromper mes sensations, pour faire croire à mon corps que c'était celui de ma terre natale. Si un jour l'exil devenait vraiment insupportable, je serais capable sur ce pont américain d'imaginer une traversée istanbuliote, comme les amputés qui perçoivent encore des sensations émanant de la partie disparue de leur corps.

Depuis, le pont du Bosphore, symbole de tout ce qui lie l'Europe et l'Asie, de tout ce qui soude l'Occident et l'Orient, a été rebaptisé le pont des Martyrs. Il célébrait la vie ; ils l'ont rempli de cadavres jusque dans son nom. Il nous racontait la rencontre, l'harmonie, le métissage, désormais il sépare, il divise.

Il y a des moments passés dont il ne reste que des ellipses. C'est du moins ce que l'on croit. On pense que ces trous ne se rempliront plus jamais alors qu'un jour, sans prévenir, des images qu'on était persuadé avoir oubliées réapparaissent avec la netteté d'un jour de *poyraz* sur le Bosphore. Quand ce zéphyr russe, âpre et froid, chassait le *lodos*, bouffée grecque tiède et salée, il balayait tout et nous avions alors l'impression qu'il était possible de toucher la rive asiatique depuis notre terrasse. Ta mort, comme une rafale istanbuliote, a tout nettoyé entre le présent et le passé. Elle a rempli les blancs de ma mémoire comme un *poyraz* du nord.

Ton départ, maman, m'a donné l'impression de toucher les anciennes rives que je croyais disparues depuis longtemps.

Épilogue

Golden Gate Bridge, février 2020

La chambre que l'Université de Berkeley a réservée pour moi est spacieuse mais austère. Dans son jus. Un lit en bois, une armoire, un bureau, tous vieillots. Il suffirait de remplacer la peinture blanche par un papier mural à fleurs et ça deviendrait une chambre d'hôtel des années cinquante.

J'ouvre le sac de papa, j'en sors quelques vêtements, une trousse de toilette, deux bouquins, un carnet, de quoi tenir quatre jours. Je m'habille et je prends Telegraph Avenue qu'Ishak a dû traverser des centaines de fois lorsqu'il était étudiant ici. La végétation luxuriante, le soleil californien, radieux, les magnolias en fleurs, le campus qui s'étend à perte de vue et les étudiants qui discutent, allongés sur la pelouse, tout est exactement comme je l'imaginais.

Devant la porte du bâtiment Moses Hall, je trouve la photo d'Ishak dans mon téléphone, prise exactement là en juin 1958. Je la compare avec ce que je vois : les marches sur lesquelles papa se tient, la grande porte derrière lui, la petite tour *gothic revival*, rien n'a vraiment changé. Sur la photo, le jeune étudiant un peu paumé à onze mille kilomètres de son Istanbul natal est assis sur le petit muret, porte des lunettes rondes, un pantalon large et un cardigan à carreaux.

J'entre dans le hall, je longe le couloir et je trouve la pièce 221 où la professeure Torange, une belle quinquagénaire souriante, m'attend pour son cours « Middle-Eastern Cinema ». Elle me souhaite la bienvenue à l'américaine, décontractée, me dit qu'elle est *so glad* de me recevoir, que ses étudiants sont vraiment *excited,* qu'ils ont tous analysé mon film. Ils ont envie de me poser mille questions sur l'histoire turque et sur ce triangle amoureux.

*

À la fin de mon cours de *visiting scholar,* je dis aux étudiants que mon père avait fait ses études dans ce bâtiment il y a de cela soixante ans et que j'étais honorée d'y parler de mon film, *Le Fruit de l'Oubli* dans ce campus aux 104 Prix Nobel et aux 19 Oscars.

Je quitte le Moses Hall où mon père s'était prodigieusement emmerdé durant des mois, je prends un taxi qui traverse le pont de Berkeley. Nous longeons la baie de San Francisco, il me dépose à l'entrée du Golden Gate. Je marche sur le pont. Il y a beaucoup de vent, les collines de Sausalito sont vertes, la mer est splendide avec ces couleurs changeantes, émeraude, turquoise, saphir, jade. Je m'arrête, je pose le sac par terre, j'en sors doucement tes cendres que je disperse. C'est beau et vertigineux de les voir tomber dans les rapides qui s'entrechoquent en bas, exactement comme quand nous avions regardé la terre du lotus de papa s'envoler du pont du Bosphore en 1974. Je prends une photo que j'envoie à Nilüfer et je marche en pensant à ce que tu m'as dit la veille de ta mort, très en forme, tout en *accelerando* :

— Je veux m'éteindre chez moi ma şeker, dans l'appartement où je suis née, où j'ai grandi, où j'ai habité avec ton père, où tu es née. Je veux mourir dans mon lit qui est exactement à la même place où ma mère avait posé mon berceau.

*

Théâtrale jusqu'au bout, tu nous as fait une dernière blague. J'ai reçu une lettre et un paquet une semaine après ta mort.

Ma şeker,

En turc, il y a deux mots pour dire orphelin de mère et de père contrairement au français et tu les as toujours confondus. Maintenant que tu seras à la fois öksüz et yetim des deux côtés, cette subtilité linguistique ne t'embêtera plus. Bon, voici ma dernière volonté : je veux être incinérée sauf que je ne veux pas que ça se sache. Il faut qu'on me croie dans mon cercueil sinon ces abrutis d'islamistes vont créer toute une polémique qui va éclipser ma cérémonie. Donc pour cadenasser mon histoire, voilà ce que vous allez faire : Ils enterreront une sculpture de Nilüfer qui sera dans le linceul. Bahar et Nilüfer se débrouilleront pour qu'on m'incinère, elles feront deux tas et mettront mes cendres dans deux urnes différentes. Elles disperseront la première moitié depuis le pont du Bosphore. Et tu jetteras le reste dans la baie de San Francisco quand tu pourras, depuis le Golden Gate. Comme ça tu auras ta cérémonie.

On dit que la mort transforme la vie en destin. Me voilà bientôt face au mien.

J'ai tout joué ma şeker : exil, guerre, pouvoir, amour. J'ai dit de grands textes. L'immortalité, je l'ai. La mort est maintenant juste un événement cosmique pour moi. La disparition de mon corps dans la mer s'effacera devant la pérennité de mon legs. Je t'aime ma fille.

P.S. Pardonne-moi pour tous nos malentendus.

Dans le taxi, je reçois un message de Nilüfer : *Brava commissaire Columbo, mission enfin accomplie donc, quatre ans après ! Tiens, je t'envoie le lien de la fondation, on vient d'inaugurer le site web.*

Je clique. Sur la page d'accueil, on voit une photo où tu es entourée par une dizaine de femmes. « *Fondation Lotus pour les femmes qui cherchent leurs disparus, en mémoire d'Esra Zaman et d'Ishak Hazan.* » Un court texte apparaît quand on clique sur la page : *« Chez les anciens, le lotus était le fruit de l'oubli. Cette fleur devient, grâce à la générosité de ses donateurs, le symbole de la mémoire. Pour retrouver les victimes, disparues lors des coups d'État successifs, engagez-vous maintenant. »*

Le texte fond ensuite sous des centaines de fleurs de lotus qui envahissent l'écran et un visage apparaît, celui de papa. Le reste de la photo devient net quelques secondes plus tard. C'est celle de la boîte, nous trois à la plage.

Ma fille

Ma fille ne racontera pas des histoires. Ni comme son arrière-grand-mère, ni comme sa grand-mère, ni comme sa mère. Elle a choisi la voie de mon mari en devenant botaniste.

Petite, elle aimait regarder et dessiner les arbres, les fleurs, les feuilles, les algues, dont son père lui apprenait patiemment les noms, pas uniquement ceux des éléments nobles mais aussi des herbes qui poussaient dans les zones urbaines, sur les trottoirs, entre deux pavés et même dans les parkings de supermarché. Adolescente, elle s'est teint les cheveux en vert, s'est fait tatouer un arbre sur l'épaule, s'est mise à lire les grands naturalistes et à aller tous les week-ends au Jardin des Plantes.

Ensuite, elle a poursuivi des études pour devenir taxonomiste, une descriptrice du vivant ; elle prélève des échantillons, scrute leurs morphologies, classe les espèces, étudie les populations végétales. Elle dit que chaque herbier porte des traces de son époque, des guerres et des génocides. D'après elle, les plantes ont une mémoire mais elles trouvent toujours un endroit où germer, même dans les lieux les plus urbanisés, elles ont une incroyable capacité à se faire une place, envers et contre tout. Écouter ses histoires de résilience végétale me fait un bien fou, je me dis, oui c'est dingue comme c'est résistant la flore, c'est comme un enfant, ça encaisse des coups et hop, ça se relève.

Pour une raison inconnue, ma fille a commencé l'année de ta mort à s'intéresser aux *Nelumbo Nucifera*, des lotus magnolias. Elle aime tout de cette espèce, se passionne de sa tige spongieuse, de son rhizome, de ses feuilles immenses, de l'eau putride dans laquelle il pousse, de la manière dont il s'accroche au fond de l'étang. Elle m'a expliqué que cette espèce était déjà décrite dans l'Antiquité par un botaniste grec qui avait noté sa présence dans une région qui correspondrait aujourd'hui à Istanbul.

Pour son anniversaire, je lui ai offert ton trophée du Trésor national et ça l'a beaucoup touchée. Elle m'a dit que ça symbolisait le temps (comme ton patronyme Zaman) chez les bouddhistes et l'immortalité dans les cultures indoue, égyptienne, vietnamienne et grecque.

Elle m'a aussi dit que plus son eau était boueuse, plus sa fleur était belle.

Elle a exactement le front, les yeux et le nez de sa grand-mère. Dans certains des films de jeunesse d'Esra Zaman, on a vraiment l'impression de voir ma fille.

Elle a aussi le sourire d'Ishak Hazan et une tache sur le dos, exactement la même que la mienne, héritée de mon père.

2016 / 2020
Paris, Marseille, Avignon,
Téhéran, San Francisco, île d'Yeu.

REMERCIEMENTS

À toutes mes familles biologiques et choisies qui traversent cette histoire.

Aux grandes actrices françaises et turques que j'ai eu la chance de connaître et qui se promènent dans ces pages comme des étoiles filantes.

À Ismail Gezgin, Gökhan Akçura (historiens) et Marc Jeanson (botaniste), à Richard Dubelski, Estelle Meyer, Faouzia Zouari, Virginie Symaniec, Armelle Salpin, Valérie Ganne, Huguette Meunier-Chuvin, Alicia Dujovne Ortiz, Christina Oikonomopoulos, Françoise d'Avout qui ont eu la gentillesse de m'éclairer.

À celles et ceux qui m'ont aidée à construire d'autres versions de ce récit, pour la radio, la scène et l'écran.

Et enfin, un gigantesque merci :

À Mahir Güven qui a eu la curiosité de lire mon manuscrit et me rappeler le jour même.

À Anne-Sophie Stefanini qui a accompagné mes réécritures avec délicatesse, exigence, des mots justes et précieux.

À Véronique Cardi pour sa confiance, pour celle qu'elle m'a donnée, pour y avoir cru immédiatement.

NOTE

Umberto Eco dit « les fictions nous parlent d'endroits non existants : nous passons un accord tacite avec l'auteur qui fait comme si ces lieux existaient ». De la même manière que nous tenons pour acquis que dans *Un conte d'hiver* de Shakespeare, la Bohême possède une côte maritime par exemple, nous pourrions donc imaginer que tout ça ait vraiment eu lieu en Turquie. Malgré cette « suspension de l'incrédulité », je souhaiterais préciser :

Qu'il n'existe pas de titre « Trésor national » en Turquie comme au Japon. Que certains des films cités ont bien existé mais je ne me suis pas inspirée d'une actrice précise pour le personnage d'Esra Zaman. Qu'il n'y a pas eu d'homme d'État avec l'état civil que j'ai inventé pour Ismaïl mais bien d'autres qui ont commandité des crimes. Que la première actrice musulmane ne s'appelait pas Hadjère Zaman mais Afifé Jalé. Que les islamistes radicaux ont bien mis le feu dans un cinéma à Sivas en 1993 pour brûler vifs artistes et intellectuels. Que de nombreuses femmes ont été torturées à la prison de Mamak. Que la première transgenre à avoir obtenu sa reconversion administrative ne s'appelait pas Bahar.

Lors de l'écriture de ce livre qui a duré près de quatre ans, de nombreux documents, films et livres m'ont accompagnée.

Je n'ai pas toujours eu la présence d'esprit de noter toutes mes sources, particulièrement au début où je prenais des notes éparpillées sans savoir encore que j'en ferais quelque chose. Que les auteurs qui reconnaissent des informations citées dans leurs essais et que j'ai oubliés me pardonnent.

Uçurtmayı Vurmasınlar – Feride Çiçekoğlu

Bir Dönem İki Kadın Oya Baydar – Melek Ulagay

Minuit au Péra Palace – Charles King, Payot

Işıkla Karanlık Arasında – Lütfi Akad

İzlenmemiş Yeşilçam Filmi – Hürrem Erman /Rıza

Hayallerim, Aşkım ve Ben – Atıf Yılmaz

Un metteur en scène dans l'Empire ottoman André Antoine et la création du Conservatoire d'Istanbul – Eva Baronnet

Ville ottomane et représentation du corps féminin – Nora Seni

Botaniste – Marc Jeanson / Charlotte Fauve, Grasset 2019

Les Quartiers populaires et la ville – Mustafa Poyraz, Loïc Gandais, Sükrü Aslan, L'Harmattan, Logiques Sociales, 2010

1 Mayis Mahallesi 1980 Öncesi Toplumsal Mücadeleler ve Kent – Şükrü Aslan, İletişim Yayınları

Zaman Bahçesinden – Güneş Karabuda

PAPIER À BASE DE FIBRES CERTIFIÉES

Le Livre de Poche s'engage pour l'environnement en réduisant l'empreinte carbone de ses livres. Celle de cet exemplaire est de :
250 g éq. CO_2
Rendez-vous sur www.livredepoche-durable.fr

Composition réalisée par NORD COMPO

Achevé d'imprimer en décembre 2022 en Espagne par
LIBERDUPLEX
Dépôt légal 1re publication : janvier 2023
LIBRAIRIE GÉNÉRALE FRANÇAISE
21, rue du Montparnasse – 75298 Paris Cedex 06

61/8496/5